● REC

第四名被害者

天地無限｜著

目次頁

各界名人一致推薦

「對與書中主角同名感到驚喜，與結局更深一層的戰慄。電視台競爭與節目製作流程的精準闡述讓我直感訝異，原來臺灣也有這麼厲害的推理小說，若能改編成電影就太好了！」

【知名新聞主播】陳海茵

「全書一氣呵成，毫無冷場，追尋連續殺人事件真相的劇情本來已夠驚心動魄，作者還巧妙地以媒體與公眾的角度來切入，情節虛實交錯，讀到結局回首一看，發現原來你我都活在這個亂象之中，更是發人深省。」

【香港名作家，二〇一五國際書展大獎得主】陳浩基

「這位文壇令人瞻仰的隱藏版高手終於重現江湖了！天地無限擁有出類拔萃之才，他是『台灣的黑霧』創建者，也是昇華獵奇犯罪美學的藝術家！」

【推理評論家】喬齊安（Heero）

《第四名被害者》——自序

「這件事全世界只有三個人知道！」、「西屏，關於這件事你怎麼看？」、「總統正在做一個下機的動作」……在台灣生活，這些「媒體語言」總讓人有種突兀又親切的感覺。

其實這個小島上並不常發生需要出動SNG連線直播的大新聞，但SNG轉播車依然每天到處跑、芝麻小事也二十四小時持續放送。可要是真的一旦發生大新聞，各家新聞台卻又因為各自的立場而有不同的播報取向，觀眾們也會因各自的喜好而看到不同的真相。

仔細想想，這其實也是台灣一個很有趣的特色：「觀眾有知的權利！」但該知道哪部分的真相，這可就是各家新聞台的選擇性義務了。或許是出於政治立場、背後金主、廣告主喜好等等緣故，所以帶給了電視機前的觀眾如瞎子摸象般的新聞呈現方式，挺有幾分哥倫比亞文學大師馬奎斯的魔幻寫實味道吧！

而網路鄉民們很喜歡對這類「片面報導」進行圖文加工，添加更加辛辣的諷刺意味，於是本地的觀眾除了可以看到「熱門時事」之外，連電視台怎麼去報導熱門時事這件事本身，也成了另一則有趣花絮、甚或是另一則新聞的來源。當然也給了談話性節目的名嘴們無窮無盡的話題。

不管是國際大事或Youtube搞笑趣聞，只要電視、手機一開，每天可以都身陷在這麼讓人眼花繚亂、繽紛煩擾的資訊土石流裡。在台灣，誰還需要什麼《柯南脫口秀》或諷刺漫畫呀！

每當整點新聞這麼重複又重複地播過好幾輪，我總會想，如果有人有耐心地去觀看各家新聞、分析報導與談話性節目，然後從裡頭將線索慢慢地耙梳出來，最後是不是能拼湊出整個事件的真相呢？

其實這對小說家來說也是個上好題材，但奇怪的是卻從來沒有人去寫它。既然如此，那乾脆自己來動筆吧！這就是《第四名被害者》的創作初衷。

⊙

有別於傳統推理小說的最終目的是為了「找出凶手」，這本《第四名被害者》的過程是在「尋找被害者」，而隨著最後一具遺體出土，故事逼近尾聲，被埋藏的真相才慢慢浮現。

此外，書中並沒有安排一個典型的偵探角色，因為在這個資訊爆炸的時代，人人都是偵探！也許是BBS上的鄉民貼文、也許是捷運旁旅客的閒聊、也許是一封不起眼的讀者投書，每個人都有各自的想法、各自的推論，但也只有到最後的階段，將每個人看見的部分真相整合後，才有機會撥雲見日。

此外，在主線劇情全速推動的同時，讀者們的閱讀情緒，卻也會屢屢被各式新聞報導、小道消息、鄉民意見甚至是節目預告給打斷，偏偏每個消息看起來都是三分真、七分假，想循傳統來個看書辦案的讀者，多少會覺得這樣的安排影響了閱讀節奏。不過，這也是刻意為之的，畢竟這種老是不請自來的「資訊衝擊」，才會更符合現實媒體辦案的套路嘛！

繼《血讎的榮光》、《第四象限》後，《第四名被害者》是我第三本長篇小說，卻也是第一本不是為了參加文學獎所創作的長篇作品。除了在寫作上更從容外，沒有字數天花板的限制，也讓我有更充裕的篇幅來描寫每個出場角色。

在這近十三萬字的劇情中，雖然加入了許多風景、心境、人物個性等側寫，不過整體節奏還是相當快速，字裡行間的配樂應該是偏急促的行進鼓聲。這也恰好在一定程度上，反映了現代社會的資訊高速流通，以及電子媒體從業人員的奔波勞碌。

在此感謝也是電子媒體從業人員、我的大姊鄭淑麗的指點，讓我能掌握更精確的電視台作業細節與更豐富的劇情發展，書中的 Mandy 便是以她為原型所創造的。另外也要謝謝家母許家蓁、二姐鄭淑瑜、太座沈怡欣與同事譚偉晟在各方面的協助。當然還要特別感謝尖端出版社主編呂尚燁與編輯喬齊安兩位重要推手，讓本書得以順利問世。

最後，當然也要感謝您的耐心收看。祝您今晚有個美夢，我們下次再會！

二〇一五年一月三十日　天地無限

唐人全球新聞台的二號棚內，正在錄製晚間八點檔的談話性節目。參與的來賓們在半小時前都已進棚，上好妝、順過稿、對了詞、別上迷你麥克風，副控室裡導播、音控、燈光等工作人員也都各就各位。

雖然是分秒必爭的現場直播，但一年多來的製播經驗，所有的工作人員都已經熟門熟路了，不必有人盯場，一切自然都安排到位。錄影中難免狀況百出，但良好的默契總讓整個團隊運作順暢。

對導播劉慶和來說，這檔節目是他首次執導現場播送，一開始難免戰戰兢兢，還好現在上軌道了，錄影現場的運作反而沒讓他太掛心。比較操蛋的，大概只剩下每天讓人絞盡腦汁想談話主題的晨間會議，以及那萬惡的收視率吧！

他站在副控室掌控全場，看了眼左腕上的寶璣錶，時間也差不多了。他下達指令給棚內的副導。副導喊道：「所有人注意，三十秒後進現場……三、二、一，Cue！」

一號攝影機亮起紅燈，對焦在新聞台當家女主播徐海音臉上，接著切換到二號機，鏡頭慢慢往後拉遠，露出後方燦爛的《新聞透視眼》LED布景，音控師適時加入一陣罐頭掌聲。

鏡頭切回一號機。徐海音展現自信甜美的笑容，清脆又不失穩重的聲線，帶出感性的開場白：「大家好。歡迎收看今晚的新聞透視眼、台灣走向前！一年多前，國內知名的裝置藝術家，同時也是師範大學視覺藝術學系教授方夢魚，因為涉嫌殘殺三名女子，震驚了整個台灣社會。」

二號攝影機亮燈，徐海音自然地轉移視線，繼續說道：

「但方夢魚在落網後，卻始終保持緘默，不肯供出三名被害人遺體的下落。在八月份的一審時，合議庭認為他毫無悔改之意，判處死刑，全案仍在上訴之中。但在三個月後、此案逐漸失去媒體關注的同時，方夢魚竟在牢裡吞下乾電池試圖自殺，目前仍在醫院進行搶救。隨著新聞話題再次炒熱，去年連續凶殺案的夢魘，再次席捲了整個台灣社會。究竟為什麼已經宣判死刑的方夢魚執意尋短？與他始終不肯供出被害人遺體的下落有什麼關係呢？我們來聽聽其他專家的看法。」

畫面切到專門對著來賓的三號攝影機。徐海音的左側坐了四位來賓：

「首先在我右手邊的第一位是資深媒體人胡長安。」

「大家好，我是長安。」梳著油亮西裝頭、帶著方框眼鏡的中年男子微微點頭，隨後又低下頭研究手上的平板電腦。

「再來是節目常客。有任何不平事，砲下去就對了！我們歡迎時事評論家蔡大砲，蔡忠華。」

穿著剪裁合身手工西裝、滿頭白髮、一臉自信的中年男子朗聲說道：「各位觀眾晚安！我是忠華。」

「接著也是熟面孔，台北大學公共行政暨政策學系，最愛引經據典的郭俊漢郭教授。順便廣告一下，他醞釀三年多的新書終於出版了。」

穿著一襲深藍改良唐裝，圓框木質框手工眼鏡搭配八字鬍，讓郭教授頻添了幾分如民國時期文人的書卷氣，面對鏡頭招呼著，手邊還不忘展示剛出版的新書《台灣怪狀三十年》。

「最後一位是台灣最知名的七年級生，總是有獨特觀點的社會觀察家也是知名部落客，黃萱！」

一名外形亮麗、個性活潑的小女生微笑著朝鏡頭揮手，邊喊道：「黃萱黃萱，永遠頂尖！大家好，我是小萱。」

這突兀的啦啦隊口號，讓其他來賓臉上各自露出苦笑、輕視、無法理解等微妙表情。

鏡頭回到徐海音身上。「哇！小萱永遠朝氣十足，大家的精神都來了。接下來我想先請長安談談，為什麼方夢魚會自殺？難道是像外界所推測的，是畏罪自殺嗎……」

（開球順利！）等鏡頭轉向胡長安時，徐海音略微鬆了一口氣。開場白任務暫告一段落，接下來只要注意導播的提示，適時地導引話題，讓討論的火苗持續保持旺盛下去就好。

她抽空朝副控室方向看去，執行製作人阿唐神色慌張地邊聽著手機，邊跟導播交頭接耳地，不多時，導播的臉色也跟著大變，朝主播台處望了一眼，然後副導走到攝影棚最後方，邊聽著耳機指示邊飛快地改著手上的稿子。

憑著這幾年合作的默契，徐海音猜測，恐怕是跟方夢魚有關的突發消息，下半場的節目又要隨機應變了。

⊙

「我先反問各位一個問題，在台灣，為什麼可能會被宣判死刑，至少是無期徒刑的囚犯會自殺？」電子媒體記者出身的胡長安，不改戲劇性的開場手法，當頭先拋出一個問題吸引觀眾注意力：

「要知道，就算是一審判死刑，一路纏訟到三審定讞，少說也要七八年，甚至還有個生死辯論庭、非常上訴等等可以拖。但在台灣，拖延死刑是政治正確的意識型態，所以等法警把人拖去刑場砰砰，那可能又是十來年後的事了。現在廢死議題當道，死刑犯老死獄中都有可能。那為什麼，訴訟才剛開始，方夢魚就自殺了？你告訴我？」

胡長安掃視全場，沉默幾秒鐘，等吊足胃口後，才滿意地轉過手上的平板電腦，上頭草草寫了三段小標題。「我跟各位報告，有這三種可能性！第一，犯人在獄中被霸凌、被欺負，走投無路熬不過去，只好自殺。但這種未必是真心求死，只圖弄個保外就醫，或是讓獄方重視自己的處境，就算達到目的。」

一旁的郭俊漢點頭附和道：「所謂『盜亦有道』嘛，不欺負女人小孩是道上不成文規矩。所以獄中這種霸凌情況比較常發生在強暴犯身上，道上的兄弟不見待這類人。」

「那長安覺得方夢魚在獄中被欺凌的可能性高嗎？」徐海音巧妙地把話語權發還給胡長安。

「因為這是件全國矚目的大案子，所以台北監獄有特別挑選過方夢魚的室友，而且也有攝影機二十四小時監控，會被欺凌的機率不大，我們可以排除。」

胡長安自問自答地劃掉第一個小標題，然後指著下一題說：「因為心生悔意所以自殺。也就是說方夢魚試圖彌補自己的滔天大罪，所以決定一死以謝國人。但如果他是真心懺悔，不可能直到現在都不將被害者遺體下落交代清楚，這對那些家屬是多麼殘忍的事！連一審法官都暗示他，甚至還贈書給他哦，要是他願意配合，也許可以免死，判個無期徒刑。」

「結果呢？法官換來什麼？換來他在庭上冷笑以對、不屑一顧！要不是法警制止，那些看庭的被害者家屬，早就把他當場撕成碎片了。各位想想，這算是有悔意嗎？我不這麼認為。」胡長安把平板電腦上的第二個標題再畫去。

副導播跟阿唐回到一號攝影機旁，徐海音注意到導播手上的腳本A4紙，上頭用原子筆潦草地寫了好幾行字。眼看距離下一檔廣告插播還有三分半鐘，副導朝胡長安豎起左手臂，右手輕拍兩下手錶錶面，暗示每個人都得注意一下時間。

「那麼有沒有可能是為了掩蓋什麼機密，所以被其他人給滅口呢？」

胡長安暫停一會兒，梭巡其他人的表情，確認已勾起他們足夠的好奇心，這才繼續說道：「想殺人滅口，肯定會用比吞電池還更有效率的辦法，至少確保對方不能再開口嘛，但方夢魚在醫院裡意識還是很清楚、溝通都沒問題，所以這項也不可能。」

平板電腦上寫出的這三項論點，都被胡長安自己給一一推翻了，電視前或許有些觀眾會摸不著頭緒，但現場的來賓們卻早習以為常：就算是胡謅一堆毫無根據的推論，老胡總是有辦法搞得戲劇化十足，最後來個乾坤大逆轉。

難怪製作單位這麼喜歡發他通告！

胡長安又再睥睨全場，補上最後一擊。

「但各位要知道的是，也許方夢魚在綁架時沒有共犯，但後續的殺戮、滅屍，甚至到後來在網路上猛放煙霧彈，是不是有其他隱藏共犯？他就是為了不讓共犯曝光而選擇自殺的！我認為這部分的可能性比較大。在此鄭重呼籲檢調，是不是研究一下，朝這個方向來著手！」

鏡頭回到徐海音身上。「哇，長安的推論依然是這麼精闢又一針見血，提出這個偵查方向的確很有價值，或許警方真的可以來努力看看。我們先進段廣告休息一下，千萬別轉台，稍後大砲評論家忠華會有更精采的看法要分享。馬上回來！」

⊙

一般來說，趁著開場後第一段的九十秒廣告空檔，主持人、來賓會略作休息，喝口水、交換意見之類的，或許化妝師會視情況上台幫忙補個妝、製作人會幫忙提示下節重點、導播說不定還會對某些表現不佳的地方念個幾句……

但可從沒有哪次像現在一樣，副導播跟阿唐兩人急如風火地衝上台前。阿唐忙著把幾張A4紙發送到每個人手上，副導播則飛快地交代著：

「第二場內容要改一下。剛剛醫院那邊來消息，說方夢魚已經宣告死亡。其他台都上跑馬燈了。讀稿機內容有修改，大家注意點。第二節一開始先讓海音念開場白，然後我們有跟新聞部調二十秒的SNG畫面，再插一個Call in。」

徐海音快速翻看阿唐遞上的兩頁紙，上頭列了一則方夢魚死亡的簡短快訊，其他內容則是之前規劃的開講主題，上頭用原子筆潦草地畫線刪除、在空白處加添些變動內容。

雖然是現場直播節目，但棚內一半以上的人都曾經歷過選舉、抗爭、體育賽事等即時連線的洗禮，臨機應變絕非難事。兩、三位來賓甚至附耳交談、露出笑容，或許又想出什麼新話題可以大肆發揮。

徐海音感覺體內腎上腺素正大量分泌，隨著急速加快的心臟節奏，將這些戰鬥因子釋放到血管裡。她的鬥志變得昂揚，但伴隨緊張而來的胃抽搐毛病，似乎也正蓄勢待發。

「等一下 Call in 進來的人不願意透露身分，我們會加上變聲處理，也請各位老師不要問背景方面的問題。」阿唐補充道。

郭俊漢教授打趣道：「哈哈，重金之下必有勇『護』啊。你們這次是打賞多少？能讓人吃一輩子的啊？看來這人連飯碗都可以不要了呢！」

方夢魚是高度戒備的重刑犯，能目睹現場經過出來爆料的人，九成九是醫院裡的人，如果事後要追究的話肯定無所遁形，通常也會落到被醫院開除的下場。加上此舉違反專業道德，日後想找其他醫療相關工作也不容易。如果不是爆料者想轉行，再不然就是電視台提供的爆料酬金讓人太心動。

「重點是，對方說這絕對是物超所值的第一手消息，有兩個超級大爆點。她願意描述一下情況，然後回答幾個問題，但最多只給五分鐘。我們好不容易才說服老闆出這麼多買獨家……」副導播比了個數字「五」的手勢。「下了重本呀各位，這錢就算丟進水溝也得要聽到噗通聲。劉導說他給各位拜託了！」

阿唐拍了下副導肩膀，朝他比了個三的手勢。副導快步退回台下，邊喊道：「來，所有人注意，三十秒後進現場！……三、二、一，Cue！」

⊙

「新聞透視眼、台灣走向前！歡迎各位回到現場，與我們一同關注社會議題。」徐海音優雅從容地進行第二節開場白：「就在剛剛，我們得到榮總方面傳來的消息，涉嫌殺害三名女子的方夢魚，在獄中吞服乾電池自殺，由於電池在胃中鏽蝕，導致胃潰瘍引發敗血症身亡。我們有來自榮總現場的最新連線消息，由新聞台記者陳靜如為各位報導。靜如，請說……」

中控室將畫面切換到SNG現場。背景是榮總醫院大門，後方可以看到有不少記者在現場守候著。穿著一身俐落粉色套裝的文字記者站在鏡頭前，全神貫注地經歷數秒的傳輸延遲後，對著麥克風招呼。

「……是的，主播，各位觀眾。記者現在所在位置，是台北榮民總醫院。就在稍早七點二十三分的時候，涉嫌三起命案的方夢魚，因為吞電池自殺而引發敗血症，經醫師搶救無效宣告不治。在他臨終前，曾向警方透露一些訊息。我們來看一下稍早的畫面。」

SNG開始播送十多分鐘前的錄影畫面。只看到一堆記者高舉著麥克風、照相機或攝影機，猛追在兩位身著便服的刑事局人員身後。現場強光閃爍不停，此起彼落記者們互相卡位的怒吼。各類問題如潮水般湧來：「方夢魚向你們交代了什麼事？」、「他有說出被害者的遺體下落嗎？」、「警方就這樣結案嗎？後續會有什麼追查動作？」……

兩位警官努力推開眼前的人牆，一臉苦笑地遮蔽嘴邊的麥克風。實在被逼得無路可走時，只好反覆說著「十一點會有公開說明」、「我無法奉告」、「謝謝！謝謝！」

直到兩人狼狽地躲進公務車離去，不屈不撓的幾位文字記者繼續對著攝影機唱起獨角戲，其他人又陸續返回原地守候。

「是的，這就是稍早的畫面，警方顯然不願對案情做太多說明，只表示十一點時會在榮總召開說明會，我們會再為您持續關注。先將時間鏡頭交還棚內。」

主控室將畫面切回棚內，徐海音的甜美笑容再次回到螢幕上。「是的，謝謝靜如的即時連線，稍後有進一步的消息，我們會隨時進行插播……」

徐海音注視副導的指示，看是要接聽 Call in 還是先請某位來賓暖個場。此時副導在耳邊比了個接電話的手勢，徐海音接續道：「就在方夢魚離開人世前的半小時內，現場有一位A小姐，親眼目睹了整個過程。包括他開始急救、交代後事直到宣告死亡的那刻。」

「這段期間究竟發生了什麼事？方夢魚又向警方透露了什麼訊息？他臨終前是否表達了悔意？我相信是很多觀眾關心的地方。A小姐目前就在線上，我們請她來為各位說明。喂，A小姐您在嗎？」

音控人員搭上電話線路，揚聲器那端傳來一陣電子噪音後，傳來滑稽的尖銳娃娃音：「喂？……喂？海音姐好，大家好，聽得到我嗎？」

來電語氣中掩不住雀躍之情，在場來賓都會心一笑。

徐海音回道：「是，聽得很清楚。A小姐妳現在正和現場來賓一起進行全國連線直播。我想先請妳描述一下今晚整個事件的發展過程，好嗎？」

「是。就是晚上大概六點的時候，方先生那床的監視器在響，他之前就因為血壓過低要特別照護，不過我們過去時發現他已經昏迷了。醫生也趕過來啦，有給他緊急輸液、也打了升壓劑，可是沒有效。後來他休克了，醫生就用CPR跟電擊器急救……」

「嘿，我聽說檢察官也有被叫進去加護病房，是真的嗎？」打從自我介紹後都沒發言機會的黃萱，抓住空隙提問道。

電話那端爽快回應：「哦，有啊。我們就急救大概十幾分鐘後，方先生突然用力咳嗽，血壓回穩。我們想說是急救措施有用啦，醫生就聯絡開刀房，看能不能排個緊急刀。那個方先生雖然還發高燒，可是精神突然變得很好啊，就跟護士說，去通知門口的戒護警察，他有話想跟檢察官說。」

「你們那時候知道方夢魚他迴光返照了嗎？」蔡忠華撫著下巴提問。

「我那時很忙，沒想那麼多啊，直到方先生他突然胃口變好，開始在吃晚餐的時候，值班台的學姊有人在說他可能快走了，啊，我才想到真的會這樣。我之前是真的有幾次碰到這種情形了。」

「A小姐，你剛說有人去通知警察了，然後呢？」徐海音試著把談話導向正軌，也避免A小姐繼續自曝身分。

「哦，聽說那位警察有打電話給負責的檢察官啊，可是好像有什麼事趕不過來，大概過了十幾分鐘，有兩個警官就換了隔離衣進來。不過在他們進來之前啊，方先生有說他自己不知道還可以撐多久，請我們拿給他四個紙杯跟一瓶礦泉水，他說想拜拜後再上路。」

「拜拜？」在場的來賓聽得一頭霧水。「拜觀世音還是拜祖先什麼的？他有說嗎？」

A小姐回道：「我們都有看電視啊，方先生也說了，這麼多人因為他而死，所以他這輩子要趁斷氣之前，以水當酒來祭拜一下被害人，他不奢求可以獲得原諒，只求自己能夠寬心點。因為他左手有上銬，所以我們也幫忙他坐起來，他就在床上半跪著磕頭在拜了。」

「所以他擺了四杯？」徐海音驚訝地問道：「你親眼看到他擺四杯在拜？所以他有跟你說，一杯代表一位被害人嗎？」

「有看到啊，然後那兩個警官一進來，看到他擺了四杯，就很緊張問他，不是只殺了三個人嗎？為什麼要擺出四杯？可是他只是笑笑沒有回答。他又躺回床上，然後叫他們去找他之前想殺、卻沒殺成功的那個女孩子，全部問題就有解答了。有個警官反問他，他說的那女孩子是不是害他被抓的那個……」

「A小姐請不要公開被害者姓名！」徐海音急忙出聲喊道。「就用女學生帶過就好。」

「……喔，好……不好意思。那個警官問方先生說，是不是要他們去找那位女學生，他點點頭，然後警官又再追問幾個問題，可是他就沒再回應了。然後過沒幾分鐘，監視器又響，又一直急救到七點二十三分，醫生就宣告死亡了。」

A小姐陳述完畢。雖然內容有些雜亂，但這個新聞的「兩大賣點」都已經被揭示出來了：方夢魚可能殺了不只三個人？最後一位被害未遂的「女學生」掌握了什麼線索？

接下來現場來賓的提問，徐海音都沒怎麼放在心上了。她似乎預見到，未來這則新聞的發展力道，或許還會比先前方夢魚落網的那陣子還要來得更猛烈，而這不正是她再上一層樓的契機嗎？

●《新聞透視眼》郭俊漢教授

我來講個古給大家聽聽。你們知道嗎？這個方夢魚事件，可以說是台灣治安史上「最不可能的犯罪」。各位不要會錯意，這裡說的「不可能犯罪」，並不是像推理小說、電影說的那種「手法太完美」所以炮製出看似不可能的犯罪；而是因為整個事件裡存在了太多的「找不到」，大家都覺得這是個匪夷所思的懸案，難怪震動了整個社會。

大家想想，打從中華民國開國以來，有哪樁案件是找不到動機？找不到犯案工具？行凶者身上找不到犯罪可能性，就連被害人遺體一個都找不到的？所以我說它像是個「不可能的犯罪」，誰聽到誰都要搖頭說不可能嘛！但這也因此讓全案更顯得撲朔迷離，檢調愈查反而愈迷糊。

這事說起來真的要讓人感嘆，世事無常呀。兩年多前黨內立委初選那陣子，我跟方夢魚有過數面之緣，也深談過幾次。這個人呢，大家對他的印象是左右逢源型的公關人才，但在專業上，也的確有幾把刷子。有同業這樣形容他的作品：早期是嚴謹無暇的「德國工藝」、中晚期則轉為低調內斂的「日式工法」，風格的轉變相信是下過苦功的，更不用說他還能每年發表多篇國際論文、教育許多青年學子。

但這麼一位傑出優秀的人才，心中卻有著黑暗扭曲的另一面，誰能知道呢？至少當下我真的無法看出來。我只能評一句「世風日下，人心不古」呀！

即使當方夢魚的雙手被上了銬、由兩名警察左右挾著，踉踉蹌蹌走過師範大學校園，上了警車，交錯的紅藍光影拖灑而去……全校的師生、教職員，都無法相信眼前那位長袖善舞、大名鼎鼎的公共藝術才子，竟會涉入連續殺人事件，然後被帶到校區狼狽地進行案情模擬。

⊙

當時與他錯身而過的一位女大學生，半轉過身正要向方教授打招呼時，卻因那不尋常的陣仗而怔忡當場。一位攝影記者捕捉到她迷離難解的眼神，那張名為〈拒絕相信〉的作品還曾獲獎，成了全台灣關於「方夢魚事件」的共同記憶之一。

如果不是另一位險些遭受毒手的女學生──當時就讀同校中文系四年級的周雨潔指證，警方的調查矛頭，絕不可能指向方夢魚。至少，在此之前，沒有任何線索，能將他與前三位被害人給聯繫起來。

而周雨潔的受害經歷也頗具有戲劇性。在方夢魚閉口不言、沒有任何第一手佐證材料的情況下，警方認為，這被偶然記錄下的犯罪過程非常具有參考價值，有助於了解其犯案模式。

根據周雨潔事後的描述是這樣子的：

當天是三月二十二日，學校期中考第二天。周雨潔下午第七堂課考完了「儒學與人生」後到圖書館溫書，約九點二十分離開學校，在路上買了些宵夜後，回到校外租屋處。

直到事件發生前的這段期間，她一直透過智慧型手機上的Line通訊軟體，斷續地與同學兼死黨（代號「起司茉莉」）傳訊著。後來這段對話也被檢察官列為重要證據之一。以下是當時兩人的Line對話內容：

周雨潔：在哪？

起司茉莉：餐廳啊。考完就跑來打工了

周雨潔：明天的台灣文學都看完？

周雨潔：我還在圖書館K哩！

起司茉莉：能PASS老娘就去廟裡還願。又不拿書卷獎

周雨潔：剛跑到外面打電話，回來桌上多了這張紙條

（照片傳送）

起司茉莉：「就是喜歡這樣靜靜看著妳」，好噁心！

周雨潔：我覺得可能是我之前跟妳提過，晚上跟蹤過我回家的人

周雨潔：他會不會也在圖書館裡

起司茉莉：我之前以為是妳想太多。是學校的人嗎？這字好難看，肯定是醜男

周雨潔：圖書館那麼多人，我哪看得出來誰。好可怕，我還是覺得有被偷窺的感覺

起司茉莉：妳快回家啦，還是我叫阿光去護駕？妳知道他暗戀妳很久了

周雨潔：妳們很無聊耶！

起司茉莉：啦啦啦～

周雨潔：算了，我回家K好了。都妳啦，三八亂嚇人

起司茉莉：防狼噴噴別放包包，拿在手上！

（以下是九點三十五分後的對話內容）

起司茉莉：到家了？

周雨潔：到了。吃東西 ing

起司茉莉：沒事就好。吃什麼好料？

周雨潔：又是那家滷味啊，附近只有這能吃

起司茉莉：吃完繼續用功，小豬豬。台灣文學重點整理好拍照給我

周雨潔：不要～

起司茉莉：厚，小氣。我忙完回去很晚耶

周雨潔：我跑到陽台了！

起司茉莉：？
周雨潔：我剛剛聽到衣櫃裡好像有咳嗽的聲音！
起司茉莉：@@！快打手機給我！
周雨潔：不行我怕他會聽到。我偷偷躲在窗簾後面
起司茉莉：沒聽錯？有確定嗎？反正我先打119
周雨潔：先不要。等我再看看
起司茉莉：不能先跑到外面？
周雨潔：衣櫃靠門口那邊，我只能躲這
起司茉莉：可以爬到隔壁去？
周雨潔：我在四樓耶。陽台門又不能從外面鎖
起司茉莉：我馬上過去妳家
周雨潔：妳可不可以
起司茉莉：可以什麼？
起司茉莉：怎麼樣？
起司茉莉：妳剛問我可不可以什麼？
周雨潔：沒事了！妳不用過來我聽錯了！
起司茉莉：吼，大小姐，剛剛被妳嚇出心臟病

周雨潔：對不起！

起司茉莉：真的沒事？

周雨潔：沒事！

起司茉莉：沒事就好。我正跑去跟老闆請假說

周雨潔：一切都好！我先洗澡了明天聊！

起司茉莉：881

「起司茉莉」是位典型的中文系女孩，善解人意又心思細膩。當她看到了倒數第四句對話，心中便警覺情況有異，當下立即用手機撥了一一〇報案。而這舉動不但及時解救了周雨潔，也成了方夢魚連續殺人事件的破案關鍵。

「因為最後那兩句對話，跟我們之前聊天的語氣不一樣。」當起司茉莉接受媒體訪問時，她是這樣說的：

「我們這幾個死黨，在手機上聊天時，也不常對彼此說對不起、謝謝你這類的話，太客套、太見外了嘛！而且最後那三個句子的語氣、斷句跟標點符號，跟前面對話差別很大。還有啊，一般女孩子，至少我認識的雨潔也不會一吃完晚餐就馬上跑去洗澡。當下我就知道，拿著手機打字傳訊息給我的，一定不會是雨潔本人。」

十點十七分，線上警網趕到周雨潔住處，一位顏姓巡佐協同一名警員到四樓查探，發現房門虛掩、房內物品凌亂，似乎有打鬥痕跡，因此又呼叫另一組警網到場支援。

第二組警網在公寓巷口處攔停了一輛形跡可疑的小客車。原本那輛小客車想倒車逃逸，卻被從樓上趕下來的顏巡佐拔槍喝止，射破了前後兩個輪胎，小客車駕駛終於束手就擒。回到警局查驗身分的時候，才知道駕駛就是方夢魚，也是被害女學生的同校教授。

而警察從小客車的後行李箱救出了周雨潔。當時她已陷入昏迷，脖子後方被電擊出一片明顯瘀青，全身被薄被包起、並用膠帶牢固地捆紮起來。雖然車內沒找到其他工具，但警方研判，方夢魚應該是正打算將她載往偏遠處毀屍滅跡。

被帶到警局的方夢魚，徹頭徹尾行使緘默權，完全不肯吐露半點動機或辯白，也不肯找律師幫忙，即使是趕來協助的法扶律師也莫可奈何。

假如整個事件到此為止，大概也就是一篇上不了頭條的社會新聞，頂多給水果日報冠個「意圖先姦後殺？大學校園驚傳獸師性侵女學生」這類聳動標題，過個三天吸夠了網路流量就會被大眾淡忘。

但整件事的真正爆點、讓全台灣為之震動的，是在警方於隔天申請搜索票，從方夢魚家中找到的新證據。

新證據十分嚇人。警方從方夢魚書房的櫃子深處，找到了三個灌滿福馬林的小廣口瓶，上頭各自貼了「無上的凝望」、「掌心的溫度」、「芬芳的滋養」電腦列印標籤。裡頭漂浮著分屬三名女子的舌頭、心臟與子宮。

櫃子裡其實還有第四個空的小廣口瓶，上頭的標籤是「漫長的告別」。但是出於高層的一些顧慮，警方並沒有將這個消息公布給新聞界。

因為器官組織被福馬林給破壞了，因此鑑識人員將器官送到馬偕醫院進行粒腺體mt-DNA的定序比對，找出了三名失蹤人口，她們都是正值青春年華的女孩，依次是二〇〇二年二月十六日的梁玉婷、九月二十日的曾婍，以及同年十二月十四日的沈蓓湘。

鑑識結果，讓那些主張失蹤女孩並未死亡的人們——尤其是被害者家屬們的最後一絲希望也破滅了。

任憑檢警再怎麼威脅利誘，方夢魚始終三緘其口。據說警方還特地找人進牢裡與方夢魚同房，希望能夠套出些線索來，但仍徒勞無功。

三名被害者，依然不見天日。要命的是，或許還有第四名。

⊙

對於台灣的新聞媒體來說，幾乎每隔一兩週就會冒出新話題可以炒作。今年尤其不平靜，從太陽花學運、高雄大氣爆、澎湖墜機、打房危機、食安風暴到九合一選舉，如連續劇般輪流吸引眾人目光，因此半年前發生的方夢魚連續殺人事件，對於台灣觀眾來說恍若隔世。

直到剛剛，方夢魚死亡的臨時新聞一播出，當時的恐怖氛圍似乎又回來了！

網路上同樣也如炸了鍋般，幾乎每個人的社群網頁、手機訊息，都被這則消息給洗版了。

還等不到錄影結束，阿唐三不五時就掏出手機盯著「唐人全球新聞台」的粉絲專頁，今晚那篇《新聞透視眼》的預告貼文，已經有五千多人按讚、兩百多則回應了。幾乎是平常日的一百倍以上。

「這次收視率肯定破二點五！」阿唐斬釘截鐵地說道。

十點十五分，棚內錄影結束。徐海音和幾位來賓再客套一陣子後，便匆匆返回十二樓的辦公室。她知道自己的下一步，應該是盡快找出周雨潔的聯絡方式。不過在那之前，她得先讓自己痙攣的胃盡快放鬆下來。

這晚上大家肯定都不輕鬆了，她想。

可以想見的是，各大媒體的社會線記者，現在都如禿鷹般圍繞在台北市警局，為十一點的記者說明會搶先卡位，靜如要熬夜發稿，今晚大概也不必睡了。當然，本部的SNG車一出動，也得有一個最菜的社會線記者被叫回來待命……

當徐海音剛步出十二樓電梯，恰巧另一部電梯的門也打開，一名穿著粉色POLO衫、牛仔褲與慢跑鞋的年輕女孩，在她身後喊了幾句。

「學姊，學姊！」

徐海音轉頭一看，原來是新聞部的呂茵，她喜歡人家叫她英文小名Mandy。這家電視台員工的畢業學校，不外乎「銘傳幫」與「世新幫」兩大派系，在這格外看重學長姊倫理制的圈子裡，「拉幫結派」算是必要之惡。

徐海音是世新A88學年、呂茵為A97學年，加上徐海音已頗具知名度，曾回母校演講過兩次，因此當呂茵一面試進來，便衝著她直叫學姐攀關係。因著這份情誼，儘管徐海音人在節目部，但也盡可能地幫一下小學妹的忙。

不過不管是銘傳幫還是世新幫，徐海音比較喜歡跟沒有這些背景、她私下稱為「理想幫」的人共事。像是文化大學畢業的劉導，以及中央資管畢業的阿唐，相處時總覺得自在點。

「Mandy，妳被 Call 來待命嗎？」徐海音問。

「是啊，看到手機的即時新聞，我就開始換衣服了，果然組長的電話一秒鐘後就到。」她做了個誇張哭臉表情。

徐海音微笑。Mandy 雖然老被社會組組長抱怨不夠機靈，組裡其他人私下給她的代號是「M天兵」，不過磨了一年多算是有長進了。

「這個新聞至少要再折騰一個禮拜，妳的皮可要繃緊點。」

「人家全身上下都繃到敲起來有聲音，可以當鼓皮啦！」Mandy 嬌嗔道。「對了，學姊。恭喜妳這次搶到個獨家，老總應該會樂得發獎金吧！」

「先別高興太早，找深喉嚨爆料，說不定會有什麼副作用呢！」一邊說著，徐海音想起什麼似地，從包包裡掏出一本《台灣怪狀三十年》遞給她。「妳要的書，郭教授有簽名了。」

「哦耶！謝謝學姊！」Mandy 雀躍地將書收進自己的背包裡。眼尖的徐海音瞧見裡頭有楊記老大房的紙袋，忍不住揶揄她道：

「喔，我們的 Mandy 今晚有約唷！」

Mandy 不自然地笑了笑。「……啊，被學姊看到了。不過這是吃剩打包的，不敢拿來孝敬學姊，下次再專程買他家的招牌菜請學姊吃。」

「不用啦！記者會快開始了，妳先去 Stand by 吧！」

Mandy欠身道謝。「那學姊我先走啦！」

看著那輕盈的身影消失在走廊轉角，徐海音不禁莞爾。根據公司茶水間最新的八卦，阿唐對這小女生似乎頗有情意呢！

雖然明知道現階段的官方記者會，不可能會傳達任何有用的消息，不過《新聞透視眼》的導播、節目企劃、製作人等核心工作人員，還是不敢掉以輕心，齊聚在辦公室內，緊盯著牆上六台電視機的各家新聞台直播。

對劉慶和來說，他也不介意這樣的「加班」。反正他跟老婆離婚後也是光棍一人，不急著回家。每次節目結束，他喜歡留在沒啥人的辦公室裡，大大方方地抽上三四根菸再回家。他老愛說，能在空調大樓內公然抽菸，重拾一下癮君子的尊嚴，這是節目部的深夜特權。

記者會開始前十分鐘，阿唐衝進辦公室。「徐姊，徐姊！我跟靜如聯絡上，我把周雨潔的手機號碼傳給妳了，有看到吧？」

徐海音把高跟鞋脫了、套裝領子跟裙扣都稍微打開，不顧形象地趴在辦公桌上，另一手緊壓著腹部。「謝了，等我緩過來再看。」她氣若游絲地道了謝。

「徐姊的胃痛又發作啦？」阿唐看著徐海音，不忍地問。「要不要吃個胃藥還是看醫生？」

「你懂啥？這叫神經性胃痛啦！」劉慶和插嘴道。「老毛病了，現場有突發狀況，她腎上腺素一來，血壓就會升高、神經跟著緊繃，等到人放鬆下來後，腸胃就跟麻花一樣全絞在一起，得痛個半小時才能好，吃止痛藥都沒用。她今年才發作過三次，算客氣的！我弟是這樣、之前那個行政院發言人也是這樣的，操煩過度又不愛運動嘛！海音，對不對呀？」

徐海音微微抬起手，朝劉慶和比了個大拇指，然後再轉為單支中指，惹得全場人都笑起來。

「喔，是這樣啊！」

阿唐邊說著，伸手從口袋掏出小筆記本，劉慶和笑罵道：「幹麼，你還想做筆記放粉絲團啊？這種女主播檯面下的糗事不必特地寫下來啊！」

「不是，我有兩件事要報告。第一是部經理有打你的手機，但你沒接。他說NCC跟警察那邊都有打電話到台裡關切了，估計下禮拜會收到公文。咳，部經理想先跟你打個招呼，到時還想找你一起去說明一下。」

「去他的，我就是知道會這樣才不接他電話。」劉慶和嗤之以鼻：「他肯定也知道我不會回撥，才打給你，叫你來傳話。」

「我這麼菜不敢不接啊！」阿唐訕訕地乾笑一聲，繼續說：「另外剛在後台，蔡大砲拉著我說，要是下次再發通告給黃萱，他就拒上。他要我一定確實轉達給你們。」

「拒上？拉倒！我還不想給他上！」劉慶和拍桌罵道：「這老傢伙上節目沒在做功課的，老是臨時上維基百科抓些資料來敷衍。看看黃萱，雖然無厘頭，但人家是有備而來的。每次節目有她，不管網路還是收視率都高了零點幾個百分點，我還想叫那老傢伙多學學她呢！」

「是、是。」

「沒其他報告事項啦？你跪安吧！」劉慶和揮手要阿唐退下。剛好看見徐海音把辦公椅當成輪椅用，緩緩地把自己給拉近到靠電視側的辦公隔間。

「噯，妹子，能動彈啦？」劉慶和打趣道。

徐海音滿臉痛苦的表情說：「好一點，至少能講話了。再過個二十分鐘應該就能站得起來了。」

記者會延遲了大概十分鐘才正式開始，逼得在場的連線記者只好淨說些「警政署署長出現在會場」、「現場維持秩序的警察表情嚴肅」、「發言人正在做一個上台的動作」之類的空話。

只是發表會不到十五分鐘就匆匆結束，如大家所預期的，除了確認方夢魚已於今晚七時許身故外，對於其他事項，尤其是「某談話性節目找關係人爆料內容」不願意證實其真實性，只說會再仔細調查後於適當時機公開。

但發表會有將近三分之一的時間，是在抨擊「某談話性節目」的 Call in 爆料作法十分不當，只為了炒作收視率，完全無視社會責任，不但造成檢調偵辦困擾，同時也加劇公眾恐慌，未來必定會依法追究云云。

會後開放記者問了三個問題，同時也是全台灣最想知道的三個問題：

方夢魚臨終前是否暗示有第四名被害者？

周姓女學生現在人在哪裡？她手上握有什麼線索？那些線索是否跟那些被害者下落有關？

全案還有沒有其他共犯？

當然，這些問題恐怕連警方也不見得知道答案，所以全被制式化的官方回應給化解掉，想知道真正的答案，唯有等待天下唯一的破案之神──「時間」來給予解答了。

●《新聞透視眼》蔡忠華

有朋友問我關於方夢魚這事什麼看法？我從頭到尾只有這兩個字—變態！你讀聖賢書、你為人師表耶！你幹出這種禽獸不如的事情，你真的是愧對父母、愧對師長、愧對台灣、愧對天地，我告訴你！

方夢魚從小就是含著金湯匙出生的，人生路上一帆風順，從他上台大、國外留學到任教職，然後娶了美嬌娘、席開兩百桌，連當年的行政院長游錫堃都出席，再來一直到後期的良好產官學關係，讓他在公家標案、商業接案等可說是無往不利。幾乎就跟那些富二代、官二代一樣，有沒有？活生生的人生勝利組啊！

這裡我跟大家爆個料。光是去年，他透過自己老婆的公司、以及學校研究案的名義，只算入公家標案的話就標到了十六個，這部分的標金將近五億兩千萬。他的身價呢？我告訴各位，絕對是以億計的。

古人說「飽暖思淫欲」，扣到他頭上有多貼切。你看看，這麼順風順水的人生、金山銀山用不完，但最終就是自甘墮落，幹出這些人神共憤的事，逃不過自己的心魔。你說，所以我從頭到尾就這麼兩個字「變態」，夠不夠貼切？嗯？

今晚的突發事件，讓徐海音冒出些新想法。她得趁著明天上班前，先把一些前置作業給搞定。

徐海音把三張辦公椅拼在一起當小床，躺在上頭邊按摩著胃部，那陣絞痛勁頭總算勉強舒緩下來。她先撥了通電話給老公趙遠聲。

「遠聲，我今天要晚點回去，估計最快也要到兩點，你先睡吧！」

「我知道，晚上新聞都一直在報那件事。家裡一切都好，你不必擔心，我都處理好了，慢慢來吧！這事這麼突然，妳的胃痛一定又發作啦！」

徐海音心中感受到一陣暖意。也許當年，她就是被這低沉溫厚的嗓音給迷惑，還有不著痕跡的貼心關懷，才會讓她至今仍愛得不可自拔。

「還好啦！」徐海音甜甜地回道。「樂樂呢？睡了嗎？」

「剛剛媽哄她睡了。反正家裡一切安好，妳別煩惱了，好好專心在妳的方夢魚上吧！」

「哼，說得好像我永遠不在家也沒關係似的！」徐海音故意撒嬌道。

「說什麼呀！妳不在家，光是我的心就先空一半了呢！」

「貧嘴！」

「呵，乖乖等你回家，先幫妳把另一邊床給溫熱。新聞透視眼，海音走向前！」

儘管都快凌晨十二點了，但跟老公的一陣打情罵俏，卻比任何提神飲料還有效，又神奇地讓她頓感精神飽滿呢！

另一旁的阿唐也沒閒著，正試著聯絡留守台北地檢署的靜如，以及其他媒體窗口，不過徐海音看他一臉頹喪的神色，就知道他碰了不少硬釘子。

「同業都在罵我們亂搞，財大氣粗、沒新聞倫理什麼的，讓警察都不肯透露半點口風了。靜如也被旁邊的一堆白眼搞得很難堪。」

劉慶和不屑地哼了聲。「啊，不然怎麼辦，我們這種成立沒多久的、排到有線頻道五十幾台後段班的，不出絕招怎麼生存？還好老闆有的是錢，敢花！你應該覺得光榮。」

「我怎麼覺得劉導每次說老闆的好話時，都比切洋蔥還讓人感動呢！」阿唐裝出一副感激涕零的表情，接著正色說：「我打聽過，有記者說，其實九點多時，周雨潔就被帶到北檢去了，現在檢察官正連夜問案。」

「假如今天那個A小姐是確實轉述的話，那麼八成是方夢魚在吞下電池前後，有想辦法把一些東西交付到周雨潔手上，而周雨潔自己可能還沒收到，要不然就是不清楚這東西是否跟血案有關。萬一這東西要是給她嚇得隨手扔掉，方夢魚不就沒戲唱了？在這節骨眼，他還要警察去找她問東問西的，豈不是想把她當成是共犯，一起拖下水了嗎？」徐海音若有所思地說。

「我倒覺得是方夢魚那傢伙在轉移焦點而已，跟他認真就輸了嘛！」阿唐搖頭說道：「我是比較認同蔡大砲的看法，就一個死變態而已！臨死前還故弄玄虛，搞個拜拜啞謎、還引導條子去找之前的被害者霉頭，真正的用意就是唯恐天下不亂嘛！這人就是知道台灣人愛看熱鬧，演了齣戲，就可以牽著大家的鼻子走，人死了還想把大家耍得團團轉。」

「嘿嘿，事情一定不像憨人你想得那麼簡單。方夢魚就算是個變態殺手，人家也是做出一番成績來啊！」劉慶和一拍腦門，喊道：「啊，想到了！一定是啊，那個方夢魚覺得沒殺掉那個周小妞不甘心，所以交代了同夥，弄了個炸彈包裹還是毒針信封什麼的，等送到那小妞手上……砰！當場往生，就成了第四位犧牲者啦，對吧！」

「不是吧，假如真要這樣做的話，偷偷寄給周雨潔就好了，幹麼要搞到全台灣都知道？警察不可能不防備的。還有啊，這樣方夢魚也沒必要得自殺不可吧！」徐海音輕易推翻了劉慶和的推論。

阿唐在一旁偷笑。「都什麼時代了，包裹毒針？我還包心粉圓咧！劉導你一定是手機上面的武俠遊戲玩太多了哦！」

「我老人家開開玩笑，給大家提提神嘛！」劉慶和不以為意，點上一根菸，繼續說：「不是我賣弄，薑就是老的辣！我姓劉的好歹也跑過八九年的社會線。我師父常對我說，媒體已經報出來的不叫新聞，那些攝影鏡頭拍不到的、有人不想讓它曝光的、找不到目擊者的，那才有資格叫新聞！」

「喔？聽起來劉導知道些內幕？」徐海音問。

「有一個大家都忽略，可是我覺得是後續風波不斷的關鍵：就是方夢魚的財產！」

阿唐翻了翻白眼。「我還以為是什麼驚爆內幕，原來是他的財產。」

「講到這裡面的眉眉角角，你就不懂了吧！」劉慶和得意地說：「你們猜猜，方夢魚的財產有多少？」

四年多前，執政黨團看上方夢魚的良好形象，加上他本人也有從政意願，因此決定以素人之姿參選立委一職，不過後來卻以健康因素退出初選，與政壇無緣。從當時媒體流出的財產申報表來看，方夢魚全部家產大概在四五千萬之譜。

「四五千萬？」劉慶和哈哈大笑。「你覺得一個在學界、商界鑽營二十多年的學霸，身價只有那麼一點？」

接著他雙手比出一個十字架。「告訴你們，至少十億！」

阿唐雙眼瞪圓，不可置信地問：「不會吧！怎麼可能這麼多？他不是都接些公家的案子，多少錢都一清二楚，怎麼可能撈到這麼多？」

徐海音也出聲道：「檢察官有去搜索過他公司，也沒搜到這麼多資產啊？」

「所以說這眉角在哪裡？你們沒經驗的就不會知道嘛！公家機關只要不超過十萬元可以不用招標的喔！另外跟你們暗示一下，他可以找人頭開好幾家公司，他可以開在海外，他可以用作帳、假交易的方式把錢轉移到不同公司。唉呀，反正就是政客洗錢那套，不意外嘛！」

「喔！」兩位聽眾恍然大悟。

「咦，不對唷！」阿唐還是不懂。「真有那麼多錢，他退休享清福都好，想要多少女人都沒問題，幹麼還殺人？又不是說多殺幾個可以投資、還是財產可以翻倍什麼的。賺那麼多錢，被抓去關到頭來還不是等於沒得花？」

「唉呀，所以說，有錢人跟你想得不一樣嘛！沒聽蔡大砲說的『飽暖思淫欲』，錢多就想作怪，一樣的意思啦！」

「所以說，到頭來這些財產，應該都會歸方夢魚的老婆孫思彤所有吧！我記得他們沒有小孩的。」徐海音說道。

阿唐像是明白什麼，恍然道：「喔，全案最大獲利者是方夢魚老婆，說不定就是她在背後指使的。難怪方夢魚從頭到尾都不肯多說一句話，是為了保護她吧！」

徐海音與劉慶和無奈地對視一眼，搖頭苦笑。

「怎麼？我看柯南卡通常看到一半就知道凶手是誰，這案子的劇情走向，照我說的不是挺合理的嗎？」

「好啦，阿唐偵探，恭喜你勇破血案，明天再請我們吃飯。」徐海音打趣道。「時候不早了，你先回去吧！」

「徐姊你不一起走嗎？」阿唐問。

「我有話要跟劉導說。」

「對啦，都幾點了，幫我看看。」劉慶和故意把腕錶舉到阿唐眼前晃了晃。「不要打擾我跟徐大主播談情說愛，趕快去補眠，明天加把勁，看能不能聯絡到周小妞，《海韻最前線》的腳本明天也要給我啊！」

「好啦好啦。唉，不要一直炫你的錶，很俗氣耶！誰會把可以買一台賓士車的錢，掛在手上到處走啊？」阿唐嘀咕。

徐海音不禁莞爾。她就是喜歡跟「理想幫」在一起亂哈啦，沒大沒小沒拘束的感覺。

「好啦，妳要問的，肯定是關於部經理的位子吧！」

等阿唐離開辦公室後，劉慶和轉向徐海音，正色問道。

「能商量的，也只有你這位老前輩囉！」徐海音笑著說。

●《行政院長施政總質詢》立委蔣碧珠

……院長、院長，來，我知道大家都是斯文人，這樣說你，你不好受，但我不能不說，你是中華民國開國以來，最沒擔當、最沒肩膀的行政院長。

在太陽花學運後，全台灣充滿了暴戾之氣，大家心裡都很怕。而方夢魚犯下多場令人髮指的血案，還把女孩子身上某部位割下來當標本慢慢欣賞。這不是人做得出來的事，這是頭完完全全的惡魔，披著人皮的魔頭哇！可是看看你們怎麼應付這局面的？剛剛你的警政署長說，方夢魚在行使他的緘默權，他一句話也不肯說，就讓他為所欲為、你們就束手無策了嗎？這完全就是在公然挑釁國家的公權力！

所以我們堂堂中華民國拿這頭惡魔沒辦法了嗎？院長，你有沒有看到被害者的眼淚、有沒有看到他們的傷心難過，夜不成眠？他們多麼想念女兒，拉拔快二十年不容易啊，可是現在就連遺體都見不著，我們國家連一個壞人都治不了、都拿他沒辦法了嗎？國民很害怕耶，人民何辜？有多少人心靈受到創傷你知道嗎？你知不知道這件事？你不要告訴我，你又是今天看報紙才知道的……

⊙

近三十人座位的節目部辦公室，雖然寬敞通風，但這大半個小時在近半包煙的摧殘下，竟是煙霧繚繞不去，悶得可怕。徐海音不得不要求劉慶和移步到窗邊的小陽台去。凌晨的夜風涼意襲人，讓睡意逐漸深沉的腦袋霎時清醒過來。從圓山方向下來的車流少了大半，在清冷的高速道路上，一道道飛快掠過的耀亮車燈，在視網膜深處映下鮮明殘像。

「妳知道我是挺妳的。不管『靜音大戰』誰占上風，我也想看到是妳升上去，不是別人。」

劉慶和彷彿洞悉徐海音的算盤，於是先開口輸誠。

節目部經理在過完農曆新年後將會高升，總經理轉述董事長的想法，希望此出缺能由內部的人遞補上去。畢竟之前幾個高層缺都找了空降部隊，但一來成效不佳，再來怕打擊內部士氣，因此這個指標性的主管缺決定留在內部。

而被視為最有希望接任的人選，其一是徐海音，另一人就是主播莊靜，「銘傳幫」的大姊大。莊靜比徐海音小三歲，晚一年多進電視台，不過人氣不在徐海音之下。謠傳她與董事長有一腿，所以在台內才能扶搖直上。

一開始徐海音與莊靜兩人雖有瑜亮情結，但平常相處還會維持基本禮貌。導火線始於兩年多前，當時古裝宮廷劇風潮正興，徐海音在與名嘴們私下聊起莊靜的「升官之道」時，不經意地賣弄了「以色事人者，色衰而愛弛，愛弛則恩絕」台詞，後來被有心人給加油添醋、特地打包傳到莊靜的耳裡，之後兩位女主播的戰爭就變得白熱化。

以往「唐人靜音」指的是新聞台兩大當家台柱，不過好事之徒已經將它改為「靜音大戰」了。

「劉導，感謝你的支持。」徐海音真摯地說。「我想跟你商量的是，如果我暫時放下主持工作，這個月去跑一檔紀錄片，你覺得可行嗎？」

劉慶和瞪圓雙眼：「不是吧？妳都是主持人了，現在說要去跑現場，不是走回頭路啦？」

「嘿，你不覺得方夢魚後續的這些事情，一個比一個還有爆點嗎？」徐海音加強語氣道：「我真的覺得，這對每一個從業人員來說，真的是千載難逢的機會呀！」

「誰知道方夢魚這事可以炒多久啊？說不定明天又來個食安風暴還是香蕉花什麼的，觀眾哪還想看什麼方夢魚啊？妳不能叫別人去跑現場嗎？然後妳後製的時候再加入，效果還不是一樣？」

「我覺得用我想要的方式來做這檔，這案子的後續一定更有賣點。還有啊，我想這麼做的緣故，就是不想讓別人去跑這條線啊！」

劉慶和明白她的意思了。方夢魚案後續的發展，潛藏著不少可以做文章的謎題，隨便一項都能勾動大眾的好奇心，只要稍具幾分新聞敏感度的人，都能嗅出此案後勢可期。如果徐海音不把握機會主動請纓，那麼別人——很大的機率是莊靜，就會被指派跟進這案子。

在節目部經理位子將出缺的敏感時期，誰的節目收視率多幾個百分點、誰的氣勢蓋過了誰的鋒頭、或是在有任命權的高層眼中留下深刻印象，無疑地都能增加自己手上的籌碼。這圈子向來是「成王敗寇」，有度量的人堪稱是絕種動物，無論徐海音或莊靜上位了，另一人肯定只剩下離開新聞台的宿命。

了解其中的利害關係後，劉慶和狠狠地吸了口菸，沉思了一會兒：

「我知道了。現在要看的是老總的態度，他可能會用人手問題給打回票。妳手上兩個帶狀節目還可以找人代班，不過這節骨眼上，要另外撥出一個製作團隊會有問題。」

「這我想過了，我只要用突發新聞的人力配置來做就好，腳本我自己弄，跑現場就阿唐攝影、我做文字，後製的時候你找個人幫我調帶子，其他我都可以自己來。」

畢竟徐海音是正規社會線記者出身，也經歷過唐人「一個人當五個人用」的草創初期，要回歸特派記者跑線不成問題，當然難免會生疏一些，但她有信心能盡快上手。

劉慶和撫著下巴想了會兒。「嗯，看來是本小利多，還真的可以賭賭看。」

「我才不賭的！」徐海音半開玩笑地拍了拍對方的肩膀，然後一臉自信地說：「我不做沒有把握的事，我只相信專業！」

●《新聞透視眼》人氣部落客黃萱

這幾天萱萱一直在想，日夜反覆地想，為什麼這樣一位形象良好、受人尊敬的大學教授，要犯下這麼一連串殘忍的血案？當警察從他家搜出那些裝有被害人器官的瓶子時，啊，我瞬間想到了，其實他未必是忠華大哥說的那種「變態」，但他真的是有些心理疾病，我覺得不能用普通人的方式去看待他的作為，也許用「犯罪心理學」的角度來看會更精準。

像我特地去研究了美國ＦＢＩ調查局的論文，還有匡提科的退休教官現身說法。像是方夢魚這個案例，就是很典型的「解離型殺手」，外表像是個事業成功的上流階層人士，但因為從小家庭關係，可能是來自父親的性虐待，或是母親過度的溺愛，因此逐漸扭曲了他的性格，在他心中埋下恐怖的殺機……咦，方夢魚的童年不是這樣？不會吧？喔，對了，書上也有寫到，這類殺手對外也常會偽裝出一副父慈母愛子孝的模樣……

⊙

當徐海音回到文山區的住家，已是凌晨兩點半。打從她坐上主播台，每週有三天以上都得超過凌晨十二點後才能回家。要是碰上得跟進重大新聞議題時，一週能撥出一天去特教學校接樂樂，那已經讓徐海音感激不盡了。

她小心翼翼地開了門、在玄關處輕輕換了鞋子。房間內隱約傳來丈夫的斷續鼾聲。他總會為夜歸的她點亮廚房的小夜燈，那亮度剛好讓她洗漱打理一番，卻又不必費心掛懷關閉地恰到好處。

她快速地朝廚房掃視了一眼。洗碗槽跟洗衣籃是空的、打包垃圾丟了、流理台也很乾淨。她躡手躡腳地走過婆婆的房門口，打開了兒子樂樂的門。

出乎意料地，樂樂還沒睡，自顧瞪大眼睛看著天花板。

徐海音輕嘆了口氣，把小燈打開，走到樂樂的床邊，輕撫著他的前額。

「樂樂，還沒睡呀？」

樂樂失焦的目光慢慢匯聚，然後轉移到母親臉上。又過了十幾秒、丈夫遠聲所謂的「資料處理延遲」後，樂樂才緩緩地開口：

「沒抱抱，媽媽睡，七武王壞人。沒抱抱。」

徐海音疼惜地輕拍他的胸口，欠身將他抱在懷裡：「樂樂，媽媽給你抱抱了，可以

但這可逃不出善於察言觀色的婆婆眼睛。「看妳眼珠飄來飄去，根本就沒送！」

「唉呀，一大早的，兩位美女別吵吵鬧鬧的嘛！心情都不美麗了。」趙遠聲從臥室走出來，半開玩笑地打了圓場。「怎麼了嘛？嗯？」

婆婆不客氣地揚起鍋鏟指著徐海音：「自個兒問她！」然後轉頭生著悶氣。

「唉，沒事沒事，是我的錯，我會好好處理的。」徐海音語氣放軟，邊對老公猛打手勢，要他去緩和一下婆婆的情緒。

人高馬大的趙遠聲刻意往中間站，女人間劍拔弩張的氣氛就緩和了些。趙遠聲允文允武，大學時代是排球校隊，曾在兩屆梅竹賽事中大出鋒頭，而他也具有語言天賦，精通英德日三國語言。雖然本身個性有些大喇喇地，也有些獨生子的少爺脾性，不過當他與生命中最重要的兩個女人同住一屋簷下，他的個性在接連不斷的「日常苦修」中早已大為轉變了。

趙遠聲知道徐海音的自尊心很高、自己的媽媽也是態度強勢的人，蜜月期都還沒過，兩人就因為房子該租還是該買的問題而吵了起來。所幸樂樂出生後，這樣的情況緩和下來，徐海音原本尖銳的性格被磨圓了些，她學會在婆婆發脾氣前先低頭，再讓老公去澆熄火頭。這樣獲得的效果反而遠比據理力爭要好很多。

「媽就只是嘴巴損些，愛面子罷了，終究還是會讓著我們呀！」趙遠聲這麼說過。

果然，在丈夫的溫言勸慰下，婆婆的脾氣很快就化為無形了。正當徐海音考慮先盥洗還是先用餐的當兒，不識相的手機偏偏這時候響起。

「徐主播嗎？我是葛總的秘書秀琴。」

「……喂，秀琴，我正在補眠呢！昨天三點多才到家。」

「不好意思，葛總今天想找妳說話。得盡快！」

「饒了我吧，我今天補休到十點，現在還睡不到三小時耶！」

秘書仍是一副不可妥協的口吻：「葛總今天的行程很滿，中午後要南下。所以他希望九點半的時候妳能過來。」

「……好的，我知道了。」

「時間幫妳BOOK了，二十分鐘前會再簡訊提醒妳。」

掛了電話後，徐海音感覺到一陣怒火在體內熊熊燃燒著！天殺的勞動部真該來查查這新聞台員工的作息，根本是比「責任制」還誇張的「老闆隨傳隨到制」。雖然她想將昨晚跟劉導討論的事，在今天找時間向老闆請示，但絕對不是一大早還沒睡飽、蓬頭垢面的時候。

「不好意思，老闆要我先過去一趟，今天不能送樂樂去學校了。」徐海音轉身回房間準備梳妝。

趙遠聲很有默契地不多問什麼。倒是婆婆仍不肯善罷干休，在後頭喊著：「跟妳老闆說，下個禮拜要請年假啊！不要比我這老媽子還健忘。」

●《新聞透視眼》FB粉絲專頁網友留言（7,572人按讚/688則回應/269個分享）

咩咩洋：人渣去死一死！不要再害台灣了。社會已經夠亂～

米雅琪：真的很惡質，希望他下十八層地獄，來世當豬當狗還被虐待

Charlie Chou：報紙不是說方夢魚很有錢？家產抄一抄啦！三個（四個？）年輕女孩這麼冤枉，家屬要堅強，一定要高額民事賠償，賠到他倒～

山田正德：自己命運自己創造！帥爆殺手，我的偶像！

秀夫人：樓上，已報警

大尾豪：山田正德你真的是唯恐天下不亂，這種事能拿來開玩笑嗎？小心被告

福氣君：垃圾教授這樣死掉太便宜他，應該要凌遲。警察都在幹麼？阿扁不用負責嗎？

Linda K.：他把什麼東西交給那個被害人？有八卦嗎？

秀威羅：Linda K. 他騙人的啦，只是臨死前還想恐嚇大眾，不用理他

屌斗大帝：我有一個感覺。雖然被割下身體一部分，其實那些被害者並沒有死，只是被藏起來，所以到現在還沒被找到。

⊙

為了遮蔽黑眼圈，徐海音粉底打得厚了些，還動用了遮瑕膏。儘管精神不濟，但在搭計程車往公司的路上，她仍本能地開了智慧型手機，想看看網路上有沒有釋出全台灣最想知道、新聞肯定要熱炒的問題——

方夢魚究竟把什麼東西交給了周雨潔？為什麼那個東西可以解答多場血案中的所有問題？

不過搜尋了各家的即時新聞頻道，仍然只有零星的臆測內容，連可能的記者發表會時間都沒有，看來檢警的口風還是很緊。不知為何，看到這兒，徐海音反而覺得心情寬慰了些。

相較於自己的公私事煩擾與睡眠不足，想想那些在地檢署前苦候無著、白白吹了一晚冷風的各家媒體記者，像是靜如、Mandy 等，真的應了那句網路名言：一慘還有一慘慘！

抵達公司時，恰好是九點十分，秀琴的提醒簡訊分秒不差地出現在手機上。

有時這秘書就是這麼盡責地讓人生恨！

徐海音匆匆地跑過大廳，朝警衛打了個招呼，猛按著電梯向上按鈕。她注意到有部電梯正從最頂樓十八樓一路向下。

「噹！」電梯門開了，一位身材修長、傲氣凌人的年輕女子昂首走了出來。偏偏是徐海音最不想見的人。每當提到唐人全球新聞台女主播時，總會與徐海音的名字並列在一起的莊靜。

「呀，恭喜啊，徐大主播。」莊靜笑容可掬地向徐海音道早。「大家都在說，您昨天表現真的太好了，大家都讚不絕口呢，真不愧是大家的偶像。」

「謝謝妳，妳也早啊！」

徐海音不自然地笑了笑，側身搶進電梯。伸手快速按下樓層鈕與關門鈕，偏偏電梯門就是關不起來。

莊靜有意無意似地按著外頭的電梯向上鈕。

「徐大主播，您很忙嗎？怎麼不跟我多聊幾句、指點一下後進？不然好怕背後都有人說我升遷不靠正途、走歪路，冤哪！」

「我都想請妳指教了，哪輪得到我指點妳啊？妳先放手讓電梯上去，我去樓上拿個東西再下來跟妳聊。」

「嘖，還裝呢！妝上得厚，也遮不住妳那張喜孜孜的嘴臉。」莊靜嗤笑一聲。「不就跟葛總有約，急著上十八樓去邀功嗎？」

徐海音恨得牙癢癢的。眼看莊靜絲毫沒有放手的意思，索性一語不發，按下電梯的通話鈕。

「你好，這是一樓警衛室。電梯有什麼問題嗎？」

徐海音答道：「按鈕好像被什麼髒東西卡住了，關不起來，你能來看看嗎？」

「馬上到。」

一結束對話，莊靜方才露出勝利的微笑，把手緩緩從按鈕上移開。等電梯門一關起來，徐海音還能隱約聽見隔門外的對話：

「莊主播是妳按通話的嗎？電梯門有問題？」警衛問道。

莊靜媚笑著：「沒事沒事。是那個徐主播早餐吃多了，超重，電梯門卡住啦！」

警衛莫名所以的乾笑聲。

……

那個莊靜！她想走的是優雅氣質路線，因此碰上死對頭的徐海音時，不會使出像八點檔連續劇那種潑婦罵街的招式，而是表面上笑臉盈盈、找機會時不時地捅上一刀，這是讓徐海音最頭痛的地方。

每天照面就得來這麼一刀，每次都會被戳得隱隱作痛，實在是很讓人厭煩的辦公室氣氛。當然，依照徐海音的個性，也是得尋話反擊回她一劍，但偏偏對方老是一副毫無痛楚、樂在其中的死樣子。

想著待會兒要面見葛總，徐海音強迫自己深呼吸幾次，等電梯過了十樓，總算能稍稍平復一下心情。她從包包裡掏出補妝盒，快速地對著穿衣鏡打理儀容。

葛總全名是葛行芝，早年由軍中藝工隊出身，做過龍套演員、綜藝主持、帶狀節目導播等職務，中期憑藉著主持功力逐漸在電視圈嶄露頭角，後期則轉入幕後並開班授徒。憑著長年在電視圈打滾的資歷，投資人一致認為他是管理電視台的最佳人選。

在新聞台草創初期，因為有經驗的主播太少，葛總也曾親自下海，與徐海音一起主持過一檔《芝音人間》的談話性節目，專門做企業家的深度對談。雖然因為曲高和寡，這節目做了一季便告腰斬，但兩人間培養起深厚的革命情感，她也大概摸熟葛總的性子。

曾有前輩說過，能在這圈子待二十年以上的，靠的若不是極度的熱情，這人肯定是個瘋子。徐海音認為，葛總正是一名熱情十足的瘋子。

步出十八樓電梯，徐海音朝櫃臺後的秀琴打了招呼，她親自幫徐海音開了葛總的門。

「嘿唷唷，看這誰來啦！」葛總熱情地站起身迎接，輕輕地拍了拍徐海音的雙肩。他身上依然是一襲招牌打扮：藍條紋手工西裝與大紅領帶，玳瑁框眼鏡與八零年代的西裝頭，圓滾滾的胖身軀，還有中氣十足的爽朗笑聲。

「海音啊，妳看看妳，今天氣色特別好，是不是人逢喜事精神爽啊？妳爽我也爽咧！」葛總從桌上拿起平板電腦，把畫面傳送到牆上八十四吋大電視上：「我就覺得昨天的戰術很成功，瞧瞧，收視率來到四點二，破天荒啊！我一早就叫尼爾森傳資料給我，先跟妳分享，晚一點我再來發公告給大家知道。」

徐海音這時才知道，莊靜那聲酸溜溜的「恭喜」所為何來。平常《新聞透視眼》的收視率大都在一點一～一點五間擺盪，這次竟然衝到四點二，難怪葛總一臉想放鞭炮、開香檳的神氣。

「打從開台以來，我就一直跟同仁說，我最討厭的，就是每天追在平面媒體後頭跑，這對電子媒體來說根本是奇恥大辱啊！十年前不是這樣的嘛！看看那些同業卻習以為常似地，追在後頭還猛搖尾巴。這次爆料好好讓咱們出口氣，看到狗仔隊跟在後頭跑我就高興！這錢就算再多花兩倍也值得！」

「我也當然高興啊！不過昨晚錄影結束，聽說NCC不太高興，有打電話來罵？」趁葛總在興頭上，徐海音想幫節目部經理拋出這燙手山芋。

葛總不以為意地擺了擺手。「那又怎樣？我就是為所當為，奈我何？講難聽點啦，我們做節目又不是要讓NCC爽的，你說對不對？NCC很不爽，我們就讓他們更不爽嘛！」

「說得好，葛總。」徐海音覺得時機到了，說：「我認為，既然已經花了重本，那一定要趁勝追擊的吧！繼續擴大戰果，才能讓其他家追在唐人全球的後頭呀！」

「那還用說，當然！」

「所以啊，我想來製播一檔方夢魚的記錄片。先拍一段關於方夢魚案件的梗概、訪問一下被害者家屬，喚起觀眾們半年多前的印象，然後無縫銜接目前警方偵辦的進度，我覺得有機會挖出更多內幕，每天都可以找到更有趣的話題來報導。」

「喂，新聞部那裡已經派了兩個資深文字記者在跟進了，妳不會踩線嗎？」

「這您大可放心，我也會善用他們那邊的內容，絕不會重複跑線。我也只要最低人力來執行，阿唐攝影、我負責文字，絕對不會動用到線上人力。」

「你覺得方夢魚這事還可以炒那麼久？」葛總不置可否地說道：「用現有的新聞帶子剪一剪不行嗎？」

徐海音否認：「我想恐怕沒辦法，表現不出觀眾感興趣的那種深度與廣度。」

「好，妳有興趣自然很好。這事就好談了。」葛總從平板電腦裡叫出一段錄影，朝電視機比了一下。「妳看看吧。靜如那組拍到的，早上六點半，老李就火急火燎地傳過來叫我看。」

老李指的是新聞部經理李邦鑫，個性沉穩老練。徐海音心下了然，能讓他不惜吵醒老闆的即時新聞內容，肯定有著非常重要的意義。

畫面裡是戴著口罩低下頭的周雨潔，在警方的護送下，正慢慢步出地檢署。大陣仗的數十家媒體全擠上前，閃光燈此起彼落，麥克風、錄音筆卯盡全力往前遞，一邊追問著：「方夢魚究竟給妳什麼東西？」、「可以說幾句話嗎？」、「妳對方夢魚的死有什麼看法？」……

幾位警員不斷地推開記者，一邊忙著開道、一邊嚷嚷著「不好意思，無可奉告」、「偵察不公開，謝謝」來回應接連不斷的發問。就這麼舉步維艱地走過十多公尺、直到護送警車旁，周雨潔突然轉頭說了一句：

「我只接受唐人全球的訪問！」

這句話，讓在場的所有人都楞了一楞，包括警察在內。從他們驚訝的眼神裡，徐海音大概可以猜到他們的心裡話：「妳在搞什麼鬼？這麼想紅？檢察官都交代妳不要亂講話了，妳還大大方方地做直播預告咧！」

待警車絕塵而去，各家記者就地進行SNG直播。在現場熬了一整晚、然後不斷被檢警、同業消遣的靜如，這回可大大露臉了。周雨潔的那句話讓她如獲至寶，精神抖擻地對著鏡頭說：

「……周雨潔在台北地檢署的詢問暫告一段落，在警車的護送下，已先行返家。至於方夢魚有無交付她什麼東西、跟血案又有什麼關連，我們還在持續進行了解，一有最新狀況會立即為各位插播。另外，周雨潔也指定由本台進行獨家專訪，請各位密切注意本頻道！記者陳靜如在台北報導。」

想當然耳，其他家媒體是絕對不可能如實播出同樣畫面，至少關鍵字上會進行消音。

「怎麼樣？」葛總露出一副「奸計得逞」的笑容：「灑錢作新聞沒道德，我知道。但有誰想過，還有這種天下掉下來的好處？」

「也許她是認為本台敢衝敢言，立場公正，所以才特別指名的呢！」徐海音順勢捧了一下公司招牌。

「哈！這話咱們私下說說，自己聽了開心就好。」葛總微笑道：「所有媒體都一樣，半斤八兩啦！說我們多公正客觀？扯淡！早上檢察官都放話了，要是周雨潔敢對媒體吐露半字，就要將她以妨礙公務送辦。妳說，除了Money有這麼大的魅力，誰還敢這麼拋頭露臉？」

徐海音心下琢磨。周雨潔既然自投羅網，那麼打鐵趁熱，得盡量搶在今天出獨家新聞。但這麼一來，節目部這邊自己就沒施力處了，今晚的談話性節目是莊靜主持的……

葛總在電視圈打滾一輩子，轉眼就看出欲言又止的徐海音，心中在盤算些什麼。

「海音，我知道妳在想些什麼。妳就別費神了，先聽我要說的。」葛總聲音轉低沉，給人一種誠摯的錯覺，徐海音知道這是他已有結論的「協商」、希望對方低頭妥協的時候了。

「嗯，這幾天呢，全台灣的阿公阿媽大人小孩，都會對周雨潔這個人很感興趣，最好三餐都拿她來配飯吃。但要是過了這禮拜，或是條子那邊有斬獲，她人生的成名十五分鐘也到頭了。在她變成路人甲之前，我們要好好榨乾她每一分價值。我叫邦鑫去跟周雨潔談條件了，攝影團隊就在她家樓下待命呢！」

葛總抬手阻止徐海音的發言衝勁，繼續說道：「周雨潔最重要的角色，就是幫方夢魚後續事件開了頭，所以邦鑫一談妥，跑馬燈就開始跑、即時新聞就狂炸、整點新聞連報三節，晚上談話性節目就算人不到現場，也要 Call 她上線。」

徐海音好不容易吐出幾個字：「可是……今晚不是我的節目……」

葛總雙掌合什擱在鼻前，目光炯炯地看著她：「所以，這就是問題了，是不是？我們打開天窗說亮話。妳跟莊靜不合的事、妳們想要節目部經理位置、妳們很看重方夢魚這事件，全世界都知道了。實話跟妳說，妳進來我辦公室前十分鐘，她同樣也是慷慨激昂地跟我說，要把手邊事情放一放，自己找攝影去跟警察二十四小時辦案。」

徐海音震驚地看著對方。她總覺得那些關於莊靜的流言是八九不離十，根本是支沒啥料的花瓶，可沒想過她的想法竟跟自己一樣，行動還更積極。

「我重點是什麼？嗯？我想跟妳說的是，也許真的是妳們其中一人高升了，然後呢？妳怎麼去帶一個跟妳不合、幾乎撕破臉的屬下？她要是走人了也是電視台的損失，妳總不能期望當個人人都喜歡妳的主管吧？那不叫管理、叫辦家家酒！說白了，這次的方夢魚後續案件，長官們不希望看到妳們競爭，而是妳們能夠真誠的合作，懂嗎？」

徐海音尋思著想說些場面話，但想想還是太多餘，最後只能點點頭，老實地說聲

「謝謝葛總」。

葛總很滿意這樣的回答，最後敲定了今晚先讓周雨潔以 Call in 的方式，參與莊靜的《鄉民靜距離》；隔天再爭取本人現場參與徐海音的《新聞透視眼》。對於上司這樣的安排，徐海音也只能照單全收了。

「我知道昨天一戰，得罪了不少人，妳們現在的消息來源都噤聲了。」葛總一邊說著，一邊切換平板電腦的內容：「還好，專案小組裡有人欠了我一個人情，大大的人情，所以願意來當一下……呃，傳聲小蜜蜂。記得啦，用上他的材料時，包裝一下，不然搞到條子揪內鬼，也很麻煩。」

平板電腦上的畫面，是一組谷歌電子郵件帳號「hello123」與簡單的登入密碼，徐海音默記在心。為了避免網路傳遞訊息被截聽，因此那名「小蜜蜂」約定，會將關鍵的內容與照片寫封新郵件，放在「草稿匣」裡頭，其他人再直接登入該組帳號密碼瀏覽。

與葛總的會面告一段落。離去前，葛總拍了拍徐海音的肩膀，打氣道：「海音，我很看好妳，好好加油啊！」

●《新聞透視眼》板橋宋小姐 Call in

喂，聽得到嗎？……海音姐、各位來賓好。我是贊同蔡老師所講的，方夢魚真的很變態啊，又是連續殺人又是割器官的，以前老人家恐嚇小孩子都說警察來了，現在大家都改騙說方夢魚來了，再淘氣的小孩真的都乖乖的不敢吭聲（全場笑）。

我覺得方夢魚臨死前還要搞這一齣，又要讓社會人心更加不安了，這實在是哦……不知道怎麼說捏。可是我覺得媒體為什麼要跟他起舞？你看嘛，現在國際賽事如果有人在裸奔，攝影機都是立刻轉個方向，絕不去拍他。因為那個人就是想紅、想出風頭嘛，媒體去配合他就中他的計啦。假如今天媒體不要去報這件事，管他死前有沒有懺悔、拜了幾個人，那方夢魚算什麼，他什麼都不是了嘛……

（謝謝宋小姐，我們繼續接聽下一通電話。）

⊙

當徐海音衝回十二樓的辦公室，發現同事們都放下手邊工作，盯著牆上的電視機群瞧。

她先看向T台的即時新聞。旁白說明，警方似乎從周雨潔處取得了關鍵線索，現在大隊人馬拉到了民權東路上的海商大樓，進行一個現場搜索的動作。T台是從鄰近的制高點往下拍攝，警察在大樓天台處拉起一圈封鎖線，十來個人分散開來，各自忙碌著。民視新聞台從頂樓安全門朝外拍去，這個角度可以清楚看到，一名檢察官正在指揮全局，有刑警正拿著一張紙片朝繞著四周來回比對，也有人拿著手電筒在水塔附近走動。

辦公室裡，一名同事笑道：「在頂樓有什麼好找啊？難道會藏屍在那裡？」

「啊，我知道我知道，該不會是把屍體給藏在水塔吧？唉唷，好噁心。」一位女同事大呼小叫著。

不過沒人出聲附和，因為這種老梗根本就不可能成立。方夢魚都入獄半年多了，就算真的把屍體丟水塔，住戶們也該「喝」出異狀了。

檢警的動作很快，看來跟自家電視台找深喉嚨爆料，以及周雨潔的「預告」有些關係。徐海音知道眼下分秒必爭，現在就得立刻趕到現場去共襄盛舉，不然她的如意算盤可就打不響了。

其實她從沒想過要拍老掉牙的記錄片，那根本也不是她的強項。她心心念念的，是藉由她在這圈子裡長年培養出的敏銳嗅覺，從這案子裡挖掘出更多更深的內幕，甚至是當面挑戰方夢魚所佈下的謎題，好為自己的節目下更多猛料。

「海音，下午四點要順一下明天流程，妳時間可以嗎？」唐人全球新聞台顧問兼談話節目製作人大東匆匆地跑到她座位旁問。

頭銜特別長的大東向來是個大忙人，耳朵上永遠別著一個藍牙耳機，從早到晚的工作就是不停地開會。據說他最高記錄是同時開三個會：在第一個會議中用筆記型電腦的線上視訊參與第二個會議，並透過手機在第三個會議中發號施令。也因為跟公司各部門接觸頻繁，所以他也是公司內的八卦中心。阿唐與 Mandy 搞曖昧的情報就是從他那裡聽來的。

「唉呀，東哥你昨天病假請得真不是時候。」徐海音笑道：「葛總聽到收視率破記錄，高興得猛搖尾巴，說要給大家獎勵獎勵呢！」

大東苦笑。「他一大早就傳簡訊給我了，我看到後感冒就立即大好。也多虧劉導昨晚夠機靈直接上報、老闆敢二話不說就撥這筆錢，當然還有大家努力啦！有這樣的成績太棒了！」

徐海音趁機將與葛總的討論對他說了，並提出要調用阿唐幾天。

「好啦，我再找工讀生來 Cover。妳要是趕不回來，我再打手機跟妳討論。」

「是了，明天有機會請到周雨潔本人進棚，那就不必發黃萱通告了，不差她那點人氣。先讓周雨潔從被害者角度爭取觀眾同情，然後再請蔡大砲火力全開批判方夢魚，這樣安排絕對精彩。」

「對、對！英雄所見略同。那先這樣，我去開下一個會。」大東風風火火地轉身要走。

「啊，還有，莊靜晚上的 Call in 也安排好啦？」徐海音試探地問。

「應該吧！她直接跟邦鑫過去找周雨潔了，我看依她個性肯定都安排好，說不定還順過稿了哩！」

徐海音在心中暗罵。怎麼每個人都搶在她前頭了？讓她有種挫敗的落後感。

阿唐看準時機，興奮地扛著 XF105 攝影機背包跟腳架迎了上來：「徐姊，感謝妳的提拔，我一定會好好努力，不讓妳失望的。」

「你之前偷學的攝影技巧沒忘吧？萬一搞砸了唯你是問。」

「放心，放心，要拍近拍遠拍質感拍內幕，交給我就對了！」

「好吧，快來不及了。開我的車去，我們邊走邊說。」

徐海音不忘回頭關心一下警方的搜索進度。從現場記者天馬行空地亂扯對白來看，目前應該是還沒什麼新發現。

緊湊地處理一連串事件後，徐海音感覺胃部隱隱作痛，似乎有造反的跡象。她忙從皮包裡翻出止痛藥，路過茶水間順便取水服下，然後做了幾次深呼吸。

她先把自己的手機交給阿唐，請他幫忙設定一下葛總給的「小蜜蜂」帳號，打了通電話給靜如，但卻直接進入語音信箱。

「咦，靜如沒接手機？難道又轉移了嗎？」徐海音自言自語道。

阿唐回道：「喔，靜如熬了一整夜，說是發燒先回家休息。Mandy 代替她上陣了。」

徐海音白了他一眼。「她的行蹤你倒挺清楚嘛！」

「徐姊妳想太多了，純粹是公事聯絡啊！」阿唐猛搖頭。

徐海音噗嗤一笑。「好啦，鬧你的。」

她接通 Mandy 的手機，目前她與另一名攝影記者在海商大樓斜對面的中山之光社區頂樓。

「怎麼辦，學姊？我塞了一千元給管理員，他才同意讓我們上來，這也沒收據，可以報帳嗎？」Mandy 求救道。

「唉，行啦，當計程車車資報掉吧！」徐海音問：「警察找到什麼東西了嗎？我看他們人手一張拿著什麼在比對，你們那邊有沒有消息？」

「沒啊，學姊。好像狗仔隊有拿到一張照片，可是不肯跟我們講。我現在連線都不知道要講什麼，只能傳畫面回棚內了。」

「海商大樓是整棟封鎖嗎？」

「有管制，不過媒體還是進得去，但現在上不了頂樓。」

「好吧，我進電梯，先這樣啦！」

到了地下室停車場，徐海音找到了暱稱「小藍」的 Swift 小車，讓阿唐把裝備弄上車，接著讓阿唐開車，朝海商大樓駛去。

徐海音在助手座，查看阿唐設定好電子郵件帳號的手機。如葛總所說的，「小蜜蜂」把說明文字連同圖片附件都寫成一封待發的電子郵件，放在「草稿匣」裡頭。

那封信雖然寫得匆忙，文字不多，但充分說明了警方從周雨潔處找到的線索，以及為何前往海商大樓搜索的緣故。

「等一下路邊先找找看有沒有相片沖印店。」徐海音吩咐道：「到那邊之前，咱們得先洗一張重要的照片出來。」

●《鄉民靜距離》主播莊靜 整點新聞預告腳本

△高跟鞋聲音自畫面外由遠而近，場景由黑暗逐漸明亮，莊靜緩步走到畫面中央。

△鏡頭拉近，聚焦在身著靛藍套裝的莊靜，側身角度120度。

△莊靜手上拿著一個紅色檔案夾，緩緩轉身面對鏡頭。

△鏡頭下移，由下往上拍攝來凸顯氣勢。

莊靜：（充滿自信）面對不公不義的社會，為鄉民的不滿找到新出口！

△切換到二號機，莊靜面側45度，以眼神為中心。

莊靜：（眼神犀利）挑戰官僚僵化的制度，讓鄉民的奮鬥重寫新價值！

△切換到一號機，莊靜正面。

莊靜：捍衛觀眾知的權利，我們義無反顧。我是莊靜，今晚八點，鎖定五十九台唐人全球，《鄉民靜距離》與你不設防面對面！

現代人大都用手機或電腦觀看數位照片，少有再行沖印保存的需求，因此阿唐在中山區繞了好一陣子，好不容易才找到一間小沖印店，竟還開設在麵包店裡頭。

徐海音把一張圖檔上傳到沖印店的網站。在等待照片列印的空檔，阿唐買了幾個麵包權充午餐。啃麵包的同時，徐海音為了向阿唐解釋為何要花時間沖印一張照片，順便討論了「小蜜蜂」情報。

⊙

那封未寄出的電子郵件，簡單說明了檢警調查情形——

昨晚周雨潔被線上警網從家裡帶到地檢署，由負責方夢魚案的檢察官進行問話。周雨潔似乎也滿頭霧水，完全搞不懂為何自己從「被害人」升格成「關係人」了。她完全不懂方夢魚臨終前說的話，也否認方夢魚有交付任何東西給她。

檢察官早預料到會有這種情況，他原本也認為這不過是方夢魚的煙霧彈罷了。但為了保險起見，一整個晚上，檢察官從包裹、快遞、即時通訊、網路購物一直問到聖誕卡片，確認周雨潔周遭是否發生過什麼不尋常的事等等。折騰了一個多小時，周雨潔才想起還有個地方應該最有可能……

學校配發給每位學生、以學號為開頭的電子郵件信箱。

雖然學號信箱開放給校友終身使用，但因為線上郵件系統操作性很差，所以大部分學生在畢業後都不會再用，周雨潔也不曾再登入過。於是檢察官當場請她用手機登入，果然發現，有一封在前一天凌晨十二點零分零秒寄來的可疑郵件，主旨是「周雨潔小姐敬啟，來自方夢魚的重要郵件請勿刪除」，內文是空的，就只夾帶了一張照片。

那張照片就是「小蜜蜂」夾在情報裡的圖檔。尺寸四乘六的畫面是從某棟大樓（現在知道是海商大樓）向外拍攝，角度略往上十度左右，拍攝主體包括對街上海商業大樓中段、某不知名大樓右半側，以及部分中山北路側的中山之光社區。

乍看是個沒什麼意義的空街景。但啟人疑竇的是，照片除了右下角的另外三個角落，都被刻意截角，截角部位應該有精心挑選過，分別對應上海商銀上半部招牌、中山之光大樓東側角落，以及某不知名大樓的十四樓窗台。

稍有經驗的警探，稍一琢磨後，都會立即明白這張照片是用來做三角定位用的。就好像抗戰時期的地下情報員，常拿著撕了一半的鈔票當作接頭信物一樣。

至於這張照片想定位什麼呢？這也是警察們目前在海商大樓處，像是無頭蒼蠅亂繞的原因。

方夢魚可以得知周雨潔的學校郵件帳號嗎？由於方夢魚身為該校教授，加上周雨潔曾在校內社團當過聯絡人，臉書與電子郵件帳號透過網路搜尋引擎也能找到，想知道這情報並不難。

「徐姊，我覺得這信的寄出時間有點奇怪，竟然可以抓得這麼剛好，選在凌晨十二點零分零秒寄出？」阿唐畢竟是資工系出身，曾自己架過網站伺服器，因此注意到這個細節。「我猜應該是程式自動寄出才能這麼精準，不會是其他人手動發出的。」

「不過程式要怎麼判斷方夢魚是哪天死亡呀？還是他有辦法從牢裡去遙控它？」徐海音反問。依照警方的做法，應該會請有資訊背景的同仁去追查發信者。但聽說高明一點的犯罪者，都會繞道國外避免被追查出真實IP，警方也未必真能找出什麼線索。

徐海音的手機響起。Mandy來電通知，有幾名刑警走到對街的上海商業大樓開始搜查，也有幾個人在海商大樓樓下徘徊，像是在尋找什麼。不過他們的口風很緊，對包圍過來的媒體都不肯透露隻字片語。

Mandy打算讓攝影記者留守原地，盯緊海商大樓的動靜。自己則先去跟進上海商業大樓，看看有什麼狀況。徐海音答應會順道帶上午餐去支援他們。徐海音擔心會讓「小蜜蜂」曝光，因此還不打算將手上的照片情報告訴Mandy。

「徐姊，照片沖好了。」阿唐將相館紙袋遞給徐海音。出於謹慎，他們沖印出兩張。

「有帶你的傢伙嗎？」徐海音問。

「有，有。助理打雜三寶，一定要帶的呀！」

為了應付臨時的工務需求，阿唐腰間隨時都帶了把工具鉗。他覺得像個槍袋掛在腰間很帥氣，但徐海音看來只有孩子氣。她曾經跟阿唐提過馬蓋先總隨身帶著類似功能的瑞士刀，阿唐竟完全沒聽過這號人物。（這就是代溝啊！）徐海音想。

阿唐拉出工具鉗上的剪刀，遞了過去。徐海音將照片三個空白角落給小心裁去。

「行了，走吧！」徐海音招呼道。雖然比起其他記者，自己的腳步要慢上一拍，但手上有了這個寶貴情報，或許有機會發現新線索。

車行沒多久，徐海音的手機又響了，畫面出現趙遠聲的大頭照，看來是趁午休時間來聊天的。

「遠聲，現在在忙。什麼事呢？」

「還不是媽，要我確認妳請假了沒？她說臨時去找保母來照顧樂樂，她不放心。」丈夫無奈地說。

「我沒辦法跟你媽說啊！這昨天就突然冒出大新聞，組內人手不夠，我還睡不到三個小時，這時候誰請得了假啊！」徐海音的火氣瞬時爆發。

「……」

「都跟你媽說人家是有證照的，她還是不聽啊！算了，這事回家我再跟媽說吧！」

徐海音怒氣沖沖地收了線。

此時他們已接近了海商大樓，民權東路上壯觀地停了一整排SNG轉播車，阿唐嘆了口氣，看來光是找車位又得花上一陣子了。

●《水果日報》網路即時新聞

【水果日報╱記者賀宛瑜╱即時報導】方夢魚已在昨晚七時許身亡，但為了釐清案情後續疑點，檢察官漏夜詢問重要關係人，據信已取得重要證據，並於今晨協同台北市警局，前往民權東路一棟大樓進行搜索。

截至中午十二時，搜索行動仍持續進行，範圍並擴及至對街另一棟商業大樓。基於偵察不公開，檢警對外三緘其口，不肯透露搜索目標與相關證據內容。但這場大規模搜索，也間接證實了榮總醫院內部爆料的說法。記者在現場關注調查行動，本文會持續更新消息。

海商大樓屬於執政黨黨產，抗戰勝利後從「大和海商株式會社」接收過來，登記在某基金會名下，目前作為商業大樓出租用。

座落於民權東路與中山北路口的海商大樓，歷經多次修繕，已從當年三樓紅磚建物成為十二層現代式玻璃帷幕大樓，唯有從二樓處刻意保留的尖拱形窗戶，依稀感受到哥德式建築的底蘊。

在海商大樓面對十字路口那一側，於十二樓外牆鑲有一個雄偉的獅頭黃銅像，下方還有兩支自動聚光燈，入夜後會自動點亮更增氣勢，凜然威猛地俯瞰下方的六線道車流。

此刻的海商大樓樓下相當熱鬧。各家攝影記者沒事，圍成一圈在抽菸聊天；幾位刑警在人行道上的矮木叢搜尋、並有一台金屬探測器來回掃過。幾名文字記者也在旁流連，看能不能勘破些玄機。此時正值午休時分，路過的上班族多駐足看熱鬧，甚至拿起手機拍照打卡。

趁著阿唐去停車空檔，徐海音在海商大樓下找到了Mandy。她遞上多買的麵包，作為Mandy與攝影記者遲來的午餐，順便詢問了檢警最新動向。

「學姊，我拿到照片了，應該就是警察從周雨潔那邊拿到的，妳看看。」Madny拿給她一張附近便利商店影印來的A4紙，上頭正是那張「小蜜蜂」傳來的照片，不過比例不對、也沒有截角，Mandy顯然不知道這照片還暗藏其他功能。

「大概十一點半的時候，頂樓有攝影師拍到警察手上的照片，然後就馬上放大印出來了，我也是千拜託、萬拜託好不容易才拿到一份。」Mandy嘟著嘴說。

「辛苦啦！有什麼進展嗎？」

Madny湊近徐海音耳邊，小聲地說道：「學姊，偷偷跟妳說。我覺得這些警察很笨，搜了兩個多小時了，恐怕也不知道要搜什麼東西。在頂樓晃了老半天，然後又跑到對街去逐層搜索，什麼也沒找到。」

「那他們現在為什麼要搜索人行道？是有發現什麼新線索嗎？」徐海音奇道。

「聽說是後來有人想起，應該要先查一下方夢魚跟建物的關係，後來查到方夢魚的公司有承攬過海商大樓的外觀設計標案，這才把人從對街全拉回來。」

「外觀設計標案？包括大樓外牆跟這些植物造景嗎？」徐海音指著一旁的矮樹叢問。這些樹叢看來的確是有精心設計過，每一叢約三公尺見方、層層圍繞出如迷宮般的造型，非常別緻。

「是啊，所以他們才會跟附近分局調來金屬探測器，我猜他們一定想，這些樹叢底下八成埋了什麼線索，甚至是屍體吧？不過怎麼可能埋這兒呢？我想他們等一下就要收隊了。」

這回 Mandy 倒是猜中了。不多時，帶隊檢察官到了一樓，面對蜂擁擠上的媒體不發一語，幾台公務車隨即就開走了。其他記者見狀，也紛紛上了SNG車準備轉移。

Mandy 與攝影記者一起上了車。他們估計，檢察官無功而返，心情肯定不大好。之後應該會坐等警方的專案小組搜出些實質證據，因此媒體大隊決定轉往市警局守候。

阿唐正扛著器材，滿頭大汗地從中山北路兩個路口外小跑步過來。

「唉唉，車停得這麼遠啊？」徐海音揶揄道。「Mandy 前腳才剛走，你這時候才到，太晚了。」

「啊！」阿唐發出一聲悲鳴，不住喘氣道。「不會吧，我車才剛停好。要我回去把車開過來嗎？」

徐海音笑道：「不必啦，咱們先上去看看吧！」

或許是被警方與媒體輪番疲勞轟炸過，海商大樓的管理員鬆懈些多，看到兩人扛著攝影機進門，連問個話、填個登記表的工夫都省了，讓他們順利地上到了頂樓。

先前在即時新聞中看到的警方警戒線已經撤除。說實在的，這裡的頂樓完全看不出異狀，除了一些隨意堆放的家具雜物、曬衣架、水塔、管線外，也看不出有任何值得做文章的地方。

「徐姊，要拍什麼嗎？」阿唐放下裝備，問道。

徐海音以手掌遮簷擋著陽光，四下梭巡了會兒。「你就拍個空景吧，或許晚間節目可以用。」接著她從包包裡掏出那張照片：「我來看看這照片有什麼玄機。」

徐海音學警察一樣，走到女兒牆邊，根據照片三處截角來比對方位，她很快就確認了拍攝位置，是在大樓的西南角落，也就是面向十字路口那一側。

然後呢？徐海音環顧四側，只有呼呼風聲與其他棟商業大樓；朝樓下看，則是人行道上那一排矮樹叢；望向腳邊，是堅實的水泥地，空無一物。

這可難倒了徐海音。究竟方夢魚想表達的是什麼？難道真的是故弄玄虛，只是想要著大家勞師動眾嗎？

（也許有東西藏在十二樓？）徐海音突發奇想。於是等阿唐拍攝完空景後，讓他認明方位，回到十二樓處看看有沒有什麼線索。

不過阿唐很快就回來了。「徐姊，十二樓剛好沒人租，房東還在那裡。他說警察早上就把他叫來了，在空屋裡搜索過，什麼也沒找到。後來他們乾脆把整棟同方位樓層都搜過了，還是沒有收穫。」

徐海音有些洩氣。「唉，看來我們想到的，警察也該想到了。」

阿唐也拿起那張照片，四處比對一番，最後的結論還是「位置對了，但什麼東西也沒有」。

「啊，投降了。我可以求救還是Call Out嗎？」阿唐用益智節目常用的橋段開玩笑。

「嗯，Call Out。好，我老公比較聰明，我就打電話問問他好了。」徐海音說。其實她心裡也覺得前一通電話讓遠聲為難了，想藉此跟他再說說話。

「喂，徐大主播。」

「好啦，別氣了，我剛剛口氣太衝，對不起啦。」

「唉，忠孝難兩全，妳不要讓我當夾心餅乾難做人，我就很感謝了。」

「好啦，有事要找你幫忙，有空嗎？」

「我老婆要我幫忙，我哪敢沒空？」

「說正經的啦……我想問的是，如果有人刻意要你站到精確的位置，但那裡什麼都沒有，用意是什麼？」

「腦筋急轉彎？」

「唉唷，不是啦……」徐海音把照片定位的事快速說了，然後問：「所以，你覺得刻意安排讓人站到這點上，是要幹麼？」

遠聲沉吟半晌：「既然都出動警方去調查，應該不會想在對邊安排個狙擊手把人幹掉。要我說嘛，肯定會跟妳說的方夢魚造景標案有關。」

徐海音嘆道：「這裡看得到的，也只有樓下那一排樹叢了。警察都去一顆顆仔細看過了，甚至連金屬探測器都出動，什麼也沒找到。」

「喔？有一排樹叢？那麼這張照片要定位的用意，應該打算指定某顆樹叢吧？假如答案不在樹叢裡頭或土裡，那為什麼非得是這棵樹叢不可？是不是它的形狀、樹種、種植方式跟其他樹叢有差別？」

這番話似乎給徐海音一些靈感。掛了電話後，她帶著阿唐回到女兒牆邊，朝下一株一株地查看樹叢有什麼差異。果然，每個樹叢形成的「迷宮」形狀各有千秋，由於有專人定期修剪枝葉，因此大部分樹叢迷宮仍維持當時設計的模樣。看不出來正下方那株樹叢有什麼特殊之處。

「特定位置、特定高度？……」阿唐喃喃唸著，接著雙眼瞪圓，喊道：「徐姊，我知道了！他就是希望我們從這個距離來看那顆樹叢！」

「什麼？」徐海音一時反應不過來。

阿唐急切地說：「因為他想傳達的訊息就在樹叢上！徐姊妳不覺得，這樹叢的樣子跟二維條碼很像嗎？」

徐海音眼睛一亮。

二維條碼（QRCode）是透過相機讀取、電子裝置解碼的一種空間條碼，可以在乍看像是無意義的點線中，藏入網址、文字、號碼等資訊。由於具備極大的容錯能力，即使有百分之三十面積受損，依然可以讀取，如台灣的高鐵票券也已採用。

而二維條碼最大特色就是呈正方形、除了右下方的另外三個頂點，都有一個獨立的定位區塊。徐海音仔細看去，果然只有那顆樹叢在三個角落，特地安排了三株獨立灌木，修剪後就像是三組定位區塊。

阿唐二話不說，從口袋裡掏出智慧型手機，打開二維條碼辨識程式，然後將手機伸出女兒牆外，對準下方矮木叢，果然立即聽到一聲「嗶」的確定音。

「是一個網址！」阿唐興奮地喊道。接著他輕點畫面，用手機瀏覽器連上那串網址，徐海音也好奇地湊近觀看，不料下一秒鐘，阿唐竟臉色大變，一把按住徐海音的肩膀，大喊：

「徐姊小心，快蹲下！」

● 唐人全球整點新聞【大凶本命年 數理正妹枉斷魂】

主播：「……回顧本案最初的死者，也就是在民國一〇二年二月十六日失蹤的梁玉婷，當時二十四歲的她是台大物理研究所高材生，這一年也恰好是她的本命年，曾有算命師預言她會面臨血光之災，必須多留心。失蹤那天，她在晚間八點多從打工的電話行銷公司離去，自此音訊全無。居住在桃園的雙親，至今仍然不敢相信愛女已離世，他們希望方夢魚在法庭上能夠幡然悔悟，告訴他們愛女的下落。而昨晚方夢魚的猝死，卻也讓被害者家屬的最後一絲希望宣告破滅。以下是我們的獨家報導。」

記者：「目前記者所在位置，是在方夢魚血案的第一位被害者，梁玉婷於桃園龜山的老家。昨晚方夢魚身亡的消息，對急於知道愛女下落的雙親而言，不啻又是一大打擊。」

梁玉婷父親：「那個人真的很惡質，讓他下十八層地獄都不夠。法院每次開庭，我就像現在這樣，抱著我女兒的照片去，一有機會我就叫他轉過頭來看，喂，你看看，睜大眼仔細看看，你殘害的女孩生前是長這樣的，你怎麼會忍心就這樣害死她？就這麼冷血把她的舌頭拔出來嗎？（哭泣）」

梁玉婷母親：（哭泣）揮手不願意接受採訪。

徐海音被阿唐一把踧下，高跟鞋一歪差點扭了腳。她花容失色地與阿唐蹲在一起，背靠著女兒牆，但卻不知道發生了什麼事。

過了半分鐘，什麼狀況也沒有。徐海音斜睨著阿唐：「什麼事啦，嚇到我了。」

阿唐緩緩起身，小心翼翼地朝樓下看一眼，然後對照一下手機畫面，自己忍不住先笑了起來。

徐海音被搞得好氣又好笑，站起身用力拍了一下阿唐的後背：「小子，你要徐姊啊！害我差點給扭到腳。」

「對不起啦，徐姊。我一時看錯了。」他把手機遞了過來給徐海音。「那個樹叢本身是個二維條碼，辨識後就會連到這個網站。」

徐海音接過一看。那網站幾乎沒有任何功能，就只有一格影片播放畫面，角度是從這棟大樓下方朝上拍攝，影片主體是那顆氣派獅頭，而畫面上緣就是頂樓女兒牆邊。

徐海音站到女兒牆旁，邊盯著手機畫面，然後揮了揮手，果然看到手機畫面裡的自己正做同樣動作。雖然有些網路延遲現象，但算是個相當清楚的網路直播了。

難怪阿唐猛然看到自己出現在畫面中，還以為有人在對面盯著想暗算他，急著就地找掩護呢！

徐海音端詳一下，發現有一台迷你圓柱形網路攝影機，給固定在左邊聚光燈燈柱上。從機身髒汙判斷，至少運作大半年以上了。電源線跟燈柱線綁在一起，Wi-Fi 連線燈號閃爍著，應該是藉由大樓的公用網路來發送訊號。

「快，阿唐，你先拍幾個畫面。從這張截角照片開始，然後拍樹叢條碼、手機畫面一直到那台攝影機，再來給獅頭幾個特寫。」

徐海音一邊協助阿唐拍攝，一邊傳了 Line 訊息給 Mandy。

「Mandy 你知道方夢魚什麼時候接到這標案？」

「學姊等一下哦，我查查。」

……

「學姊，我查到了。這標案是他在二〇一二年六月標到的，施作期間是三個月，最後是在十一月初完成驗收，工程保固期限是三年。這工程是以日和風室內設計工作室的名義來承包的。」

前年六月到十一月份？距今相隔兩年左右，徐海音沉吟著。這跟第一位被害者梁玉婷失蹤的時間帶也不相符。

「標案名稱是？」

「海商大樓的外牆修繕、設計與人行道綠化工程。」

「沒事了。謝謝。」

「對了學姊，有個有趣的事。」

「什麼？」

「我剛剛聽到有別家記者說，那個第一名被害者梁玉婷，之前就是在海商大樓的八樓公司打工的。我有上網找一下當時的新聞，真的耶！」

這意外的情報讓徐海音心中一驚。果然！方夢魚把線索埋藏在這棟大樓，並非偶然，其中肯定有些牽扯，只是目前為止脈絡還不夠明顯。

「徐姊，這裡拍完了。等一下我們下樓後，我再到對面去補個獅頭正面特寫。不過這台攝影機專拍獅頭，有什麼意義呢？」阿唐問。

徐海音從女兒牆探出頭，仔細端詳那銅製獅頭，大半獅頭都給嵌進外牆牆面，實在看不出有什麼奇怪的地方。

「阿唐，你再把手機給我看看。你不覺得奇怪嗎？假如說方夢魚把線索給放到這獅頭裡，那一開始他把獅頭的照片寄來就好了，幹麼這麼大費周章搞一堆把戲？非得用攝影機拍獅頭不可？」

「因為是要強調獅頭才是重點？難不成上頭刻了字還是塞了什麼圖片上去？但為什麼非得用攝影機直播不可？這銅獅頭一年到頭也不可能會有變化呀！」阿唐思考。

徐海音看著獅頭直播畫面，手指頭在上頭縮放，畫面也隨之拉近拉遠。「之所以用攝影機而不用照片，是因為可以隨時觀察？還是因為可以放大、縮小？」

「啊，徐姊，我知道了！」阿唐雙手一拍，叫道：「我剛剛就在想，如果人站在這頂樓，要怎麼拍到獅頭的臉面？一定得跑到對街去拍嘛！因為從這裡看下去的角度，被獅頭頭頂跟鬃毛給擋住了。」

「是啊，然後呢？」

「如果方夢魚想強調的重點，是在獅子的臉，比方像是眼睛、鼻子或嘴巴那裡，就必須藉助那台錄影機的拍攝角度才能看到吧！」

「嗯，我知道你的意思了！」徐海音恍然大悟：「所以說，我們要找的重點，其實就在這台攝影機所拍攝的畫面裡頭，而且搭配鏡頭拉近拉遠，可以看得更清楚！」

抓到方向後，兩人開始針對攝影機拍攝的獅頭局部區域，逐呎逐吋地進行縮放檢視。很快地，他們就看到可疑之處了。

獅子的嘴被鑿開一條縫隙。看得出來是人為的，因為是由內而外鑿開，邊緣有著不規則毛邊。隱約看到裡頭有些黑色髒汙，但無法分辨是什麼東西。

「徐姊，怎麼辦？難道要找條繩子吊下去看看嗎？」

「你當我蜘蛛人啊？」徐海音沒好氣道。「我覺得做這安排的人應該不會搞得這麼刁鑽，應該可以從大樓內就可以解決。」

「可是這獅頭是嵌在外牆上的呀？」阿唐問。

徐海音笑道：「你的觀察力還要加強啦，這樣想當攝影師的話不及格唷！那個獅頭是鑲在外頭沒錯，但那兩組聚光燈可不是喔！」

她放大手機部分畫面，指給阿唐瞧。果然，支撐那兩支聚光燈的貼面磁磚，顏色比周遭的還要深一些，且接合處有細縫，可以看出是個長方形可活動空間，區域延伸到獅嘴下半部。可能是為了維修聚光燈所安排的。

徐海音與阿唐兩人走到十二樓處的獅頭下方，正好位於安全梯的樓梯間。在頭頂約三公尺的地方，他們看到了一塊長方形狀的黑色厚鋼板，上方有一道橫栓固定著。

應該就是這兒了。」徐海音仰著頭。「你能不能找個梯子還是椅子，上去看看？」

阿唐奉命去找了會兒，好不容易在十樓樓梯間找到一把斷了輪軸的辦公椅。

徐海音猶疑道：「這椅子妥當嗎？怎覺得站上去很像會摔個半死？」

「徐姊妳在底下用力幫我扶著就好。還是乾脆妳跨坐在我肩膀上，我像騎馬打仗一樣把妳給頂上去。」

徐海音低頭看了一下自己的套裝短裙，狠狠地瞪了阿唐一眼。「算了，你還是給我站上這張椅子吧！反正公司有幫你保勞健保。」

還好阿唐身材夠高大，他的手剛好能搆著鋼板頂端。他先把橫栓打開，厚鋼板往後翻下，被裡頭的支架卡緊成九十度，露出後方另一塊被四顆粗大螺栓固定的白色鋼板。

「喔，原來還設計個小平台啊！這樣把照明燈從牆外拉回來時，就可以直接架在上頭修理了。」阿唐說道。他展開工具鉗，用鉗頭慢慢地轉開第一顆螺絲。不過工具不大趁手，進度不是很順利。

「徐姊啊，你覺得那個方夢魚，又會安排什麼驚喜在裡頭？」阿唐問。

「我看這人也挺有情趣的，又是電子郵件、又是照片影片的，也差不多該放封情書了吧！再不然肯定是張他的素描畫。」

阿唐總算把一顆螺絲給轉鬆了四分之一。他試著用手去轉，還不行，只好又老實地拿起鉗子慢慢扭。

「我說啊，說不定是本日記，把他的犯行老老實實地招供了，這樣案子都解決啦！說真的啊，我又不是凶手，怎麼老受這種罪呢？嗯，日記好像太老套了點，或許是張錄音CD、隨身碟還是藍光光碟？……」

好不容易，螺絲轉鬆了二分之一。阿唐收起鉗子，用手慢慢地去將它給旋起來。螺絲一鬆開，那個角落的鋼板就隨之彈起，接著一股中人欲嘔的可怕惡臭隨之流洩出來。

「嗯……」腳下的辦公椅突然滑動，阿唐一個踉蹌，狼狽地往下跳，險些摔個四腳朝天。

原來徐海音自己雙手摀鼻，騰不出手幫阿唐撐住椅子了。

為了躲避這恐怖氣味，他們連滾帶爬地衝上頂樓天台。徐海音忍不住乾嘔了起來。

十二樓的安全樓梯間上方，一股黃黑色的混濁液體自鋼板角落滲出，慢慢地沿著牆壁往下流淌。

●唐人全球整點新聞【年邁雙親苦盼！愛女何時歸來】

梁家鄰居A：「他們這家哦，都是古意人啦。她爸爸之前是鄉公所工友，媽媽幫親戚辦外燴，都退休啦。之前常來往啊，有空到公園散步、喝茶，發生那件事後，他們比較少出來走動。」

梁家鄰居B：「還不是那時候一堆記者跑來黑白問。我問你們啦，你家遇到這種事，結果一堆記者天天堵在你家門口，問你心情好不好，你還會想出門喔？」（刪節未播）

梁家鄰居A：「玉婷我有印象啊，很優秀。我兒子是她小學學弟，聽說她畢業的時候還是模範生、領市長獎的。有啦，路上碰到還會點頭招呼，很有禮貌。啊有什麼感想喔……就是命運弄人啊，你碰到這種白髮人送黑髮人喔，嗯，真的是……」

梁家鄰居B：「人神共憤啦！×！（消音）又不是說有什麼深仇大恨，養個女兒長大成人二十幾年不容易啊，你把人家就這樣弄死了，至少也說屍體埋在哪，讓人家父母見最後一面嘛！真的很可惡。這種凶手被我在路上碰到，一定打給他死。」

跑回天台後，徐海音半跪在地上，難受地乾嘔著。阿唐則是衝到水塔旁，掏出面紙沾了些地上積水，神經質地用力擦著右手掌與工具鉗。「天啊，我手上沾到屍水啦！」裡頭肯定藏了具屍體！因為那種恐怖的蛋白質腐爛氣味，絕對是這輩子永遠無法磨滅的惡夢了。

徐海音坐到一旁的通風口水泥台上頭。現在的她披頭散髮、胃裡翻攪、虛脫無力，雙眼也淚汪汪的，再沒一點名主播的風範了。

阿唐花了五六分鐘瘋狂地擦洗手掌，好不容易完事後，仍三不五時地抬起手來嗅聞一番，面露噁心的表情，仍然心有餘悸。

「徐姊，看來這就是方夢魚的提示了。把一具屍體藏在獅頭裡？還真有他的。我們報警吧！」阿唐掏出手機就要撥一一〇，但徐海音抬手攔阻他。

「阿唐，先等等吧！」

「怎麼？徐姊。」阿唐瞪大眼睛問：「為什麼要等？不是第一時間就該通報了嗎？」

「然後呢？警察來了，一大堆記者也來了，最後什麼消息都不透露給我們，難道還叫老闆花錢買爆料嗎？」徐海音沒好氣地問：「我們這次搶在警察前面，這麼好的機會……是啦，當然要報警的，但在那之前可以補個畫面、幫電視台留點內容吧？」

阿唐蹙眉道：「徐姊，這樣好像不大好……拍了畫面能播嗎？會犯法吧……」
徐海音不理他的嘀咕，自顧沉思了會兒。為了避免日後被檢警找麻煩，盡量不要破壞現場，補一些獨家鏡頭應該是沒問題。但接下來呢？一定會先來個新聞快報、整點新聞大力播送，各節畫面也有跑馬燈，晚上的談話性節目還要請來賓評論幾句……
但今晚不是她的節目呀！這樣不就白白地把球做給莊靜了？發現方夢魚案的第一位被害者遺體，絕對是舉國轟動的大事，收視率破十都有可能！
這事絕不能發生！徐海音心想。她不能忍受明天一早，莊靜風風光光地登上十八樓找葛總的模樣。想都別想！
現在是下午四點二十分。假如不出動SNG車，把一般新聞的後製作業時間算進去，只要撐過晚上八點再找記者過來，莊靜頂多做個現場口述，沒辦法補畫面，這樣殺傷力就小多了，同時也能保持新聞台的獨家報導優勢。
徐海音問阿唐：「你剛下去搬椅子，十一樓有人嗎？」
「沒啊，十一樓整層也是空的，招租中。」
「幫徐姊一個忙。去把底下三層樓的安全門都反鎖。」
「不是吧？……」阿唐一臉為難。他鼻子還隱約殘存著那恐怖味道。他完全不想再循原路下去一趟。
徐海音嘆了口氣，她從手提包內掏出一條披肩。「把這當口罩吧，價值兩萬多元的喔！阿唐，現在是你離你的攝影師夢想最近的一步了，你不明白嗎？多少記者想挖一條獨家新聞，一輩子都辦不到，可是現在這機會就在你眼前，而且至少有你一半功勞！你還不好好把握嗎？」

阿唐勉為其難地同意了。他用披肩牢牢罩住口鼻，打個結綁在腦後，看起來活像個恐怖份子。然後一鼓作氣地往樓下衝。

徐海音尋思著，該怎麼讓阿唐配合，在這裡白白耗上三個半小時，再找自家記者過來，還不能出動SNG車。但考慮到他跟Mandy的「交情」，除非當場沒收他手機，不然不可能騙得過他的。

阿唐全速衝刺完成任務，氣喘兮兮地跑了回來：「徐姊，我把安全門都反鎖了。整層樓臭得可怕，除非有人搭電梯上來才會發現。不過我想這兩層樓都沒人上班，應該不會有人上來。」

「阿唐謝啦，難為你了。」徐海音道。

「徐姊，為什麼我們不直接聯絡Mandy過來呢？」阿唐納悶地問：「如果要搶這獨家，就讓她直接開SNG車來這，新聞台不就馬上有畫面了？」

「阿唐，你知道同事間傳的『靜音大戰』吧？」徐海音看著阿唐，正色問道。

阿唐點了點頭。

「我跟莊靜都在競爭同一個位子，就是這節骨眼上。她要是爬到我上面了，我就只能選擇離開公司。阿唐，我只要在這公司一天，我就會好好提拔你。問題是，你會挺我嗎？」

阿唐睜大眼睛，腦袋裡也飛快地運轉起來。沒幾秒鐘，他便想通其中的關節。接下來他又謹慎地思考了約莫等長的時間，才開口說道：「徐姊，我當然是會挺妳的。」

徐海音欣慰地說道：「嗯，徐姊沒看錯你。」

阿唐說：「徐姊妳希望我怎麼做，就直接吩咐吧！」

「拍一段過場，我當文字，你來拍，從截角照片那裡開始拍起。然後我們就在這裡等到七點半，聯絡劉導帶新聞部記者跟一些裝備來，我們就現場開了那道門，看看有什麼，然後再報警。怎麼樣？」

「……好。相信徐姊不會虧待我的。」阿唐說。

徐海音笑道：「徐姊會關照你，絕不食言！」

考慮到之後可能得上警局作筆錄，徐海音讓阿唐拍完正式的過場後，將帶子取出藏到包包深處。待五點多天色較暗時，再如先前般補拍些關鍵畫面的空景，到時方便展示給警方看，免得時間兜不起來。

忙活了一陣子，那股屍臭味也逐漸蔓延到頂樓，兩人不得不移往上風處，坐在管道通風口的水泥塊上。

阿唐似乎想起什麼。他用手上的攝影機小螢幕，查看之前所拍攝的畫面。

「你在看什麼？」徐海音問。

「徐姊，那個獅頭這麼小，有可能放進一個成年女性的屍體嗎？」阿唐問。「更何況他得從那麼小的鋼板塞進去……他該不會把她剁成好幾塊吧？想想都覺得恐怖。」

徐海音聳聳肩：「說不定是隻野貓野狗跑進去死在裡面？」

「我想不太可能。徐姊妳想，做那塊鋼板的用意，就是要做聚光燈的保養，難道他們這一兩年都沒做過、沒發現裡頭有異狀嗎？」

「嗯……」這似乎也是很可疑的一點。徐海音走到獅頭上方，再一次端詳。的確，獅頭旁的外牆上沒有落腳處，也沒有靠近任一扇窗戶，獅頭裡如果藏有屍體，應該不會是意外，而是人為的。

此時正值下班下課時分，十字路口上的四向六線道塞滿車流，徐海音往下凝望一道道車燈黃光交織出的人造夜景，似乎有種輝煌的美感……等等，凝望？這詞兒在此刻怎麼有點似曾相識？

徐海音心中一震。她掏出手機，到自家網站上用「凝望」當關鍵字搜尋新聞，結果也印證了自己原先的設想：「……警方在方夢魚家中書房搜出三個廣口瓶……裝有舌頭那組貼有『無上的凝望』標籤……」

「原來是這樣！我知道裡頭是什麼了。阿唐！……」

當徐海音轉過頭要找阿唐時，卻發現他不知道在什麼時候移步到樓梯口處，神情凝重地側耳傾聽。當他聽到徐海音的呼喚時，忙豎起食指擱在脣上，示意「安靜」，然後招手讓她靠近。

徐海音走到旁邊，就聽到底下傳來不尋常動靜。「是樓下管理員搭電梯上來巡邏了。他剛剛透過對講機跟櫃臺回報，說聞到臭死人的味道，現在要查個究竟。」

徐海音心中一驚。雖然她期盼管理員找不到臭味來源，甚或忍受不了就離開，但這顯然是不可能發生的。果然，過沒多久，就聽到樓下傳來一聲悶吼，是透過悶住口鼻的衣物發出來的驚叫聲。

「巡一回報，巡一回報。往頂樓樓梯間的外牆保養箱被打開了，臭味就是從那裡傳出來的。請問今日有排維修嗎？Over。」

「總機收到。沒排修，是不是條子上去開的啊？塞垃圾在裡頭嗎？」

「巡一回報，像是死老鼠的味道，需要活動扳手與人力支援確認，Over。」

「支援你個頭！自己下來拿扳手，順便帶個垃圾袋上去！」

「巡一收到。暫停巡邏，現在回到一樓，Over。」

徐海音當機立斷，快速對阿唐說：「你現在就聯絡劉導跟Mandy，讓他們立刻趕過來這裡，我先下去擋住他一下。」

一交代完，徐海音旋即往樓下衝。現在可不是計較誰先播獨家新聞的時候了，如果沒有攔下那菜鳥警衛，恐怕今日取得的優勢都要付諸東流了！

●唐人全球整點新聞【胞弟尋姊年餘 苦盼奇蹟卻來噩耗】

（梁玉婷老家後方空地，記者跟著梁玉婷的弟弟一路走來）

梁玉婷弟：「……我小時候常跟姊姊來這邊玩，這裡以前是個小池塘，後面山上下雨後，這裡就會漲得特別高。我姊小學六年級的時候，有一個鄰居小女孩溺水了，大家七手八腳把她救起來，可是卻沒了呼吸，大家很著急，有人趕快跑去找大人來，只有姊姊用上課學來的急救法幫她人工呼吸，最後還是沒救起來，那時候開始，她就一直把『覺得自己還可以更強』掛在嘴邊。當然沒有像電影演的那樣，因此立志做個救人醫生什麼的，不過啊，我相信她就算走學術路線還是教書，一定還是熱心助人的好心腸。」

（梁玉婷弟坐在客廳藤椅上，背景有梁玉婷生前照片）

梁玉婷弟：「姊姊雖然兩三個禮拜就會回家一次，但每天都會打電話回家跟爸媽聊天一下，好像巨蟹座的都是這樣吧？失蹤那晚沒打來，我媽就覺得不對勁了。隔天下午，我從台中跟我爸一起到台北找人，住的地方、打工地點跟朋友都問遍了，最後去警察局報案，不過又因為轄區問題被推來推去，然後拿到報案三聯單，還是叫我們回家等消息。就等啊等的，等了一個多月，我們才知道，他們甚至連監視器畫面都沒去調……我媽那時就說了一句話，害得我們都哭了，她說啊，好好的一個女兒就真的沒了。」

「這件事讓我覺得啊，人生所謂的幸福，都是個假象。你可以努力考個好大學、讀名校研究所、進了大公司，然後娶妻、生子、賺錢，有車有房，接著某天有個陌生人就莫名其妙地奪去你的性命，啪！一瞬間什麼都沒有了。我爸媽以前不是這樣愁眉苦臉的，家裡環境小康但每個人都很快樂，就因為那個晚上，一切就面目全非了。我常跟朋友說啊，什麼幸福美滿的生活，什麼人生勝利組的，到頭來不就是一顆不知道什麼時候會破掉的氣球嗎？」

⊙

「警衛先生！警衛先生！」

徐海音從頂樓衝了下去。儘管那股猛烈惡臭撲鼻而來，絲毫未因嗅覺疲勞而稍減，但她只能強忍著繼續快步往前。

那名警衛聽到後頭有人呼喚，嚇了一大跳，轉身同時左手不忘擱在警棍帶上。那警衛看來大概三十歲左右，穿著一身某保全公司的深藍制服，雖然裝備齊全，但動作、神情都有些生澀。

「別緊張，別緊張，我是電視台記者。」徐海音高舉記者證，另一手遞過名片：「我叫徐海音，唐人全球新聞台。」

警衛仔細地瞧了瞧她，神情轉為驚喜：「……哦，有，我有印象，妳有主持節目對不對？妳怎麼從那兒過來呀？」

「我之前是新聞台主播，現在主持幾個談話性節目。早上事情鬧這麼大，所以我們過來補幾個鏡頭。警衛大哥您貴姓？」

「我姓陳，耳東陳。我們去樓下說，這裡……空氣不好。」警衛朝電梯走去。

「陳先生，我跟另外一位攝影師來的，他現在在頂樓。我們想跟你做個採訪，好嗎？」

警衛面有難色，擺擺手：「不方便啦，現在值勤中耶。我又不上相。」

「沒關係，沒關係。那我們不開機，只占用你五分鐘，請教幾個問題，會補助你一些費用的，好嗎？」

警衛半推半就地給徐海音帶上頂樓，還不忘先用無線電回報，說找到工具可以打開保養箱查看，櫃臺似乎不甚耐煩地應付了幾句。

看到這種情形，徐海音就稍微安心了點。她目前最緊要的目標，就是先穩住警衛，搶在他報警以前，把「想要的東西」給取出來存證就行了。

回到頂樓處，呼吸比較暢通了。徐海音讓阿唐與警衛彼此介紹了一下。

「聚光燈保養箱是不是你們打開的啊？」警衛問。「裡面是不是有死貓死鳥的，臭成這樣？」

徐海音反問：「陳先生，你有看過方夢魚的新聞嗎？就是那個連續殺人的大學教授？」

「有啊，這事情鬧得這麼大。交班的警衛也跟我說，早上來了一大堆警察、記者的，說要查方夢魚相關的事？我想說人都死了還有什麼好查？」

「那你應該知道，之前被害者的遺體，都一直還沒有找到吧？」

「是啊，電視新聞說有三個還是四個死者……」警衛眼睛睜大，頓時明白這話裡的含意，他臉色大變，喊道：「妳的意思是，這是屍臭？那還不趕快報警！」

徐海音跟阿唐連忙攔著他：「別急啊，你都還沒親眼確認，怎麼可以亂報案，尤其時機這麼敏感。你一報案，肯定會跟早上一樣，跑來一大堆警察記者，要是到時一打開，結果發現裡面裝隻死鳥死貓的，我們鬧了笑話不要緊，萬一連累你這警衛工作丟了，也不太好吧？」

陳先生蹙著眉頭：「死貓死鳥是多大啊？哪有可能整層樓臭成這樣？」

「可是你硬要說裡面裝一具人的屍體，這空間也不夠大啊？」徐海音繼續說服對方：「我們剛剛聽到你回報，也是要打開確認的。不如我們幫你一起打開看看，如果真的跟方夢魚案子有關，你再去報警不遲，不差這幾分鐘吧？而且就當作你提供情報給電視台，我還可以幫你申請獎金呢！」

「這樣啊……」警衛仍沉吟不決。

「陳先生，你該不會聽到可能有遺體在裡面，嚇到不敢去開了吧？」阿唐適時來個激將法。

「什麼話！什麼叫我不敢！我只是在想怎麼就近找工具……你剛說的獎金，大概有多少？」

「從三千到三萬元不等吧！要看你能不能配合。」徐海音故做輕鬆道。「如果真有什麼發現，你肯協助我們取景，而且警察那邊也幫忙交代一下，那獎金當然從優啦！」

「好，幹啦！」

三人走回十二樓的樓梯間，警衛跑去工具室扛了支鋁梯與輕便雨衣過來，找了件舊衣當口罩，然後自告奮勇地拿過阿唐的工具鉗，套上雨衣後開始轉鬆剩下的三顆螺絲。

徐海音讓阿唐掌鏡，自己拿起麥克風，在樓梯間進行錄影：「我是唐人全球新聞台記者徐海音，現在時間是下午六點四十五分，所在位置是中山北路與民權東路交叉口的海商大樓……」

阿唐緩緩地把鏡頭往後對焦到聚光燈保養箱上，警衛正努力轉開最後一顆螺絲，那股不明黃黑色液體不斷從牆邊、鋼板平台往下滴落。那股恐怖臭味愈來愈讓人難以忍受。

當最後一顆螺絲被轉開，警衛用力將保養箱往內一拉，瞬時臭氣沖天，一顆如排球大小的圓形物體，從箱內滾了出來，撞到了鋼板後餘勢不減，又從作業平台右方空隙落下，打到了警衛身上，最後「啪」地一聲落到地面。接觸面略微凹陷變形，又滾出兩步遠才停住。

警衛跳下鋁梯，一把將噴上無數黃黑色汙點的雨衣扯開，扔到一旁。然後掏出手電筒，仔細端詳那物體。

那物體被兩三層透明薄塑料布緊緊裹著，但時日一久多有破損，從裡頭溶出許多黑黃難辨的爛泥般的東西。手電筒燈光照射的地方滿是黑色細絲，警衛用手上的工具鉗把物體翻個面，瞬間認出這是什麼東西了！

他往後彈開幾步，發出一聲慘叫：「人頭！是顆人頭！」接著面無人色地轉身朝電梯口方向跑去，一邊喊著：「我去報警，你們別破壞現場！」

那是顆被塑膠膜包覆的女性頭顱，黑色細絲是纏繞起來的長髮，而黑黃爛泥則是脂肪與組織液，流淌了一地。從那照明燈保養箱看去，裡頭的容納空間雖有限，但因為外牆上銅製獅頭下方的嘴巴與鬃毛內側是空心的，才有足夠空間放入人頭。

阿唐頓感一陣反胃，掌鏡的手也不住顫抖。但他驚詫地發現，徐海音像是早料到此事，不但沒有驚訝神情，反而朝他伸手說：「阿唐，鉗子給我！」

「剛那警衛沒還我。徐姊，妳看到這……怎麼一點都不驚訝？」

「『無上的凝望』，記得嗎？我剛剛在頂樓往下看才想到的。」徐海音放下遮掩口鼻的披肩，想了數秒鐘，然後下定決心似地走到那顆頭顱旁蹲了下去。

「徐姊妳要幹麼？不能等劉導來嗎？他說會帶工具來啊！」

阿唐看著徐海音將那條名牌披肩當成手套，將那人頭嘴上的膠膜撕開。儘管那上頭的液體浸透了披肩布料，沾染到她的手上，但她仍努力地試圖把人頭的嘴撬開，似乎想從裡頭掏出什麼東西。

看到這恐怖詭譎的情景，已超過阿唐的忍耐極限，跑到一旁的煙灰缸垃圾桶吐了起來。「我的天啊，妳一定要這樣做嗎？」

遠處隱約傳來警車的警笛聲。徐海音站起身，用另一半乾燥的披肩擦了手，然後拿起一個片狀小物：「我不但得做，還得盡快！你還記得那個『無上的凝望』的瓶子裡，裝的是什麼嗎？」

（是舌頭……）阿唐想起來了，但卻無力說出口。他將攝影機上的燈光照過去，看清楚了徐海音手上握著的片狀物，是個被裝在塑膠小盒的記憶卡，也就是手機用的那種迷你尺吋。

徐海音快步從包包裡掏出自己的手機，將記憶卡裝了上去，查看裡頭的內容，只有一個壓縮檔案，但容量卻有200MB之大！她開始將這壓縮檔複製到手機記憶體內。警車奔馳的速度非常快，轉瞬間已在樓下鳴笛大響，還能聽見另一輛警車從其他方向趕了過來。

檔案複製進度條只跑了三分之一！

「阿唐，趕快整理一下，警察來到前我們必須脫身，不然就麻煩了。」

電梯燈號開始從一樓往上升起。阿唐忙著打包攝影器材，徐海音把墊腳椅子與其他雜物推往樓下。

電梯燈號來到六樓。複製進度跑了三分之二！

「該死！至少還要三十秒！」徐海音罵道。

「徐姊，我先下去幫妳爭取時間，再撥手機會合！」

阿唐說完，扛起攝影包衝往樓下。徐海音沒過問他要怎麼爭取時間，只焦急地祈禱著檔案複製進度能快點跑完。

電梯燈號在十樓處暫停了一會兒。

那該死的進度條跑到99％，卻也停頓了一會兒。（不會吧！）徐海音咬著嘴唇，雙手發抖。

電梯燈號在十一樓處又暫停了一會兒。徐海音可以想到阿唐大概連按了兩層樓的電梯上樓按鈕，這的確幫她爭取到數十秒的空檔。

「噹！」十二樓的電梯開門聲響起，手機上的複製進度總算完成。

隨著走廊上紛遝的皮鞋聲快步而來，徐海音火速地將記憶卡抽出、放回塑膠小盒裡，順便用衣袖抹去了指紋，然後再塞回頭顱嘴裡。

當那陣皮鞋聲繞過樓梯轉角處，徐海音正拎起高跟鞋，貓著腰輕輕地下了幾個台階。

「就在那裡！」那名姓陳的警衛喊著，幾束手電筒燈光在樓梯間亂照，此時徐海音只跟他們相隔半層樓，員警透過無線電呼叫、要求警衛封鎖現場的聲音都聽得一清二楚。

阿唐跟她在九樓處會合。此時手機響起，是劉慶和打來的。

「我到門口了，你們在哪兒？」

「劉導，我們要搭電梯下去。你先把樓下警衛引出去，這樣我們就可以脫身了。」

回到大廳，剩下那名警衛正在外頭，要劉慶和把故意停上人行道上的車給移開。兩人趁隙走到了大街上。她吩咐 Mandy 直上十二樓去採訪，並注意會有「讓人不適的驚悚畫面」。

除了自家的SNG車停在門口外，又有兩輛其他電視台的SNG車趕抵現場，記者們正拿出攝影器材準備往樓上衝。

徐海音也不禁為同業們的消息靈通感到佩服。

「徐姊，妳在這兒等一下，我先去開車吧！」

徐海音看了一眼手錶，七點零八分，看來要便宜莊靜了。不過沒關係，這場料由得她去爆，反正明天的節目已經「掌握」了更精彩的爆點，絕對能再一次吸引觀眾的目光。

等到精神略微放鬆下來後，徐海音的胃卻開始抽痛起來。她躲到某株迷宮樹叢的後方，不計形象地坐倒在地。畢竟經歷過生平最緊張刺激的冒險後，這次的胃絞痛威力肯定也是前所未見的呀！

●《鄉民靜距離》來賓休息室

胡長安：「我還真想問周雨潔一個問題：她為什麼要扣應進來？又不是不知道檢察官都放話要辦人了，那目的究竟是什麼？」

莊靜：「唉唷，胡哥啊，你別哪壺不開提哪壺，大家在社會上混，不就為了一個『錢』字，再不然就是難得參與電視節目，趁機招搖一下嘛！點破了讓彼此都尷尬，不好啦。」

胡長安：「我說就是這樣啊，所以她才會在一堆記者、警察前面，宣布只上你家電視台嘛！是不是？因為你們昨天願意花大錢買爆料，所以周雨潔不就看上這點？可別指望我會接受你家比較公正客觀這種台詞。」

莊靜：「哈哈，胡哥你很可惡，這是挖洞給我跳耶！不是什麼事情都有陰謀啦，就不能想成人家是大難不死，必有後福嗎？」

胡長安：「是嘛，我說這事怪就怪在這裡。你想，假如方夢魚臨死前沒這麼搞，周雨潔怎會有這名利雙收的機會？加害人做球給被害人？就算他真有悔意，也不是這麼幹的吧？」

莊靜：「這節目存在的目的不就是這樣嘛！」

胡長安：「是啦是啦，你只在意收視率、你老闆只在意廣告收入，在我看來都是一個樣兒。」

莊靜：「胡哥快人快語，好討厭哦！」

胡長安：「反正今天就是這問題別問，就讓周雨潔扮演一下強勢被害人，炒熱一下氣氛對吧！」

莊靜：「製作人的意思也是這樣，請胡哥多擔待。你就是這樣善解人意，我們才這麼喜歡發你通告嘛！」

胡長安：「嘿嘿，這頂高帽子我戴不起，可得要還給妳，大家彼此彼此囉。」

⊙

由於昨晚沒睡好，加上胃痛一陣肆虐，徐海音實在沒體力進剪接室了。只好先讓阿唐送她回家，再讓阿唐自己搭計程車回去交帶子。

「海音啊，是掉進茅房啦？怎麼身上全是怪味兒？」當她一進家門，在客廳看電視的三人全都捏住鼻子，婆婆更是毫不客氣地嚷嚷起來。

徐海音這時才發現，今天穿出門的淺藍色套裝與黑裙子上，不知何時也沾上了不少黃黑色斑點。她趕忙走進浴室沖了幾次澡，用海綿猛力搓皮膚，香水也噴了幾輪，但那股味道仍然如影隨形、揮之不去。

回到客廳，只剩下趙遠聲一人。他點了幾支檀香放在四周。

「幹麼呀？我是有多麼臭啊？」徐海音不悅地問道。

「別誤會，之前看法醫的新聞有提到，這種臭味用香來壓最有效。」

徐海音瞪大眼睛：「你怎麼知道的？」

他伸手比了比電視機。裡頭正從廣告畫面切回了錄影棚現場，是莊靜主持的《鄉民靜距離》。右邊多了行跑馬燈文字：「尋獲疑似被害者遺體！隨時為您插播現場消息。」

「看妳回來那模樣，還反常地沒先進公司一趟，我就猜妳大概跑現場了，那股味道又這麼的……七里香，還能不知道嗎？」趙遠聲笑道。

徐海音一把將老公的頭摟入懷裡：「我身上的味道還七里香嗎？」

趙遠聲騰出手，拿了支香在她身邊繞了幾圈：「大概幫妳再補個十支就能百里香了。」

徐海音搥了老公幾記粉拳，兩人笑鬧了一會兒。

電視上，周雨潔也如節目安排的，Call in 進現場與來賓互動。她的聲音聽起來尖細纖柔，有點童音的感覺，不過語氣堅定分明，估計是個挺有主見的女孩兒吧？

徐海音想起早上電話討論的事，問：「你媽那邊搞定了嗎？我今天事情超多，還沒空去找人幫忙看樂樂。」

「今天下午我去接樂樂，跟他老師說了。她倒是挺熱心的，介紹一位還在唸書的學妹，說有當過特教代課老師，那幾天可以幫忙。」

「喔，實在太好了！」徐海音感激涕零地依偎在老公肩膀：「總算找到人了，天呀！不然這幾天一回家，壓力比上主播台還大，我很怕媽不能順利出國，那就罪該萬死了。那人收費貴嗎？」

「貴了點，不過錢是小事啦，媽安心最重要。」

「啊，對了。今天有個東西，要請你幫我看看。你去拿你的筆記型電腦。」

徐海音掏出手機，透過傳輸線接上筆記型電腦，把下午取得的 200MB 檔案給複製過去。她完全不想告訴老公，這檔案可是從某顆頭顱的嘴裡千辛萬苦地給取出來的。

「這是WinRAR壓縮檔，一種檔案壓縮格式。就好像你有一大堆報紙要拿去回收，捧在手上送過去很麻煩，所以就一張張把它們壓平、用繩子給捆好，變成小小一疊，懂吧！」趙遠聲仔細地解釋並舉例給徐海音聽。她向來對這些數位產品完全沒輒，幸好之前在公司常複製同事手機記憶卡的錄影內容，下午才沒失手。

「我現在把這個壓縮檔打開了。」趙遠聲開啟壓縮檔後，指著螢幕說：「然後呢，裡頭有個名為Dance的影片檔，以及另外一個名為CAD的壓縮檔，都必須要用密碼才能看得到裡頭的內容。」

「壓縮檔裡的壓縮檔？什麼意思？」徐海音問。

「大概是為了更安全吧？這裡有用英文寫的備註訊息，上面說第一組密碼是『心愛女孩的姓氏與生日12位數』，第二組密碼是『與信徒的連結15位數』。這不會又是腦筋急轉彎吧？」

「嗯，應該不是。我來試試看，這密碼只能打英文吧？」

「是啊。」

徐海音尋思，這「心愛的女孩」雖然形容得不太貼切，但八成是指方夢魚的太太孫思彤吧？不過說到這生日何時還得再打聽了。至於第二組密碼「與信徒的連結」則讓人完全摸不著頭緒。

「喂，你不是資深工程師嗎？還管整個工程部門的。這種程度的密碼可以輕鬆破解吧？」

「工程師還分很多種啊！我是幹地質檢測那方面的，又不是電腦駭客。」趙遠聲苦笑：「這個破解密碼嘛……我得研究研究，先排入工作時程啦！」

「唉呀，你很不夠力耶！我要盡快破解啦！」

徐海音嬌嗔。不過剛剛老公提到的「駭客」，她倒是有了新想法。她取回手機，撥了通電話給黃萱。

「嗨，徐姊！」電話那端傳來熱情的招呼，不過有些中氣不足的感覺。

「小萱，妳睡啦？會不會打擾到妳？」

「不會不會。我剛抱著我家的貓咪看電視，不小心打個瞌睡。妳說妳說，聽到徐姊的聲音，我精神都來了。」

徐海音笑道：「好啦，平常都看妳精神飽滿的樣子，難得碰上妳打瞌睡了。是這樣的，妳還記得前兩個月，我們在討論中國網軍入侵選舉那集，妳有說認識幾個駭客朋友，是真的嗎？」

「當然是真的啊！」那頭熱切地說道：「小萱從來都是有幾分證據說幾分話的。那駭客其實是我大學同學啦，跟他交情很鐵的。」

「那功力怎樣？」

「很厲害的喔！我電腦有問題都找他，他也有管學校的網路伺服器什麼的。徐姊妳找駭客想幹麼？想修理誰嗎？」

「工作上的事啦。」徐海音故意講得含糊：「就有個讀者爆料的壓縮檔加了密碼解不開，想說能不能找個高手幫忙破解。當然是要愈快愈好，看明天錄影前能不能給我？」

「喔，破解密碼啊，他肯定沒問題的，等等我就馬上聯絡他，熬夜搞定！檔案多大呀？他應該會開個網址讓妳上傳的。還有啊，徐姊。我最近通告比較少，如果有比較適合我的主題，盡量多發給我呀！」

「好，好。我一定會跟我們家製作人說的。」

接著徐海音把檔案明細發送給黃萱，沒多久就有回音，附上一串網址讓徐海音將檔案上傳。原本以為要等到明天早上才會有結果，不料檔案傳完十分鐘後，黃萱就打電話過來了：

「這麼快？這位駭客先生也太厲害啦！」徐海音驚訝說道。

「不好意思，徐姊。」黃萱沮喪的語氣讓徐海音心中一沈：「這說起來有點複雜，我也有點聽不懂，就直接轉述他的說法啦！他說，那個壓縮檔的加密方式是最安全的，連程式作者也無法破解，網路上沒有鑽漏洞破解的方法，必須用暴力破解才行。比方密碼是三位數字，就讓電腦從000一直跑到999逐個去試，要是密碼裡頭含有大小寫字母或特殊符號，那時間又更長了。」

徐海音仍懷抱著渺茫希望，追問：「那像第一組密碼有12位數，可能有英文跟數字，要多久才能破解？」

「喔，他說第一組應該比較好解決，如果能開五台家用電腦同時跑，他估計一個月應該可以試出來。」

徐海音聞言差點沒昏倒：「一個月？……我還希望明天節目就能派上用場了。」

「他說假如有超級電腦的話，說不定半天就能跑出結果了。不過啊，這個檔案用了雙重加密，他覺得就算解出來第一個可能幫助也不大，真正關鍵的東西應該是藏在第二個壓縮檔裡頭。」

「第二組密碼有15位數，那就更不用說了吧！」徐海音哀嘆。

「是，他說假如這提示裡的『連結』指的是網路連結，那表示還包括有特殊符號在裡頭，就算用超級電腦來跑，可能也要好幾年呢！」

眼看駭客破解這條路無望，徐海音收了線，思考著下一步。但也不是毫無收穫，至少「連結」可能是「網路連結」的說法，給了她一些想法。

夜已深，徐海音也疲憊不堪。她走進樂樂的房間想摟摟他、說聲晚安。不過當她把兒子抱在懷裡，只見樂樂如小狗般在她身上嗅聞幾回，思考了一會兒，緩緩地把她給推開：「臭臭。」

徐海音哭笑不得。只好趁上床前再去沖了一次澡。

（這就是死亡的氣息嗎？）她忍不住這樣想。這味道不管洗滌、遮蓋多少次，偶然就有一縷餘味刺激嗅覺神經。

不過還好老公沒怎麼嫌棄她，儘管臥室裡也點上了兩三根薰香。

徐海音臨睡前，仍不忘打開手機看一眼小蜜蜂的草稿匣，沒有任何新消息。總算能有一夜好眠了！

● 友台《關鍵時機》直播現場

主持人：「方夢魚案在今晚有個爆炸性發展。根據可靠消息指出，就在台北市中山區，全台灣最熱鬧繁華的商業區喔，方夢魚把某個被害者的人頭給藏在某棟辦公大樓的雕像裡頭了，而且正對著眼睛位置還挖了洞，讓這人頭可以俯瞰下面，這是要做什麼？這正好是他一手精心安排的『無上的凝望』啊！哇塞，我的老天爺啊！每天幾千人幾萬人在下面騎車開車經過，有誰會想過在你的頭頂上，就有個死者的眼睛在默默地瞪著你？就這樣注視著你喔！以前是『舉頭三尺有神明』，現在是『舉頭九尺有人頭』，難怪警方一直想封鎖消息。這細節要是給公開了，要害多少國人去看精神科啦？來，希瓶你怎麼看這件事？」

來賓A：「這讓我想到古代的懸頭示眾典故。不同的是以前的官老爺，是希望百姓來看這種懲罰做個教訓，讓你以後不敢再犯；不過現代則是壞人把無辜受害者的頭顱高懸，用來『凝望』底下來往民眾，成就自己荒謬的藝術表現，順便炫耀一下自己的戰果，人性扭曲險惡至此，我全身雞皮疙瘩都起來啊！」

主持人：「雖然死者身分目前還沒確認，不過這人頭被發現的大樓，跟第一位被害者梁玉婷也有地緣關係。另外昨天發現頭顱的，是一位大樓駐守的警衛人員，目前全世界都在找他，但經過昨天的爆料教訓，警方也學聰明了，不肯透露太多細節。利綱，關於人頭被發現一事，跟方夢魚臨終前給的線索有關，對不對？」

來賓B：「是的，沒錯！另外保捷我跟你講，為什麼方夢魚要把被害者的舌頭給拿掉？這答案很驚悚的喔，講出來觀眾都要心臟病發作了。原來，他其實是把線索藏在裡頭。」

主持人：「哇靠！不會吧！等等，等等……利綱，你的意思是，所以之前挖心臟、挖子宮的，也是為了要在裡頭埋線索嗎？我的耶穌基督啊！這實在是……」

來賓B：「是不是這樣還不知道。至於昨天從人頭嘴裡挖出什麼樣的線索？目前檢警還在進一步驗證中，我不能說太多。可以跟各位觀眾報告的是，那線索是跟下一個被害者遺體位置有關。我認為這種作法倒是跟方夢魚的個性很匹配，這個人其實到最後是有悔意的，也想交代被害者下落，但他生前就是很自負不肯認輸，硬是要弄些謎題來考考警方智商，也許還想讓他們在大眾面前出出醜之類的。無論怎樣，我想找出所有被害者遺體只是時間問題。」

⊙

早晨八點十分，徐海音被手機鬧鐘吵醒。她快速地瀏覽幾則即時新聞，大多圍繞著「高懸頭顱」、「目擊警衛」、「海商大樓」幾個關鍵字打轉，還沒有進一步消息。

不過當她檢查「小蜜蜂」的草稿匣時，一則新消息讓她瞬間清醒過來，她整個人猛然彈起身，再一次確認該內容：

「方夢魚妻孫思彤被列為重要關係人，最快明天會被傳訊。根據線報，孫女目前人在花蓮光復糖廠街，友人所開設的民宿裡。」

（真是天助我也！）徐海音心中一振。如果能搶在警方前面，先跟孫思彤接觸，或許有機會解開壓縮檔裡頭的東西，那麼今晚的《新聞透視眼》絕對精彩可期！雖然會有周雨潔親臨現場助陣，但調查重心已經不在她身上了，觀眾未必還對她有興趣。

徐海音顧不得梳洗，跑到客廳開了電視瀏覽各家新聞台內容，大多是昨天的舊聞重播，頂多是一堆記者守候在海商大樓警衛處的即時畫面。看來「花蓮光復」這條線索還沒曝光。

有幾個行程、計畫在徐海音的腦海中逐漸成形。如果現在就驅車前往光復，開快點兒應該可以在下午一點前到，然後設法套問出孫思彤的生日或什麼與信徒的連結之類的線索，並請阿唐拍些畫面，然後再從花蓮搭飛機回台北，應該可以趕在六點前進棚。就在今晚節目打開下一個線索檔案，完美姿勢！

比起其他家電視台、包括莊靜在內，自己目前手上最大的籌碼，就是昨晚毀掉一件高級套裝與披肩而換來的那個壓縮檔。但在解開檔案前，那籌碼顯然無法為自己創造任何優勢。因此找到解壓縮密碼的線索，肯定是當務之急。

主意既定，徐海音立即打電話給還賴在床上的阿唐：「阿唐，我有新線索了！你現在就去公司帶上攝影器材，我們半小時後在公司樓下見！」

接著她再打了兩通電話給製作人大東與劉導，表示自己要跟阿唐趕一趟花蓮，六點前絕對可進棚。雖然兩人都表達了猶豫之意，尤其大東更是覺得不對頭，要徐海音多加查證再去不遲。但在她再三保證能端出比前天更生猛的內幕報導後，兩人也只有勉為其難地同意了。

「妹子啊，跟妳說一句，不要給莊靜的競爭沖昏了頭。跑得再快，前後邊都得要留神照看。一定要準時趕回來啊，不然得開天窗了。唉，妳就老實當主播就好，真的沒必要天南地北亂跑啊！這是新聞部的事嘛！」

徐海音自信地笑道：「放心吧，劉導。因為我手上有些關鍵東西，現在還不能跟你說，但等我從花蓮確認回來後，一定馬上讓你知道。你看我昨天不就搶到個獨家嗎？好啦，你Run現場流程時留一節給我就好，先這樣。」

「唉，妳……」那頭的劉慶和欲言又止，但似乎不想掃了徐海音的興頭，只好千叮嚀、萬叮嚀，一定要準時回來錄影，這才掛了電話。

「海音哪，幫我看看穿成這樣會不會太老氣？帶這幾件出門好嗎？」婆婆在臥室裡呼喚她。

明明後天下午才要出國，但婆婆卻一大早就開始在打包行李了！徐海音急著出門，只好隨口敷衍了幾句，但卻惹得老人家不開心。徐海音心中充滿歉意，也只能想著改天再補償吧！

拜託遠聲帶樂樂去學校後，徐海音帶著筆記型電腦跳上「小藍」，往公司方向開。路上她打給孫思彤的手機，依然進入語音信箱，就像之前花了兩週想邀她上節目的回應一樣。自從方夢魚案曝光後，她似乎就沒再開機過了，八成早已經換號碼了吧！

趁著停等紅綠燈時，徐海音用手機搜尋了位在光復糖廠街上的民宿，共有三家。她逐一打電話過去，打聽是否有孫思彤外型的客人入住，結果第二家「可樂羊」民宿主人的回應，讓她覺得似乎有戲。

「您好。我有個姓孫的同事，她說她到光復住民宿了，偏偏她又沒帶手機、公司有急事要跟她聯絡，不曉得她有沒有住您那兒？」

「……妳哪家公司的？」

接聽電話的是個中年男子，他不像上一家民宿，熱心地詢問這位孫姓同事年紀、樣貌如何，幫忙查看一下登記簿，反而劈頭詢問打聽者背景。徐海音直覺對方可能是在幫忙打掩護。

徐海音又追問了幾句，不過對方似乎看穿她不懷好意，頻頻用「這邊沒有妳說的那個人」便匆匆掛斷電話了。

賓果！這樣的暗示就夠啦！徐海音自信地想著。

當她開抵公司，阿唐已經扛著攝影包在騎樓等著。徐海音換到助手座上：「你先開，我要查些資料。等過了雪隧再換手。」

「徐姊，為什麼要跑到花蓮去不可呀？妳這台小車撐得住嗎？」

「時間很趕，邊開邊說！這車上個月才剛大保養過，時速開上一百五都沒問題。」

沿路上，徐海音把壓縮檔密碼的事跟阿唐說了，也提及「某線人」透露的消息。畢竟她始終以為，「小蜜蜂」的存在是葛總與她的秘密，最好不要讓太多人知情。

「……所以，我希望咱們大老遠跑去，可以先跟孫思彤做個小專訪，你也拍幾個鏡頭。」

「這線人的消息準確嗎？其他家媒體完全都沒提到這件事。Mandy 今天還是待在市警局，靜如則改跑海商大樓。」阿唐納悶道。

「昨天多虧這位線人提供的圖檔，不然咱們怎麼搶在警察前頭，早一步發現獅子頭裡的人頭？」

「也是哦！」

徐海音得意地拍拍阿唐的肩膀。「你這小子賺到了！跟徐姊跑完這檔，憑這份資歷真的是各家媒體搶著要啦！」

「小的叩謝徐姊隆恩！」阿唐打個哈哈：「不過話說回來，妳覺得方夢魚他老婆會同意受訪嗎？之前她可是給各家記者吃了閉門羹，連靜如好不容易在街上堵到她，還被她的朋友給潑水趕走。」

「經過這幾天的波瀾，也許她也有些話想說呢？」徐海音思考著該用什麼話術來讓對方願意配合。

「我猜啊，方夢魚他老婆大概是為了避風頭，才跑到花蓮鄉下去躲起來吧！」

徐海音持續關注著各家的網路新聞。最新消息是，那位陳姓警衛預定要接受某台訪問，或許可趕上晚間新聞。不過等她今天進棚，這警衛的爆料內容肯定成為黃花舊聞了。

沿路上，徐海音與阿唐有一搭沒一搭地聊著，不過把職場上的業務、八卦聊得差不多之後，氣氛有點尷尬。但這時車內用手機播放的音樂，輪唱到里歐娜．路易斯的老歌〈Yesterday〉，徐海音也不禁跟著節拍哼唱起來：

「……他們可以搶走那些我們還未曾聆聽過的音樂，破碎的夢帶走了一切，把它帶走吧，但他們永遠無法擁有昨天……」

「徐姊喜歡這首歌呀？有點太感傷了。我還以為妳會比較喜歡『蔓延的愛』。」

「〈Yesterday〉有深度多啦，真是愛死了，我要單曲循環給它一路聽到花蓮去！」徐海音專制地設定單首音樂重複播放，打算要好好幫阿唐洗洗腦。

進入雪山隧道前，徐海音用手機把回台北的機票與計程車都先訂好了。

「阿唐，對不起，要讓你連夜把小藍開回來。」徐海音說：「不過我會跟劉導說一聲，明天讓你補休半天的。」

「沒問題的，徐姊對我這麼照顧，能幫上忙是我的榮幸。」阿唐笑道：「明天如果能放半天假最好，我昨天換下來的衣服還沒空洗呢！想到那些黏糊糊、濕答答的黃黑色汁液真的是……」

徐海音覺得一陣反胃噁心。「討厭啦，別說了，這已經是我這輩子最想遺忘事情排行榜的第一名了。給我好好開車！」

還好週五一早，往宜蘭方向的車流不多。他們抵達羅東後買了餐盒，在旅途上草草用完午餐。壯麗的蘇花公路上，徐海音沒空欣賞美景，專心對付從後方超車而來的砂石卡車，以及蜿蜒的山路彎道，一點二十分左右，已經抵達花蓮市區了。

「比我預計的還快！」雖然已經開車開到腰酸背痛，但這超前進度讓徐海音精神大振。

在市區幫小藍加滿油後，兩人再次換手駕駛，繼續往省道台九線南下方向疾駛。下午二點十五分，總算開到了光復糖廠街上。

由於雙線道上相當冷清，四周都是農田、木造矮房，路口都有民宿指標牌，開沒多久徐海音便發現路邊的「可樂羊」民宿了。

兩人下車後第一個動作就是舒展筋骨，畢竟連續開了七個小時的車，不但是個折騰人的體力活，也非常耗人心神。

徐海音要阿唐先別帶器材，也不要秀出記者證，兩人一起進到那間民宿裡探聽情形。店老闆是年約五十多歲的初老男人，個頭高大結實，說起話聲若洪鐘。對徐海音而言，他的面貌五官有種似曾相識的感覺。

徐海音直接向對方表明身分，說自己就是早上打電話來的孫小姐同事，有份緊急文件要請她過目簽名。

「我早上說過啦，這裡沒這個人呀！」店老闆蹙起眉頭道。

徐海音央求道：「我知道她是老闆你的朋友，她也不想被打擾。不過事情實在緊急，還是請你通融一下，讓我們跟她談個五分鐘就好。」

店老闆似笑非笑地看著她：「小姐，妳還真是有夠盧的。我這邊不大，就四個房間，中午一家四口剛退房。你們要是不信，我帶你們一間間看，成嗎？」

說完，他就自顧走在前頭，把樓下的一間邊房、二樓的三間套房全都打開給他們過目，裡頭果然如他所說，每間房都是一片空蕩蕩、剛整理好的模樣。這讓徐海音大感不解：

「假如我想找的人根本就沒住這兒，早上你明說就好，幹麼要賣關子？」

店老闆歪著頭笑了起來：「小姐，妳也拜託一下，我天生講話就這樣，難道我怎麼講話還要先給妳批准不成？」

徐海音頓時氣結。她還想進一步盤問幾句、甚至誘之以利時，一旁的阿唐偷偷拉著她的袖子，低聲道：「算了吧，徐姊。我們先出去吧！」

一到了外頭，徐海音埋怨道：「我就覺得這家最可疑了，還是我早上打電話過來打草驚蛇，這老闆叫孫思彤先去躲起來？我看我們也去另外兩家民宿問問看好了。」

「徐姊，妳有沒有覺得，這老闆的輪廓，眼睛、鼻子那一帶，看起來有點面熟？」阿唐問。

「咦？你也有這樣的感覺？我剛剛也一直在想，究竟像誰呢？」

「剛剛看那老闆歪頭冷笑的時候，我才突然想起來像誰。」阿唐說著，然後將手上拿的名片給她看：「這是我從他櫃臺上拿的。」

那張淺藍印花名片，上頭寫著可樂羊的聯絡方式，而旁邊小字註明店老闆的名字：莊擎。

徐海音突然覺得一陣暈眩，踉蹌幾步才站穩。她還記得莊靜到部迎新那天，在自我介紹時，還洋洋得意地把自己家族都是單字名字形容為「道地中國風」。

「你打電話給莊靜，問問她是不是有親戚在這邊開民宿？」冷靜片刻後，徐海音決定用最快的方式來查證。

阿唐撥通莊靜的手機，客套幾句後才切入正題，就算沒開擴音，一旁的徐海音也能聽到她那可恨透頂的呵呵聲，那女人肯定正笑得花枝亂顫、樂不可支！

「……唉呀呀，阿唐你從實招來，是不是跟徐大主播兩個人一起偷偷跑去花蓮度假了？不要不承認喔，我叔叔幫你們拍照存證呢！」

阿唐轉過頭一看，那店老闆果然笑呵呵地，拿著手機朝這邊拍。

「啊，莊主播您真愛開玩笑，我們是來這邊辦公事的，不是來玩的。」

這回除了笑聲似乎還加上拍手聲。「阿唐你好逗啊，那鄉下地方哪有什麼公事好辦。不過你們兩人要是想在那邊過夜，辦點房事的話，我可以叫叔叔幫你們打個折喔！畢竟同事一場嘛！好啦，我在開會中，先不陪你聊了。」

徐海音激動得全身發抖，臉上一陣紅、一陣白，她快步走上車，把車窗全搖上，這才恨恨地雙手猛搥方向盤，連額頭都用上了，同時把所有想得到的髒話全都罵了個遍，最後還是忍不住痛哭了起來。

阿唐在車外罰站了二十多分鐘，後來實在忍不住了，只好敲車窗對她說道：「徐姊，我們得回花蓮市了，不然趕不上四點半的飛機了。」

徐海音坐到後座去整理心情，兩人路上都一言不發。等車子進入市區後，她總算冷靜下來，打了個電話給葛總，連客套話都省了：

「葛總，關於小蜜蜂的信箱，莊靜是不是也知道？」

葛總一愣。「是啊，她昨天晚上來找我，也說想跟妳一樣留些時間去跑現場。我覺得這是良性競爭啊，得公平嘛，所以這信箱的事也告訴她了。為什麼特地問這個？有什麼問題嗎？」

「……沒問題了，謝謝葛總。」徐海音迅速收了線。

她生平首次切切實實地嚐到屈辱的滋味，眼淚又不禁奪眶而出。

阿唐從後照鏡看著她。

「徐姊，我覺得啊……」

「不要說了。」

到了機場，徐海音下了車，阿唐繼續將小藍往北開。在幾乎空無一人的冷清候機室裡，她掏出手機，再把小蜜蜂的信箱看一遍。這也只能怪她一頭熱、太過輕信這線報了，任何人只要有帳號密碼，模仿同樣的語氣竄改內容，又有何難？

恥辱的感覺慢慢消退，在心中代之而起的，是熊熊的憤怒火焰。徐海音顫抖的食指在手機螢幕上舉棋不定，但最後還是下了決心──

她在那封草稿信件的收件人欄位上，填上了莊靜的公司信箱，然後按下了「傳送鍵」！

（賤人，讓妳看看什麼才叫公平競爭！）徐海音在心中大罵道。

●《鄉民靜距離》周雨潔 Call in 結尾

「……我要謝謝莊主播、各位來賓與電視機前的觀眾們，願意給我這個機會傾訴真相，還有這些日子以來的心路歷程。最後我想要回答剛剛那位……胡大哥的問題，雖然他不是對著我問的，但我很樂意做個說明，我想觀眾朋友應該也很好奇。」

「先說說為什麼我只選擇參與貴台節目錄影。因為昨晚貴台在第一時間就不計代價找到關鍵人士釐清疑點，儘管之後背負極大的社會輿論壓力，仍然一往無前努力挖掘真相，堅持觀眾知的權利。當我想找個平台表達意見，我不知道還有什麼比這更有公信力的選擇。」

「我出面的目的是什麼？就如大家心裡想的一樣，為的是錢！但請大家不要會錯意，以為我想要爆料然後跟電視台拿錢，不是這樣的。今天早上貴台有位經理跟我接洽，請我開參加節目的條件，但我跟他說，我一毛錢也不收的。」

「我要求償的對象，是那位加害者，也就是方夢魚老師。我要的是一份合理的賠償，一份該還給我們的公義。當然不只我，還有那三位被害者。也只有我能幫她們說話了。」

「雖然方夢魚老師因為死亡免除刑事責任，但我會聯合被害者家屬來進行民事求償。我有問過義務律師，他說可能會因為找不到被害者遺體而求償困難，所以我要公開呼籲，希望方師母可以幫幫我們、給一個和解的機會。妳繼承了方老師的財產，也請一併把方老師該負的責任承擔下去。雖然我還很年輕、什麼都不會，但我會努力去找律師、努力蒐集證據打官司，因為我相信公理自在人心，勇敢站出來爭取我該有的賠償，不應該是一件丟臉的事情，貴台不也是抱持著這樣的心情，在為弱勢民眾發聲嗎？以上是我今天願意接受貴台邀訪的原因，再一次謝謝莊主播、謝謝來賓、謝謝各位觀眾。」

⊙

「大家好。歡迎收看今晚的新聞透視眼、台灣走向前！雖然方夢魚已身故，司法單位也宣告將其所涉刑事案件不予起訴，但整起事件並未因此而平息。始終未能尋獲的被害者遺體，以及陸續出現的新事證，卻依然是餘波震盪……蕩漾，讓台灣社會始終不得安寧。這場血案究竟會走往什麼樣的新方向？我國的司法正義又該如何彰顯？相信這是我們要面對的嚴肅課程……課題。今天在場除了各位熟悉的專家學者外，我們也請到了方夢魚血案中唯一的倖存者，周雨潔來到現場，與我們分享她歷劫重生的過程。我們相信，這樣的心路歷程，或許也能做為你我面對不安、惶恐現狀的借鏡，終能看見黑暗過去後的曙光。首先介紹我右手邊的是台北大學公共行政暨政策學系，郭俊漢郭教授……」

當畫面切換到郭教授的發言時，徐海音左耳的迷你耳機，便傳來劉慶和憂心忡忡的聲音：「徐海音妳今天是怎麼啦？破天荒了，開場就連吃了兩顆螺絲，我心臟病都快發作了，以前從沒有過這樣啊！」

徐海音拍拍胸口，豎起大拇指，表示自己沒事。不過劉慶和還是不大放心：「這一節我先讓郭俊漢主導話題，妳先放鬆歇歇，趕快把情緒穩定下來，不要亂想，照平常這樣做就好了，行嗎？唉！」

徐海音點點頭，表示照辦。

（已經讓莊靜得逞一次了，千萬不能讓她得逞第二次！）她在心中吶喊著，強迫自己摒除雜念，專心一致。她肯定，莊靜現在正在電視前看著她，剛剛那猛吃螺絲的糗樣，又要讓她笑到合不攏嘴了。

「……是不是，我敢說，主持人也是這樣認為的。對吧？」

可能是沒搞清楚狀況，胡長安想把發語權還給主持人，因此話題突然轉向，朝徐海音發話。不料副控室切換回一號機畫面，卻是徐海音瞪大眼睛，一副不知所措、嗯嗯啊啊的模樣。

一堆意外狀況搞得劉慶和幾乎快當場暴斃。他低下頭，用手掌不停地摩娑自己的臉龐。

郭俊漢適時地打了圓場。他拍了拍桌面，笑著說：「唉呀呀，我說胡兄，你這般咄咄逼人，嚇到海音主播了。我覺得這件事可以這樣理解的，畢竟方夢魚在師範大學擔任這麼多年的教職了，周雨潔既然也是同校學生，『天地君親師』儒家思想最看重的人倫五常，下意識改不過稱謂也很正常的嘛！你說她每次都稱呼方夢魚老師不合適，我倒覺得不必這麼小題大作。」

徐海音羞得連耳根子都紅了，但她仍沉住氣，說道：「這件事我覺得很有討論空間。長安你能不能再強化一下你的觀點，跟大家說明一下。」

「我要說的，純粹是我個人感覺啦！這個，純粹對事不對人，周小姐妳不要介意。」胡長安說道：「從我昨天聽妳 Call in 進節目，就覺得不大對勁，也許妳是出於尊師重道的考量，所以言必稱方夢魚老師。可妳看方夢魚他，有為人師表的資格嗎？我說『為個人類』都有問題了，是吧。為了不讓觀眾的價值觀錯亂，所以我認為妳應該改口。」

周雨潔慎重其事地對著胡長安微微鞠躬：「明白了，謝謝胡老師的指教，我會記得的。」

眾人為之莞爾。郭俊漢哈哈笑道：「雨潔真的很機靈，反應很快，難怪能逃過劫數，必有後福啊！」

第一節錄影就在眾人熱議中結束。除了官方臉書粉絲團有兩三則「主播好像怪怪」的留言外，基本上沒人發現徐海音的異常。

廣告結束後進行第二節錄製，由周雨潔從「起司茉莉」的 Line 對話開始談起，而徐海音也整理好情緒，恢復了專注力。警報總算解除，讓劉慶和與他的班底都鬆了一口氣。

不過意外總是在大家放鬆後突然來臨。在節目進行到第三節時，發生了令人意想不到的狀況，堪稱是重量級震撼彈。這回同樣是發生在民眾 Call in 的時候，驚爆出看似荒謬卻又有幾分真實性的猛料，也再次撼動了整個台灣社會。

●唐人全球整點新聞 警方說明會現場連線

連線記者：「是的，主播，各位觀眾。關於海商大樓疑似出現被害者遺體案件，警方在晚間八點十分做出說明。發言人表示，在海商大樓的獅頭浮雕內，確實發現了一顆年輕女性的頭顱。根據鑑定結果，確認死者為方夢魚案中的第二位被害者曾婍。我們來看看稍早的現場畫面。」

記者A：「想請警座說明一下，警方是怎麼找到頭顱所在位置的？是否和周雨潔所提的線索有關？」

發言人：「這部分因為還在調查中，目前無可奉告。」

記者B：「您好，外界盛傳，死者的嘴裡藏有線索，這也是方夢魚將死者舌頭割去的原因。想請警座證實這個問題。」

發言人：「根據驗屍結果，死者的舌頭確實被截斷。至於裡頭是否藏有相關線索，目前警方還在做進一步確認，不便對外公開。」

記者B：「我還想請問，當初在方夢魚家發現疑似被害者梁玉婷的舌頭，警方是否也進行比對過？」

發言人：「警方比對過DNA樣本，兩者並不符合。」

記者C：「請問能確認頭顱被放進雕像的時間嗎？曾婍失蹤至今將近十四個月了，不是應該化成白骨了嗎？」

發言人：「法醫鑑定的死亡時間跟曾婍失蹤時間帶是相符的。因為頭顱被裹上了三至四層不等的防水塑膠布，所以延緩了腐化速度。」

記者C：「不好意思，再請問一下，有確定方夢魚是什麼時候把頭顱放進去的？警方有去調閱附近的監視器畫面了嗎？」

發言人：「這部分還在調查中。目前只能回答，交通監視器跟大樓內部的監視器畫面沒有保存這麼久。」

記者D：「請問下一位被害者的遺體是否有偵查方向？」

發言人：「警方已動員了大量人力物力在調查中，有進展的話會盡快向各位說明。」

記者A：「方夢魚與相關企業，光是近兩年就參與一百多項的公共建設，其餘被害者的遺體會不會用同樣手法隱藏在裡頭？警方認為有沒有排查相關工程的必要？」

發言人：「這個問題我沒辦法在這裡回答，警方還會做進一步的調查與討論。今天說明會到此，謝謝各位的參與。」

連線記者：「以上就是今天說明會現場情形，我們把時間交還給棚內主播艾晴。」

趁著中場休息的時間，徐海音發熱的腦袋冷靜了下來，她好好端詳這兩天的媒體寵兒：周雨潔。昨天她在莊靜節目上不卑不亢的發言，讓徐海音頗有好感。

周雨潔今天穿著一襲深藍色套裝，領口前別了枚搶眼的紫色蝴蝶水晶胸針。她身高約一百六十公分，身形苗條，不過肩膀稍寬、腿部肌肉結實，有著如運動員般的身形。徐海音看過她臉書照片，曾經參加過幾次商業慢跑活動，都拿到前三十名的好成績。

倒三角臉蛋、靈動的眼神與瀏海覆蓋的飽滿前額，周雨潔給人一種聰明機靈的印象。長相跟對岸影星周迅有幾分神似，也許不是讓人一眼難忘的美女，但別緻的五官頗為耐看。周雨潔發現主持人在打量自己，也向這邊微微欠身投來微笑。

一百二十秒鐘的廣告結束後，《新聞透視眼》進入第三節。腳本規劃是讓周雨潔針對「被害未遂」之後的人生故事進行闡述，來賓會各自在適當片段穿插相關問題，提高討論熱度。接下來的十分鐘，再開放現場 Call in，接聽數通電話並開放來賓自由發表意見。

上半段的討論進行得十分順利，周雨潔談到自那起事件後，她的人生有了翻天覆地的變化。而觸動徐海音心弦的，是她的這段自述：

「我在醫院休養了一個多禮拜，幸好身體上沒有任何後遺症，我以為出院後一切都會回歸到以前那樣，不過並沒有，我覺得後遺症是心理上的，而且影響長遠。我總感覺旁人看我，似乎都帶點同情或是不可思議的成分。比方友人介紹新朋友給我，一提到我就是方夢魚案裡的倖存者，然後就會注意到他們的眼神、態度都有些轉變了，啊妳就是那個電視上的誰誰誰之類的。熟人當然更明顯，也許表面還是一樣熱絡，對我噓寒問暖照顧備至，但我總覺得彼此間有道看不見的牆，我沒辦法像以前那樣，那麼真心真意，相信這份情感可以一直維繫下去。是別人跟我有距離、還是我故意拉開別人的距離，我其實自己都搞不清楚了……」

接下來進行觀眾的 Call in 時段，連續接了兩通電話都是對周雨潔打氣的，甚至第二位還主動表示，願意提供周雨潔全職或工讀的機會，只求她能夠敞開心胸相信人性。這不但讓周雨潔笑逐顏開，也讓在場來賓包括工作人員心中感受到暖意。

徐海音微笑道：「謝謝彰化的郭先生。哇，雖然時序已經進入深秋，但聽了您這番話又讓我們的心都熱了起來，再一次謝謝您的慷慨與鼓勵。接下來我們接聽台北簡女士的電話。簡女士，您在線上嗎？」

「喂，聽得到嗎？」聽起來是中年女子的聲音，但講話的腔調很怪異，不但尖細如童聲，同時又帶有聒噪的電子雜音。

徐海音回道：「是的，簡女士，我們聽得很清楚。不過要請您離開電視遠一點，這邊回授的聲音有點大。」

「主播跟現場來賓大家好。我的聲音很不好聽哦？不過這不是回授的問題，是我故意變聲的。」

（這人是存心來搗亂的！）徐海音將右掌平舉到脖子處，隨時準備打手勢讓工作人員斷線。

「我說簡女士您是不是有什麼顧慮？」郭俊漢開腔問道：「我參與過這麼多次現場連線，倒是頭一遭有人刻意變聲打進來的呢！」

「郭教授，比起我即將要做出的指控，我變聲的理由一點都不重要。」那位簡女士不慌不忙地說道：「我要指控周雨潔，這個女孩子根本就是滿口謊言，公然在電視上胡說八道。我不理解為何像你們這樣高水準、有公信力的節目，在邀請來賓前卻完全沒先過濾對方的身家背景。這不是搬石頭砸自己的腳嗎？」

徐海音看了周雨潔一眼，她的神情變得不自然，但似乎是緊張大過於詫異。

「簡女士啊，妳用字遣詞相當地重哦！我想呢，妳可不可以說具體一點，舉個例子什麼的，讓我們更明白剛剛在節目上出現了什麼謊言。」胡長安接口道。

「ＯＫ，Call in 時間有限，我就長話短說了。我在電話裡提不出什麼證據，但你們有心的話，可以很輕易地去查查看，我說的是不是真的。第一，周雨潔跟方夢魚是什麼關係？我告訴你們，去驗驗DNA就知道。第二，周雨潔那天晚上是不是真的有遇襲，去問問警察就明白。第三，方夢魚有沒有每個月打一筆錢給周家接濟她們母女，去查查她們銀行戶頭就清楚。我這樣說夠具體了嗎？」

這三點指控像是重磅震撼彈般，爆炸的威力讓眾人目瞪口呆，就連周雨潔本人也是一副不敢置信的神情。

「這太荒謬了，她亂講，血口噴人……」周雨潔求援般地將目光投向徐海音。徐海音出聲道：「簡女士，這些真的都是很嚴重的指控。我想請問妳是否有確切的證據，或是有可信的來源管道，為什麼會這麼地……肯定，會這樣說呢？」

「就像我剛剛說的，這些東西你們去查，不必花太多力氣就能查得一清二楚，妳就知道我說的是不是真的。你們到時就會後悔，為什麼今晚會請了一個詐欺慣犯到節目說大話。我說完了，你們好自為之。」

直到聽到彼端傳來的「……嘟嘟」聲，徐海音看向負責接聽的工作人員，確認對方已經掛線。副導打手勢讓她準備進廣告。

「哇，這位簡女士的發言真的是相當相當勁爆。至於她說的內容真實性如何，還好我們今晚也請到周雨潔本人在現場，可以聽聽她的說法。稍候片刻，進一段廣告，我們馬上回來。」

直到「錄影中」的紅燈熄滅，她懸著的一顆心才放了下來。

（該死的胃痛又要發作了！）她想。

郭俊漢對周雨潔問道：「雨潔，剛剛那位簡女士的語氣妳認得出來嗎？她講了那些勁爆內容，妳有什麼回應？」

「我完全不認識這人啊！」周雨潔哭喪著臉回道：「她說什麼我家拿方夢魚的錢、說我被打昏是假的，然後還暗示我應該去驗DNA，是說我跟方夢魚有什麼關係嗎？我完全……我不知道該怎麼說了。」

胡長安呵呵一笑：「這個就是我常說的哦，歹年冬厚肖郎。就是有人八點檔連續劇看太多，吃飽撐著，打電話進電視台血口噴人啊！」

「我覺得啦，這種東西現在也不可能去求證，等一下回來，就讓周雨潔否認對方說法，然後大家按原先的腳本繼續下去做結，可以吧？」劉慶和拿著腳本與筆，走上台快速徵詢大家意見。

「我的看法啦，這種無中生有的誹謗，應該要正面迎戰，不然過兩天流言又要滿天飛，反而傷害更大。」徐海音轉向周雨潔問：「雨潔妳自己覺得呢？我是不想造成妳的二次傷害的。但如果妳坦蕩蕩，根本沒什麼好怕。」

「我真的無所謂啊，本來就沒有的事被說成這樣，如果有什麼可以反駁的、需要檢驗的，我都可以配合。」周雨潔委屈地說。

「這世界上什麼人都有，就算被害者一樣會被無聊人士攻擊的，妳要堅強，不要被打倒就好。」徐海音安慰道。

周雨潔投去感激的一瞥。

「喂，我看這樣，你們借力使力好了。她想查證什麼、驗什麼，我們就給她查給她驗嘛，」不愧是老資歷的媒體人，胡長安給了個「化危機為轉機」的建議：「反正呢，這個Call in也挺有爆點的，像這種八點檔灑狗血的誰不愛看呀？我老婆就超愛的。她要求的這些查驗動作也很簡單，就算DNA比對，跑個急件應該兩三天也出來了。這時話題也發酵得差不多了，你們到時呢，再把周雨潔給請來節目闢謠，道地獨家的喔，我包你們收視率破十都有可能！」

大夥聽了哈哈大笑，連製作人大東也讚不絕口。當下立即修改腳本，讓徐海音在最後一節開頭，就宣布「願意用最嚴格的檢驗來釋疑」，並將在下週節目公開各項結果。

出乎意料的，這看似荒謬、毫無可信度的扣應內容，竟然在網路上起了波瀾，各種陰謀論都出籠了。當晚十一點後，連網路即時新聞、友台跑馬燈都出現相關標題，質疑周雨潔與方夢魚的關係。完全出乎眾人的意料。

（天助我也！）徐海音在心中暗暗叫好。雖然今天早上栽了個跟頭，但沒想到爬起身來，卻發現手上抓著塊金礦呢！

● 周雨潔臉書的網友留言節錄（18,684 人按讚 /1,682 則回應 /377 個分享）

饅頭哥：超勁爆 der~比「世間情」還扯啦！妳真的是方夢魚的女兒嗎？

杜秀寶：感覺就是個假掰女，一臉做作，到處上電視，被戳破哭哭囉~

Parcel Chen：就只是個神經病想紅亂爆料，不必理她。請加油！

林怡慧：杜秀寶 妳小心被告。留點口德吧！

汪言：可信度不高。但要是自導自演，妳的演技可以拚金馬獎

Nana Nana：媽我在這兒！特地來朝聖的

太平燒餅：昨天聽她扣應就有點不爽，被害者了不起喔，這麼強勢

Dale Cai：太平燒餅 沒錯，還大言不慚說要討公道，死要錢的吧我看

林俊哲：那她不就是方夢魚的共犯，警察快來抓人！幫高調！

iPhone6/6+ 專業包膜防水防震五百元起：瘋子隨便說說，樓上一堆人就高潮

布丁媽：明明家裡都跟方夢魚拿錢，還上電視講什麼心路歷程，噁心。

錄影結束，徐海音便覺得胃部又在隱隱作痛。更雪上加霜的是，遠聲來電，說是臨時保母生病住院，下週可能沒辦法來帶樂樂。萬一週末找不到人，恐怕下週夫婦倆得輪流請假了。

⊙

這消息使得徐海音心情大壞！

「靜音大戰」正打得如火如荼，但手上的下一個線索謎題還沒解開，半路又冒出個質疑被害者身世的風波，然後自己可能又要被強迫休假。她真想指著老天爺的鼻子罵道，我這該死的人生就不能稍稍順利點嘛……

「徐姊，我回來了！」阿唐把車鑰匙遞給她，順便還稍帶上一袋花蓮名產。「我想妳要下班了，就先把小藍停在外面。然後這麻糬聽說還不錯吃，我有另外買一袋給大家了，這袋是專門孝敬徐姊的。」

徐海音有些感動，拍了拍他的肩膀。「謝謝你了，阿唐。早上對你的態度不好，又讓你一路開夜車趕回來，什麼成果都沒有。我表現得真的很不專業，情緒也沒控制好，你別往心裡去，對不起啦！」

阿唐受寵若驚地尷尬笑著：「唉呀，沒什麼好抱歉啦，我們家新聞台不都常幹這種徒勞無功的事……說溜嘴了！其實，能跟徐姊去花蓮玩是我的榮幸！我幾個死黨還在臉書上一直虧我，說跟當家女主播出遊，就算三個月不拿薪水也行的。」

徐海音嗔道：「你夠囉，把我當伴遊的啊？」

「徐姊，先別說這個。」阿唐湊上前低聲道：「我從外面進來時，莊靜剛好也搭電梯到B2。」

「她來做什麼？現在又沒她的節目。」徐海音心中一驚。

「不知道，我以為是來找大東還是劉導的，不過她是往化妝間那邊去的。」

徐海音大概知道她想做什麼了。她快步往化妝間走去。離門口還不到幾步遠的距離，就隱約聽到裡頭傳來的爭吵聲了。

徐海音站在門側探頭望去。莊靜正拉著周雨潔的手，正遊說她幫忙錄一段《鄉民靜距離》的預告，不過周雨潔似乎很抗拒。

徐海音裝作在尋找周雨潔的模樣，神色匆匆地踏入化妝間：「雨潔、雨潔……咦，莊主播，這麼晚了，妳是來探班的，還是想來觀摩一下、學點東西呢？」

「哦，晚安，徐大主播。」莊靜放開周雨潔的手，站起來微笑：「只是擔心您在花蓮玩過頭，來不及回來錄影，特地來關心一下呢！」

徐海音恨不得把高跟鞋脫下來猛敲她的頭，但只能硬生生地壓抑這股衝動，說道：「那個傳聲筒還真沒用，傳錯消息，看來我得設法把它給處理一下。」

「是了，我還得跟您說聲謝謝。多虧那個傳聲筒帶您找到了人頭，讓我昨天的節目收視率有四點五。不過我以後可以自己去跑新聞挖內幕，不必再勞您大駕了，徐大主播。」

徐海音故做訝異道：「真是人不可貌相，我還不知道妳懂得怎麼跑新聞呢！」

「等著瞧吧，妳好自為之囉！」莊靜故意模仿那位「簡女士」的口氣調侃她，然後轉身離去了。

「徐姊！」周雨潔站起來打招呼。

「怎麼啦，她是想拉著妳去打節目廣告嗎？」

「我本來也是想配合的。只是，今天心情不太好。對啦，徐姊，謝謝妳又幫我解圍了。」周雨潔說，一邊又愁眉苦臉地看著手機。

「雨潔，今天妳的表現很好呢！」徐海音拉過一把椅子坐到她身邊。「妳是第一次參加錄影吧？思路清楚、口齒清晰，可比我當年第一次上節目厲害多了呢？」

「唉，沒有啦……」周雨潔不自然地笑了笑，但神情瞬即變得黯淡。

「心裡還是很難受吧？」徐海音像對待妹妹似地，輕輕摟著她的肩：「錄影時難免有小插曲，妳不必放在心上。那些觀眾啊，電視一關、倒頭一睡，明天早上一起床就忘了那些事呢！」

周雨潔把自己的手機遞給她看，強顏歡笑：「徐姊，我真的紅了呢！打從開始上F

B，這是頭一遭有這麼多人上我的版留言按讚。」

由於周雨潔的臉書關閉了訪客留言功能，因此連上來的網友便直接在最近的一篇貼文下方互動。徐海音定睛一看，那則貼文底下竟然已經有一千六百多則的留言，嚇了她一跳！這網路傳播的速度遠超過她的想像。

更糟的是，裡頭有將近三分之二以上都是侮辱、謾罵的內容。可以想見，明天肯定一堆記者想著怎麼來堵周雨潔，或許現在已經有狗仔隊到她家門口守候了吧！

周雨潔潸然淚下，哀淒地說道：「徐姊，我不敢回家了，想到又要跟前兩天一樣，被一大堆記者圍堵，問些比閃光燈還刺痛人心的尖銳問題，我就快承受不住。」

徐海音不知該說什麼，其實記者時代也曾經這樣堵過許多「焦點人物」的她也沒資格說什麼。她只有輕輕拍著眼前這可憐女孩的後背，安撫她的情緒。

「我聽到那通扣應電話，提到我的身世，暗示我可能跟方夢魚有血緣關係的時候……我覺得全身血液都結冰了，直到我喘不過氣後，我才發現我竟然摒息了快一分鐘……徐姊，妳覺得我像那個殺人犯的女兒嗎？我真的跟他會有相同的基因、血管裡頭也埋有犯罪的因子嗎？……」

周雨潔把頭輕靠在徐海音的肩膀上，輕輕啜泣著。即使同為女人，看著這哭得梨花帶雨似的女孩兒，徐海音也不禁生出一種「我見猶憐」的心緒。

「所以……那通電話明明就是惡意抹黑的爆料吧！」徐海音小心翼翼地問道。「妳又何必這樣胡思亂想呢？」

周雨潔深深呼吸，讓情緒緩和下來，說道：「其實我對爸爸的印象不深，我是說我真的爸爸……聽媽說，在我四歲那年，他們離婚分居了，一直到我上小學前有來看我幾次，也有買些文具、玩具給我，印象中就是位個頭不高、身材胖胖的中年人，講起話來還挺開朗的，但我只把他當成一位聖誕老人似的叔叔，對爸爸這個身分是沒有太多感覺的。直到小五、小六開始被單親家庭這字眼霸凌的時候，我才發現不像其他同學這樣，有個爸爸可以依靠，其實是件很悲哀的事情。」

「這幾年過得很辛苦嗎？看妳邊唸書還得到處打工？」徐海音心疼地問道。

「其實也不會。」周雨潔說：「媽媽是個有才華的設計師，收入還不錯，我讀書時的家庭調查資料中，經濟情況都是填『小康』。我是希望自己早點經濟獨立，才想出來打工的。」

「好啦，反正事情還沒成定局呢！聽徐姊的話，別哭了，哭得讓我都心疼起來。要是之後證明那通扣應都在瞎扯，那妳不是白哭了嗎？」

「嗯……」周雨潔點點頭。

「是了，莊主播剛剛還跟妳交代了什麼呢？」徐海音輕描淡寫地問。

「看得出來，她一直想拿我的身世去做文章，不過我真的需要靜一下，好好想想。她還說，電視上鬧出這些風波，擔心我可能不想回家，所以幫我在外面的旅館訂了間房，讓我這兩天過去那裡。」周雨潔從皮包裡拿出一張旅館名片跟預付卡手機。「還給了這支手機，她說我到時一定會被記者逼得把自己的手機關機，到時就可以用這支新手機來聯絡了。」

「她想得可真周到呢！」雖然莫名地有種被「挖牆角」的感覺，讓徐海音有些火大，但她仍盡可能維持風度。「但妳一個小女生，單身去住旅館，不害怕嗎？而且徐姊才剛跟觀眾說過，下次節目要還妳清白，假如我聯絡不到妳了，怎麼能還妳清白呢？」

「那徐姊的意思是？」

徐海音心中浮現個大膽想法。也許這麼一來可以解決眼前不少麻煩，包括工作、家庭都能兼顧到，還能給莊靜一個下馬威。她再仔細地思考片刻後，覺得應該可行。

「雨潔，跟我來吧！」徐海音站起身，拉著對方的手說。

「去哪兒呢？」

「我家。」徐海音回給她一個自信的微笑。

●不知名網友的臉書留言（672 人按讚 /203 則回應 /34,288 個分享）

小弟是魯蛇一枚，平日喜歡看些日本推理作品、漫畫，過過鍵盤偵探的癮。今晚也跟大家一樣，被千迴百轉的方夢魚後續劇情給深深震撼了——斗膽說句，萬一此人還活著，別說選個立委了，憑他現在這種高人氣，選個天龍國市長也絕對高票當選。離題了，個人覺得此案的後續劇情有很多疑點，容小弟一一提出。

周雨潔身世之謎。個人認為爆料為真，她跟方夢魚可能有血緣關係。分析很容易，大家看看前面三個被害者的背景，幾乎都是雙親俱在、幸福美滿的小家庭，但只有周雨潔是單親家庭出身，而且最大的差異是，她只有受到輕傷。

當然，你可以說她沒有被殺害是因為警察適時趕到，爆料者甚至認為應該找當時的警察來澄清。但這又牽扯出一個問題：為什麼方夢魚要殺害自己的親生女兒？

如果方夢魚真的是周雨潔的生父，那麼周雨潔的母親柳亦君，在全案扮演什麼角色。魯蛇我大膽猜測，當年方夢魚因為「個人因素」退出立委選舉，或許跟柳亦君的緋聞被對手挖出來有關。

方夢魚如果有悔意，老實交代全部被害者遺體的下落就好，為什麼還要用猜謎的方式，引導警方一具接一具去發掘？有人說他是為了炫技、凸顯警方無能或是增加社會恐慌，但我認為應該還有更深沉的用意在裡頭。

第四名被害者是誰？是過去式、現在式或未來式？抑或只是個煙霧彈？我認為如果周雨潔的身世被證實了，她就不會是第四名被害者。除非方夢魚有其他同夥，不然跟著他故意埋設的線索，最後有可能會找到還沒曝光的受害者屍體。

魯蛇我只能從新聞媒體上看到警方的偵辦進度，但深深覺得他們忽略了一個重要線索：ＩＰ位址與通話位置。目前出現了兩組線索應該要深入追查：一個是方夢魚身亡當晚、自動寄出照片給周雨潔的ＩＰ位址；另一個就是當晚致電給《新聞透視眼》的Call in民眾，她肯定知道許多內情。

⊙

徐海音打了通電話給遠聲，不過彼端卻遲遲沒有接聽。於是她先帶周雨潔上了自己的「小藍」，往回家的方向開去。

「徐姊啊，這樣好嗎？」周雨潔問。「把節目來賓直接帶回家，會不會有人說話啊？」

「假如我這麼在乎別人的風言風語，就不會選擇當主播啦！」徐海音笑道。「妳現在的身分不是我的來賓，而是我的朋友、姊妹。這樣人家還有什麼話好說的？」

周雨潔瞪大眼睛：「哈，徐姊這樣講，真讓我受寵若驚。我居然可以跟人氣主播當姊妹呢！不過我擔心住到徐姊家，會不會太打擾了？」

「不會呀，後天我婆婆要出國一週了，她的房間剛好空下來，我覺得這段時間讓妳避避風頭應該夠了。而且我還想趁機利用妳一下！」

「利用我？呵呵，如果有任何能讓徐姊好好利用的地方，那就不要客氣囉！」

「就知道妳夠乖巧！」徐海音愈發喜歡眼前這女孩：「除了節目要去查證的那些事情外，我最近也在拍方夢魚事件的記錄性節目，會訪問一下當事人，當然包括妳在內，所以這幾天會找攝影師來拍片，跟妳做個大概半小時的訪談，好嗎？」

周雨潔原本雀躍的臉色黯淡幾分。「每次要談到那件事，我還是很難受的。不過我很願意幫徐姊的忙。」

「委屈妳啦，徐姊一定會好好補償妳的。」徐海音說道：「其實我也一邊在追著方夢魚的線索，畢竟新聞透視眼前一次的收視率很高，破了開台以來的記錄，但這讓我壓力好大。現在我自己跳下去，看能不能搶在警察前面，透過線索找到一些獨家新聞，繼續保持這好成績。」

周雨潔回道：「徐姊，這方面說不定我也能幫上忙呢！」

「哦？怎麼說？」

「打從那次事件後，我對方夢魚這人感到好奇，為什麼一位文質彬彬的教授會幹出這種恐怖的事呢？所以我對他做了不少研究功課，也找幾位上過他的課的學長姐聊過，對他這人跟過往事蹟多少有些了解。」

（萬一妳的母親真的跟方夢魚交往甚密，會不會對妳提到一些內幕消息呢？）徐海音下意識地聯想著，但卻不敢講出來。

反而是周雨潔看穿徐海音的遲疑表情，拉長了聲音搶先說出口：「徐～姊～，妳該不會是在猜，我媽媽說不定曾經跟我提過方夢魚的事吧？」

「妳這小妮子還真是冰雪聰明。」徐海音有些訝異。「不過既然妳自己都說了，我也真的很好奇呢！」

「唉啊，徐姊，妳剛才安慰我說爆料電話是惡意抹黑的，不過妳這樣假設前提，不就等於是認同方夢魚跟我有血緣關係嘛？」

「對不起啦，徐姊失言了。嘿嘿，不過可不是我先說出口的喔！」

「徐姊真狡猾……其實我媽從沒提過方夢魚的事。我猜她應該有跟方夢魚團隊共事過一段時間，我高中時從她接電話常支開我、故意壓低聲音對談，就大概猜到她在外面有男人了，可是直到那次警察找我做筆錄，我才知道方夢魚這個人。之前對他是完全沒印象的。」

「那……你媽知道是方夢魚襲擊了妳，有什麼反應呢？」

周雨潔嘆了口氣。「她在醫院照顧我那段期間，我總覺得她似乎有什麼話想對我說，卻欲言又止。前兩天檢察官告訴我，我媽曾經去監獄探望過方夢魚兩次，那時我很驚訝，完全沒想過他們兩人竟彼此認識。」

「嗯，這樣的關係會是巧合嗎？方夢魚也許……我是說也許，不曉得妳是他親生女兒，但他失手襲擊了妳？」

「徐姊，我總覺得啊，這個世界上從來就沒有巧合的。」周雨潔意味深長地說道：「人與人之間的際遇，如果不是人為的安排，就是命運的捉弄。」

「妳真的是非典型的文學少女喔！老是傷春悲秋的，卻又像是看透世事的老頭子。」

徐海音笑著說：「所以我跟妳的相遇，就是命運的捉弄對吧！」

「哈哈，徐姊真的很愛取笑人。」

「但我覺得我們真的很投緣。人家都說我慢熟，我跟阿唐──就是後來還我車的那個男助理，每次在車上總是沒話題好聊，聊來聊去都是在工作上打轉，我都以為自己跟年輕人有代溝了。但今天能跟妳聊這麼多、聊這麼開心，我總算不覺得自己是個跟不上時代的LKK了。」徐海音說道。

周雨潔開心地笑了。「徐姊，妳以後別再說LKK了。現在只有LKK才會說自己不想當LKK了！」

此時小藍已經開近徐海音家巷口，她繞去便利商店，讓周雨潔買了些必需品後再開回家。

趙遠聲正衣衫不整地躺在客廳沙發上看電視，猛然看到徐海音多帶了一個女孩回來，趕忙又衝回客廳套上件運動外套再出來見客。

「這位是……？」遠聲仔細地瞧了她的臉龐，驚呼出聲道：「啊！妳就是剛剛在電視上的那位……」

周雨潔輕輕朝他一鞠躬：「趙哥你好，我就是剛上過電視的周雨潔。請多指教。」

「你看過電視啦？那你知道雨潔得避個幾天風頭，所以我先把她帶回家。」徐海音從旁解釋道：「我想媽要出國了，房間剛好空下，可以讓雨潔暫住幾天。想先跟你報告的，不過你的手機又沒人接，只好先斬後奏啦！」

「哈哈，沒問題啦。雨潔，歡迎唷！」

遠聲親切地招呼著。不過當周雨潔在客廳沙發上忙著安頓時，他一把將徐海音揪進房間，低聲罵道：「徐海音，妳瘋啦！把這爭議人物給窩藏在家，妳平常老掛嘴邊的新聞操守去哪了？妳不擔心樂樂的安全嗎？」

「聲，你聽我說，認真聽我說。」徐海音正色道：「我有跟雨潔深談過了，我覺得她是個好人，這點你大可相信我的眼光，畢竟我已經選了全世界一位最好的男人當我老公。」

「……萬一她就是那第四名被害者怎麼辦？方夢魚要是還有同黨上門，不就危險啦？」

「我偷偷把她帶回來，不會有人知道的。而且咱們樓下還有警衛，怕什麼？」

「那警衛的功能是收包裹、掛號信用的！妳心臟還真大顆！」

「相信我沒錯啦！現在這個時候，一大堆媒體記者都在上天下海地找她，包括莊靜。讓雨潔待在家裡，就等於把新聞來源放在我身邊，而且她對方夢魚案也很了解，對於我的工作也很有幫助。最後，她在家裡也對你有幫助！」

「對我有幫助？」趙遠聲奇道：「好吧，要是妳不介意，我等等就把她拖進房間，讓她好好幫我囉！」

「你很討厭耶！講些五四三的。」徐海音對著他的胸口搥了一拳：「她平常有在打工，當過保母，下禮拜媽都不在，她剛好可以幫忙，不也解決了我們的困擾嗎？你看我這樣安排，同時滿足多件需求，不就是你平常最強調的嘛！」

「問題不是這樣啊，唉！」趙遠聲兩手抱頭，嘀咕道：「你在節目上才剛爆料，說周雨潔很可能就是方夢魚的後代，這樣剛見面的就貿然把她帶來家裡，妳不覺得……太貿然嗎？」

「吼，你這叫血緣歧視！」徐海音指著趙遠聲的鼻子說：「難道一個殺人犯的女兒、兒子，也注定會殺人嗎？你問問自己看合不合理！」

趙遠聲舉起雙手投降了：「好吧，好吧，假如老婆大人覺得可行，那就這樣吧！不過可不可以在媽回國前她就搬出去？不然老人家會講話的。」

「我猜最晚下週四前，全台灣觀眾想看的就是別的東西了，焦點就不會在她身上。到時她愛去西門町或公館逛街，都不必擔心別人會認出她的。」

「好啦，那就這樣。我會跟媽說是妳的遠房親戚，因為要考試所以來小住個幾天，免得老人家亂操煩。妳覺得我們要不要請她吃頓館子什麼的？畢竟來者是客嘛！」

「不必了，我帶著她就好。你搞定你媽我就謝天謝地了。」

短暫的爭論結束，夫婦倆回到客廳。只見周雨潔已梳洗完畢，換上了徐海音的粉紅舊睡衣，更顯得青春可愛。

「這睡衣大小還行吧？」

「尺寸差不多，穿起來很舒服。」周雨潔甜甜地笑道。

「好，妳也累了，先休息吧！其他的事我們明天再說。」

「徐姊、趙哥晚安！」

徐海音突然想起一事，問道：「對了，雨潔，我剛跟趙哥猜妳多大，我說絕不會超二十三歲，對吧！」

「我今年二十二，再過兩個月才滿二十三呢！」

「所以是善良溫和的天秤座囉？」

「不是，我是十月二十四日生，應該算天蠍座。不過我朋友常說，依照我的個性，應該算是天秤、天蠍各半的綜合星座呢！」

回到房間後，徐海音打開筆記型電腦，點開壓縮檔，抱著半嘗試、半僥倖的心情，在第一道密碼欄位上輸入了「chou19931024」，然後按下確認鍵。

「噹！」的一聲，密碼竟然正確回應而開始進行解壓縮！三十秒後，那支影片檔被順利存放到電腦桌面上。

意料之外的驚喜讓徐海音激動起來。她顫抖的雙手在觸控板上滑動著，迫不及待地去點開那支影片……

●唐人全球整點新聞　大安分局現場連線

「是的，主播，各位觀眾，這裡是台北市大安分局。針對昨晚有民眾扣應至電視台，表示周雨潔遇襲一事內情並不單純，並暗指當晚趕抵現場處理的警員應該也知情。當晚大安分局巡佐顏慶國是最早抵達現場的警官，我們來聽聽他的說法。」

顏慶國：「我覺得這很荒謬嘛！我們接到通報就立刻趕到現場，制服了凶嫌方夢魚，是，當時我與同仁開了三槍，然後順利把被害人救了出來，也上了救護車到醫院去療傷。從頭到尾都符合勤務作業程序，如果質疑被害者傷口偽造的話，也有醫師開的驗傷單啊！誰說其中有什麼內情陰謀的，胡扯嘛！」

記者：「所以當晚在現場不只有你們一組警網？」

顏慶國：「是我先到場的，後來呼叫支援，陸續又來了兩台警車。在凶嫌後車廂發現被害者後，我們也呼叫救護車到現場。」

記者：「警官你在現場的時候，有沒有發現兩人間有不尋常的互動？」

顏慶國：「……我不知道這問題是？就是刑案現場嘛，你跟我說說什麼互動才叫做不尋常？」

記者：「有人暗示兩者可能是父女關係，警官你的看法呢？」

顏慶國：「我不管兩者是什麼關係。一切都秉公處理，好不好？」

記者：「所以你不排除這其中存在自導自演的可能性，對嗎？」

顏慶國：「我沒有……不是這樣，唉！夠了，各位記者大哥大姊，今天就到此為止可以嗎？」

⊙

週六是徐海音的排休日，不過今天已排滿了東奔西走的行程，因此她一反常態不再慵懶地補眠到中午，七點不到便已早早起床。

昨晚解開了那組壓縮加密的一分鐘影片，她反覆地重複播放三十幾遍，連畫面角落、背景等細節處都不放過，瞪大雙眼一直看到兩點多才罷休，但還是完全搞不懂這影片的用意是什麼。

畫面裡，就只是重複播映著某間舞蹈教室內，芭蕾舞者來來去去的舞姿。而且鏡頭角度是低角度平視，高度只到舞者的小腿而已，因此別說是拍攝地點了，就連舞者是誰、拍攝時間為何，完全都分辨不出來。

影片從頭到尾就是白色小腿與舞鞋，挪騰、跳躍、足尖旋轉，讓人想像優雅曼妙的舞姿，但跟案情線索都扯不上邊。徐海音只能從舞鞋特徵來勉強計算出，裡頭的出場人數大概有五至六人，應該是間小型的舞蹈教室。

（舞蹈教室？難道又跟方夢魚的施作工程相關嗎？）徐海音心想。她對照了一下方夢魚的工程標案，沒看到有類似標的，比較接近的應該是地方運動中心，但那些工程日期都至少在六、七年以上。

光靠這影片找出下一個被害者遺體所在處，根本就是不可能的任務！看來只能寄望在還未解開的第二個壓縮檔了。

徐海音盥洗更衣後走到了客廳。趙遠聲只跟婆婆簡單說了有位海音的朋友暫住兩天，其餘的沒有解釋太多。愛面子的婆婆正在廚房忙著打理早餐，還一邊出聲對周雨潔表示抱歉，自己將要出國沒辦法好好陪客。

周雨潔正在沙發上和樂樂說話，一邊也緊盯著電視上的新聞快報。剛剛才播過顏慶國巡佐訪談的現場直播，現在則壓了標題轉為主播台後方的反覆放送的子畫面，接著第二則消息則是新聞花絮，表示有記者認為顏巡佐跟某位韓國演藝團體的男歌手似乎有幾分神似，有不少女記者為之傾心、並搭配該名歌手的MV等等花邊。

這些娛樂消息讓周雨潔看得猛翻白眼。她看到徐海音來了，忙在沙發上挪了位置，說道：「徐姊早！要切回唐人全球新聞台嗎？」

「不必了，妳繼續看吧！有報到妳的消息了嗎？」

「剛剛有播了啊！」周雨潔嘟著嘴說道：「就一直在暗示我跟方夢魚老師有血緣關係，不排除我自導自演，好像我也是共犯似地。」

徐海音哈哈大笑：「這樣才能吸引觀眾眼球嘛！純粹是節目效果，不要放在心上。妳自己那支手機有很多人打進來嗎？」

「我昨晚一看到臉書的狀況，就趕快把手機關機了，現在都還不敢開。」

這時樂樂挪動身體到周雨潔身旁，拿起手上的玩具小卡車，吃力地說道：「跑快。

跑快。」

周雨潔微笑著拿起卡車，邊搓動輪子一邊說道：「這樣跑，快快！咻咻！快快！」

樂樂看著飛快轉動的輪子，呵呵地笑了起來。

徐海音很是欣慰：「妳很會哄小孩啊！」

周雨潔說：「也沒有啦！以前我鄰居有個弟弟也是……比較需要人家照顧的，我有去他家幫忙看了幾次，有抓到一些訣竅呢！」

兩人相視微笑，一切盡在不言中。

吃過早飯後，徐海音開車載著周雨潔，前往昨晚那間未下榻的飯店。

昨天莊靜給的那支手機果然響起。周雨潔也照徐海音的吩咐，與莊靜約定今早八點半在飯店大廳會合。

「徐姊，妳跟莊主播是不是有點……競爭？」周雨潔問。

「怎麼會這樣說？」

「我昨天有聽到工作人員說，莊主播的《鄉民靜距離》收視率大概只到四而已，不過她在化妝間外碰到妳，就說自己的收視率有到四點五。」

徐海音莞爾一笑。「電視台主播誰不好強的呀，尤其是女主播嘛，比來比去是一定有的。妳快進去吧，妳這小鬼靈精的！」

周雨潔俏皮地吐了吐舌頭，快步進入飯店大廳。她才坐下不到五分鐘，莊靜跟陳靜如便一起走了進來。

莊靜穿著一襲蒂芬妮藍套裝，披肩長髮也往後束起，除了優雅氣質外更添幾分俐落幹練的味道。

「昨天晚上睡得好嗎？」莊靜問。

「謝謝莊主播，很舒服呢！」周雨潔笑著說。

「妳原來那支手機關了吧！像我昨天說的，大家可是翻遍全世界在找妳呢！

「莊主播真厲害！那今天我們要去哪裡呢？」

「我昨天已經安排好了，先過去南港鑑識中心，然後回公司棚內拍些畫面，會安排一些學者跟醫生跟妳談一下。下午想帶妳去幾個方夢魚老師之前的標案工程，看能不能幫忙找出些線索。」

周雨潔咋舌：「哇！行程真滿，我都快變成正規記者了！」

「妳是我們家最重要的小天使！」莊靜笑著說：「我還會幫妳申請工作獎金，謝謝妳的付出啦！」

SNG車等在飯店門口，靜如上了助手座，莊靜則帶著周雨潔坐到後廂工作室。

「位子窄，擠一擠吧，很快就到了！」莊靜說道。

周雨潔看著裡頭琳瑯滿目的衛星收發設備，不禁讚嘆出聲。

「這台造價將近兩千萬喔！」莊靜笑道。

「莊主播，妳在棚內主持節目就好，為什麼還要親自跑新聞呀？」周雨潔問。

莊靜嘆了口氣：「沒辦法呀！獨家新聞又不能從網路下載，要是老找些名嘴在棚內哈啦，很難拚得過其他有線台。所以我們家老總一開始就以電子化的『壹週刊』自許，希望我們的談話節目可以做出新意，最好能創造話題，讓別家媒體跟在我們後頭跑。」

「喔，原來如此。」周雨潔點頭附和。

車行二十分鐘左右，便抵達南港區向陽路上的台北市刑事鑑識中心。但大概是司機兼攝影大哥沒搞清楚狀況，不知道這場子是莊靜刻意安排出來的「獨家報導」。他一看到路邊整排SNG車有空位，就忙著停車卡位。

直到攝影大哥一把拉開後廂門，打算架設發電機的時候，莊靜這才驚覺人行道上已經圍滿記者，幾乎各家媒體全到場，全台灣的SNG車都聚集來此、嚴陣以待了。

有攝影師眼尖看到是「唐人全球」的SNG車，扛著攝影機就快步衝上來，其他一群攝影、文字記者也隨之圍攏過來，周雨潔幾乎是被推擠著下了車，這時要開走SNG也來不及了。莊靜當場傻眼。

原先的劇本應該是莊靜親自帶著周雨潔上七樓，然後一邊讓靜如直播當獨家，不知為何走漏風聲，現在別說獨家，就連靜如也卡不到好位子，自個兒都挨不近她身邊。只好眼睜睜地看著鑑識中心的警衛來帶路，周雨潔被簇擁著慢慢走進鑑識大樓。

大隊記者一路跟拍直到上了七樓大廳，才在鑑識中心門外止步，讓周雨潔單獨進入。趁著這空檔，莊靜忙抓了一位熟識的記者，問道：「你們怎麼知道今天周雨潔會過來這裡？」

對方奇道：「不就是你發簡訊過來的嗎？我還想說天下紅雨啦？妳啥時佛心大發，這回除了親自跑新聞外，還會招呼大家一起來採訪？是不是最近交男朋友轉性啦！」

給對方一陣奚落後，莊靜差點沒因氣急攻心當場吐血。拿過對方的簡訊一看，裡頭表示莊靜將代表唐人全球新聞台，在今早九點帶著周雨潔前往南港鑑識中心進行ＤＮＡ採樣，希望能經由ＤＮＡ比對確定是否真與方夢魚有血緣關係，歡迎各家媒體前來採訪云云。底下署名正是莊靜。

這傳訊的電話號碼有點似曾相識？莊靜仔細一想，原來是昨晚給周雨潔的那支預付卡手機發出的！她稍加思考便立刻想通其中關節，心中暗叫糟糕，一時大意竟著了徐海音的道兒了！

（姓徐的，看我不整死妳！）莊靜立刻叫攝影記者回到一樓待命，靜如去守住地下停車場電梯。她打算立刻通知方夢魚案的專案小組，讓他們來這裡把周雨潔給帶回去。

不料，莊靜的動作還是慢了半拍。正當她手機撥號撥到一半時，一通電話先打了進來，而且還不能不馬上接聽。

是葛總打來的！

話說當周雨潔一下車時，徐海音就立刻催足油門，用媒體採訪證將小藍停到了地下室停車場，然後上到七樓鑑識中心找位熟人請他幫個小忙，順便把另一側安全門警報暫時解除。

回到車上後，徐海音算準時間，打了通電話給葛總：

「葛總，莊靜真的開始在跑現場啦？」徐海音問。

「嗯，被你刺激到了，她前天也交來一份二十頁的企劃書，說也要跑現場，幫自己的節目轉轉型。對了，我正要找妳們，是怎麼搞的啊？小蜜蜂信箱都說好看草稿就行，結果不知哪個硬把它寄出去，好死不死又給政風室查到了，現在那位仁兄被調出專案組了，好好的消息來源硬是給妳們弄掉，這兩天一定要把妳們抓來檢討。」

徐海音平心靜氣地說：「葛總，我正想跟你報告這事。小蜜蜂的信箱後來連密碼都改了，根本進不去了。不過我看到最後一封信的收件者是莊靜，我看是她不小心寄出去給自己的。」

「嘿，話別說太早，妳們兩個人之間那點狗屁恩怨我不清楚嗎？等妳們回來再說。」

「不過有件事你得要管管了。」徐海音說道：「周雨潔現在的重要性又提高了，我敢說下週四前都會是觀眾焦點。可是莊靜她大張旗鼓地把人給帶到鑑識中心，警察也等在那兒了，我想請葛總幫個忙，不然咱們手上這優勢又要落到別家去了。」

「怎麼幫？」

「馬上打電話給莊靜，讓她想辦法把周雨潔帶回公司，幫公司留條獨家吧！」

「……好吧，就信妳一次，不要再玩諜對諜啊，成熟一點嘛！」

就在徐海音與葛總通話的同時，周雨潔已經完成口腔、皮膚與毛髮採樣。接著她依照徐海音的交代，找了一位名為Jacky的工作人員，請他領著走安全梯，以避開七樓大廳的媒體。下到六樓後，她立刻跑到樓層對側，轉乘電梯直達地下室停車場。

等到周雨潔進了小藍，靜如才剛奔出地下室電梯，正在搜尋她的身影。

「沒問題吧！」徐海音問。她邊將車子開出停車場。

「照徐姊交代的路線走，果然順利！」周雨潔臉上還帶著冒險般的快意。「妳怎麼跟這裡這麼熟？還認識那位Jacky？」

「之前跑新聞的時候來過這裡兩次了。然後那位Jacky是大東的堂弟，也是第二次跑新聞時認識的。」

「喔，是這樣……不過，徐姊妳為什麼要弄得這麼複雜呀？我知道外面的實驗室也可以做ＤＮＡ鑑定呀？」

徐海音苦笑：「不過只有警察手上才有方夢魚的ＤＮＡ樣本。而且官方作的也才有公信力嘛！他們有說鑑識報告什麼時候出來嗎？」

「Jacky說最快也要八小時吧！不過按照規定他們會提報給警方，不會對外透露的。」

「這樣就夠了。」

徐海音出了停車場後，又繞回向陽路上，SNG車附近只有幾個人留守，看來大多數記者還在七樓等著堵人。

「徐姊，接下來我們去哪裡呢？」周雨潔問。

「先回公司一趟。接下來我想請妳幫幫忙，打個電話回家，我想跟妳媽談談，看看帳戶情形。如果她有意願的話，我也想能不能做點簡單訪談？」

周雨潔訝異地說道：「這麼突然呀？」

「不好意思啦，雨潔。我猜今天警方應該就會請妳媽媽去協助偵辦了，我們得盡快跟她打聽一些東西。另外我想問一下，妳或妳媽有信教嗎？」

「信教？我沒有，但我媽是基督教，雖然不是很虔誠，但有盡量去參加教會活動。」

周雨潔大喜：「知道是哪個教會嗎？」

「是三重的長老會，她都是去那裡做禮拜。徐姊妳問這個做什麼？」

「沒事的，做個參考，之後妳會知道。」

徐海音回到公司，接了阿唐與攝影器材上車後，讓阿唐接手朝三重方向開去，她則喜孜孜地拿出筆記型電腦，玩猜密碼遊戲，儼然成了她這兩天的生活重心了。

●立法院第六會期內政委員會 立委蔣碧珠質詢

江部長，最近方夢魚後續又扯出一大堆案外案，妳有沒有在關心？我告訴妳，很多民眾打電話到本席服務處，希望本席可以幫他們找到失蹤多年的小孩或親人。部長，妳可以跟本席保證，方夢魚手下的犧牲者就這三名而已嗎？你們有沒有積極在釐清這後續發展？還是認為他死了就一了百了，不必再管了？

部長，本席在這裡要求，請妳將方夢魚以及相關公司，包括他有插股的，之前做的公共工程都仔細檢查看看。本席請問部長，妳知道他包了多少工程嗎？他拿了多少納稅人的錢去幹這些傷天害理的事？妳不知道對不對？來，本席告訴妳，過去這幾年來，他大大小小的工程就包了三百二十二項！三百二十二項喔，部長。

妳可不可以在這裡向人民承諾，你們會去仔細檢查這三百二十二項的工程？部長，方夢魚這兩年才爆出三起殺人案，誰會相信像他這種病態殺人魔，這麼多年只會犯下這幾起案子、藏過多少屍體？部長，妳可不可以在這裡給本席押個確切日期，說妳們什麼時候才可以完成三百二十二項工程的全面檢查？讓老百姓們入夜後可以好好睡一覺……

⊙

儘管時序已步入深秋，但今年的台北卻反常地感受不到一絲涼意，動輒破三十度高溫讓人吃不消。此刻阿唐正駕車行經忠孝橋上，日正當空一片水光瀲灩，沙洲上的水生植栽迎著徐徐微風搖曳，河畔自行車道偶而劃過幾道騎士身影，彷彿提醒這永遠忙碌的城市，別忘了稍稍放緩前進的節拍。

「徐姊，我們先別去我媽那裡，好嗎？」跟母親聯繫後，周雨潔冷不防地沮喪說道。將看著窗外風景發楞的徐海音給拉回現實來。

「喂！不是吧，我們都快下橋了，妳現在才說？」阿唐訝異地看著後照鏡問。

「怎麼啦？今天不方便嗎？」徐海音問。

「我媽公寓樓下已經有好幾個記者在守候了，連SNG車都開過去了，她現在被嚇得不敢下樓。」

「SNG車過去了？那裡有什麼好播的？」阿唐訝異道。

「有人跑到公寓門口去塗鴉，殺人魔的女人之類的，還潑漆……看熱鬧的人也很多。」周雨潔的聲音愈發低細。

「那些鄉民就會亂湊熱鬧！」阿唐幫著打抱不平：「不分青紅皂白的，連個證據都還沒有，就聽節目扣應亂爆料，吃飽撐著還自以為主持正義了？」

徐海音嘆了口氣。「算了，阿唐，先回公司吧！」

阿唐下了忠孝橋後，在新北大道掉頭迴轉了一圈，重新上橋回台北市。徐海音百無聊賴地邊盯著橋下堤防的馬賽克磁磚畫面，邊在腦海中構思著下一步的計畫。

周雨潔打開自己手機想查一下新聞，不料一開機便冒出好幾百則未接來電與簡訊，讓她嚇了一大跳。不過她隨即搜索各家即時新聞，很快地就找到了母親受訪的即時新聞畫面。

看到自己老家的公寓門口，被一堆紅漆、黑漆潑得慘不忍睹，上頭還寫了「殺人共犯」、「說謊該死」、「惡魔女人」等觸目驚心的標語，周雨潔激動地啜泣起來。許多鄰居街坊都在附近圍觀，也有些根本不認識的人正興高采烈地接受記者訪問。

儘管有記者不斷上前按壓對講機，不過母親始終不同意開門，只是反覆地說著「曾在方夢魚底下做事」、「從沒有跟方夢魚拿過一毛錢」之類的話，對周雨潔的身世也不肯做正面回應。最後記者表示，警方已將柳亦君列為證人之一，會在適當時機進行約談。

周雨潔在後座崩潰大哭，搞得阿唐、徐海音的心情也很難受。徐海音讓阿唐找個人少的街道旁靠邊停車，她放了面紙盒在周雨潔身邊，然後兩人下了車，獨留周雨潔在車上哭個夠。

阿唐去附近的便利商店買個飲料，說是稍後讓周雨潔「補充一下水份」。徐海音則掏出筆電，繼續猜密碼的遊戲。她剛剛試了幾組如三重長老會、台灣長老會、基督教會……等等十來組網址，但不是密碼長度不對就是回應錯誤，使得她不得不放棄。

（與信徒的連結？）從這密碼提示與長度來看，網站的「網址」應該就是關鍵。但「與信徒」這三字就帶有玄機，好像不是如字面上的意思一般簡單，徐海音琢磨著。

阿唐拎著購物袋走回來，拿了一瓶無糖茶飲給徐海音。

「Mandy 今天排休嗎？」徐海音隨口問道。

「沒啊，她跟靜如一樣要出勤。」

「靜如的SNG車去南港了，所以Mandy 跟攝影是去……雨潔家？」

阿唐看著在車內嚎啕大哭的周雨潔，無言地點了點頭。

徐海音苦笑。沒辦法，早上各家媒體反覆放送的三則新聞，就是昨晚的驚天 Call in；周雨潔往南港的DNA採樣；以及她老家被潑漆、母親被迫隔著對講機受訪的內容。

哪裡有新聞就得往哪跑，這就是記者的宿命啊！

阿唐喝著飲料，若有所思地問道：「徐姊啊，我覺得做這行挺威風的，可以揭發那些黑心無良的奸商、可以把貪官汙吏追問得啞口無言、可以曝光真相打擊不公不義的事。可是像現在這樣，我總覺得我們也在傷害無辜的人，不是嗎？像周雨潔她媽媽，今天一早就莫名其妙地上了媒體頭條，然後被一些自以為正義的傢伙修理了。假如媒體可以查證後再來報導，不就可以避免這種情況嗎？」

「能這樣當然是最好啊！善良民眾不會受傷害、幕後真凶會接受懲罰，但……也許有一天，全台灣只剩下一家新聞台、記者們不必辛苦地搶獨家的時候，這種大同理想就會實現了吧？」

兩人相視苦笑。

此時，徐海音的手機響起，是劉慶和打來的。

「海音哪，你們在哪裡？」

「我們剛從三重繞回來，在市民大道上。劉導你今天不是休假？」

「還不是給妳害的。今天是休假啊，但剛剛又被 Call 進來。」劉慶和的語氣有幾分不滿。「給妳地址記一下，在松江路上。半小時後在那邊會合。」

劉慶和交代完畢後便斷線。感覺他語氣不善，但徐海音自己也滿頭霧水，不知哪兒得罪了他。徐海音拿地址給阿唐確認，約莫是在行天宮附近。兩人再休息片刻，看周雨潔也哭倦了，收拾一下便開車上路。

大概開了十多分鐘便抵達目的地，是間連鎖咖啡廳，二樓以上則是辦公大樓，八層空間塞了十四家公司。眾人在人行道上等了十分鐘，徐海音還幫兩位路過民眾簽了名後，便看見劉慶和騎著摩托車趕來會合。

劉慶和跟大家打過招呼，要徐海音借一步說話：

「妹子啊，你早上是跟大老闆說了什麼？他現在要我好好盯著妳，要調動任何人，包括阿唐在內，我都得先確認才行，尤其不能耽誤帶狀節目的前置作業。」

徐海音為之氣結：「不會吧？根本就是莊靜先找麻煩的，現在可好，都算在我頭上了？那大老闆有沒有說莊靜也應該要比照辦理呢？她可是大喇喇地在SNG車上指手畫腳的。」

劉慶和沒好氣地回道：「海音我跟妳說，我對妳們兩個女人的靜音大戰一點興趣也沒有，把本職做好、不要讓老闆盯到我們組的頭上，才是我在意的。老闆怎麼說的我一字不改轉給妳聽：你去給我好好盯緊那個徐海音，讓她好好做事，不要再惹是非了！」

「我惹是非？我惹是非？」徐海音氣得粉臉通紅：「今天我排休還出來追新聞，為的是什麼？還不是希望節目能做得更好、收視率能高幾個百分點，現在說什麼惹是非的，好像我帶頭作亂一樣。」

「唉啊，妳還是沒抓到我說的重點嘛！妳看妳都跳下來親自跑線，那莊靜她看到能不跑嗎？然後呢？我們電視台分新聞部、節目部還有意義嗎？哪個主播覺得哪裡有內幕就自己跳下來去追、那些工商服務、記者會之類沒搞頭的就丟給新聞部，這樣還有職場倫理嗎？遊戲規則不是這樣嘛！」

「所以呢？老闆希望我回棚內就別跑線了？」

「假如是這樣，就會叫妳們兩個直接回棚內，不准踩新聞部的線了，我也省事多啦！」劉慶和說道：「老闆看了莊靜的企劃書，覺得她說的有點道理，自家的談話性節目不轉型，肯定拚不過其他台，所以藉這次機會放手讓妳們兩個實驗看看。」

「哼，莊靜那枚學人精，憑什麼跟我一起競爭？要說這轉型作法也是我想出來的啊？」徐海音不滿地說道。

「海音啊，就當我擺老跟妳多說一句，我覺得妳做得比較過分些。就算莊靜學妳跑線好了，但人家做足功課，交了完整的規劃報告書，可比妳拿什麼紀錄片當藉口要有誠意多了。妳還把重要關係人帶在身邊到處跑，也讓老闆很感冒。」

徐海音不服氣地說道：「劉導啊，你別忘了，第一名受害者遺體可是我帶著阿唐先找到的，今天各家的即時新聞，都還圍繞著昨晚我主持的節目打轉，光這破記錄的收視率還不夠有貢獻嗎？再說，我也是真的打算訪談相關人物，幫電視台留個記錄的，真要計較起來我也理直氣壯！」

劉慶和無奈道：「好啦，你們婆說婆都有理，唉，那我呢？現成的夾心餅乾一塊！我話還是說在前面，我沒有妳跟大老闆那種交情，可以跟他扯什麼大道理，我還是得交差的呀！所以，既然有命令下來了，我也得照章辦事。除非妳硬要先斬後奏，自己拿著手機去拍了，那我也管不著啊，是吧？」

徐海音眼睛咕溜一轉，聲音放軟道：「先謝謝你啦，劉導。剛剛只是覺得葛總誤會了我，口氣衝了點，完全不是針對你啊！像你這種功力深厚的前輩，可以拉你進來一起做事，我高興都來不及呢！」

「客氣話就省了，等哪天我沒被妳搞得過勞死，再泡杯茶聽妳道謝吧！」

兩人又再隨意聊了幾句，和緩一下氣氛。徐海音問：「劉導，你特地把我們叫來這裡，跟方夢魚案子有什麼相關的嗎？」

「叫大家過來，一起說說吧！」

雖然周雨潔也好奇地湊過來一起聽，不過劉慶和也不避諱，跟大家說明在此集合的緣故。

原來昨晚那通爆料 Call in 電話打進來後，劉慶和便覺得裡頭應大有文章，因此吩咐助理去追蹤那通電話，發現是用網路電話打進來的，因為那位「簡女士」一再跟工作人員強調，自己掌握有「驚天內幕」，工作人員也半信半疑地將她排入待接聽電話清單中。

而劉慶和今早再委託中華電信的人脈，根據發話ＩＰ進行追查，發現這ＩＰ是屬於一間名為「愛酷科技」公司所有的。根據該公司網站顯示，他們專門做網站主機代管、提供網路服務。

「有意思的是，你們還記得方夢魚死亡那晚，凌晨周雨潔就準時收到一封夾帶圖片的電子郵件嗎？」劉慶和說。

其他人都點了點頭。

「警察也已經查出來了。簡單說咧，那其實是個很簡單的網路服務，發信者只要設定讓電腦每天特定時間都搜尋一次網路資料，如果發現當天有新資料符合定義且數量夠多的話，電腦就會自動寄出那封電子郵件，完全不必去啟動它。」

阿唐雙手一拍，喊道：「對嘛，跟我想得一樣！我就說那封信肯定是系統自動寄出的，不然時間怎麼可能掐得這麼準。我猜一定是預先設定了方夢魚、自殺、身亡之類的關鍵字，如果搜尋結果超過一定數量的話，信就自動寄給雨潔啦！」

劉慶和白了他一眼。「重點是，哪家公司有提供了這樣的網路服務，信又是從哪邊寄出去的呢？」

眾人的目光不約而同地都落在身後的大樓門口旁，上頭懸掛的各家公司銘牌上，位在二樓處的正是「愛酷科技有限公司」。

●友台《週末YA現場》蔡忠華

蔡忠華：「……不只是這樣子，潔哥（主持人）我告訴你，最近周遭朋友啊，患了一個『方夢魚案上癮症』。嘿，一點都不誇張，他們以前最愛的韓劇、美劇也不看了，整天就在網路上盯著案子的最新進度，不只成年人哦，年輕男生女生都迷！假如方夢魚今天在小巨蛋開講要收門票，我告訴你，People mountain people sea 哪！」

「我說這樣一個性格變態的殺手，何德何能？媒體在這裡頭扮演的角色是什麼？刻意炒作這些聳人聽聞的消息還有沒有新聞倫理？現在幾乎都當NCC死人哪，每天都有消息爆出來，媒體、官員、民眾在後頭追得樂此不疲！方夢魚人死了之後，影響力反而比他生前還大，你說這不是炒作，什麼才是炒作？」

「好啦，你看這最新的發展是什麼？竟然有人跳出來說，第四個被害者周雨潔，有可能是方夢魚的私生女，逼得她今天不得不去做DNA鑑定，你說這扯不扯淡？更好笑的是，網路鄉民馬上跑到她老母家去潑漆，說要主持正義。哇，不得了啊，這些鄉民週末不睡到中午了，寧可早點起床也要來幹這事兒，不但意志堅定而且還挺有效率的是吧！」

「現在各種陰謀論都出爐啦！有人說天理循環報應不爽啊，方夢魚虧心事做多了，竟然誤傷到了自己的女兒；有人說真相不是這樣，說不定周家母女也是其中的共犯；還有人說，方夢魚或許二十年前就在到處播種了，等親生女兒養大了才特地上門收割。

哇，我在網路上看到這樣的言論……我真是，該怎麼說呢？假如下一個方夢魚 2.0 就在這些鄉民裡頭醞釀著，我真的一點都不覺得驚訝。」

⊙

「愛酷科技」是家成立五年多的新創公司，負責人姓鄧，僅四十歲出頭。劉慶和上門表明身分後，只說是為了多了解方夢魚案中的網路技術問題而來，希望愛酷科技這邊能幫忙顧問諮詢一下。

難得有在電視台曝光的機會，加上人氣主播徐海音親臨，鄧先生樂得合不攏嘴，一口答應幫忙到底。直到隔天中午其他家記者包圍著他發問時，他才知道自己上了當。

徐海音將方夢魚、孫思彤以及相關公司名稱、一級主管名字提供給鄧先生，讓他幫忙查詢一下是否有在這裡租用任何網路服務。在此同時，阿唐也用手機測試了一下愛酷的無線網路狀況，發現訊號涵蓋範圍相當廣，而且密碼用的就是公司代表電話號碼。因此只要曾拜訪過這家公司的人，日後就算在一樓咖啡廳也可以輕鬆使用這裡的無線網路。

鄧先生說道：「因為我們公司內部空間比較小，有時候會議室被占用的話，其他人只好去咖啡廳開會，所以有特別加強公司的 Wi-Fi 訊號，方便同事們連線。」

徐海音問：「你們下班也不會把 Wi-Fi 給關掉吧？如果有路人使用你們的 Wi-Fi，可以查得到嗎？」

鄧先生回道：「因為公司不定時有同事加班，一般我們是不會特意關閉 Wi-Fi 的。如果晚上有其他人連線進來的話，防火牆裡頭會記錄設備的網路卡序號，調出 LOG 檔就能知道了。」

阿唐解釋道，每台電腦、手機都有各自的網路卡序號，可做為網路身分識別用的，要透過工具軟體偽造並不難，頂多作個參考。另外，他也跑到樓下去測試過愛酷科技提供的 Wi-Fi 無線網路，他們八成是想打自家廣告，所以裝上功率不小、號稱能穿牆的強波器，名為「iCool3C」的無線基地台，除了在一樓咖啡廳都能接收到外，就算到大樓後方的街道上，也能收到滿格訊號。

「如果警察去調閱附近的監視器，有可能辨認出當晚扣應給我們的那個人嗎？」徐海音問。

阿唐搖搖頭：「不太可能。先別說咖啡廳裡面來來去去的人了，這無線訊號涵蓋得這麼廣，就算有人開車暫停、附近的住戶、甚至是這棟大樓的二到五樓，都有可能連上他家的網路來打電話，要過濾的難度實在太高了。再說了，他們家的網路密碼也很好破解。」

不多時，鄧先生從機房出來，表示交叉比對後，其中的「天彤工程顧問有限公司」是他們的客戶，有租用網站主機與服務。

徐海音比對一下手邊資料，赫然發現這家「天彤」的負責人就是方夢魚的老婆孫思形。業務項目登記為工程設計、環境美化等。

不過當徐海音想進一步打聽，天彤租用了哪些網路服務時，鄧先生可就為難了，他推說與客戶之間簽有保密協定，頂多只能給出「天彤」目前已公開在網路上的資訊，其他的就愛莫能助了。

徐海音用手機查看對方給的網址，也只看見天彤公司的廣告網頁，沒有其他特別的地方。不過奇怪的是，天彤公司的官方網站，用的反而是其他家網路主機服務。眼見此地套不出更多情報後，劉慶和讓阿唐在愛酷科技門口拍些空景，便打道回府了。

雖然今天外出跑了大半天，但除了早上有些報復莊靜的快意外，也沒問出能推動案情的線索來。如果真要這樣收工回家，徐海音真有些不甘心。

抱著「死馬當活馬醫」的心態，徐海音又想到了黃萱。雖說上次那位駭客朋友的表現不十分靈光，但徐海音仍盤算一試。

等劉慶和載著阿唐回公司後，徐海音撥通了黃萱的手機，請她幫忙找那位很鐵的駭客朋友「查看」一下天彤公司的伺服器，確認裡頭是否有跟方夢魚案相關的線索。

「徐姊，妳怎麼這麼在意天彤的網站內容呀？」

開車回家的路上，周雨潔問道。

「我剛剛查了一下，方夢魚相關的兩間公司，以及天彤官方網站，用的都是一家叫『探集』網路主機，但天彤公司卻又在另一間小公司『愛酷科技』租用了網路主機，這不是很奇怪嗎？一般公司如果要節省費用，應該都會使用同一家公司的網路服務吧！像咱們家的網站、部落格跟電子信箱都是同一家的。」

「喔，所以徐姊是覺得，天彤公司另外租一台網路主機，是有其他用途的吧？不像是光掛掛廣告這麼簡單？」

徐海音笑道：「不錯嘛，妳雖然是中文系的，但這些網路玩意兒也一點就通。」

「呵呵，大一都有修過計算機概論嘛！」

「還有啊，我覺得昨晚那個爆料扣應也很可疑，之所以特地跑到愛酷科技附近打網路電話，為的就是怕被循著IP位置給追蹤吧！」

周雨潔偏著頭回道：「假如是我的話，就跟同學借筆電，連上學校的網路，找個角落躲起來上網囉！這樣肯定追查不到。」

經過簡餐店，周雨潔下車去買餐盒，徐海音在車上守著。正當她煩惱著該怎麼去找下一個線索時，幸運天使卻先一步向她招手了。她的手機響起，是黃萱打來的：

「徐姊，好消息唷！我那同學進伺服器看過，找到一些有趣的東西，寄到妳的信箱了，請收收看。」

徐海音奇道：「妳那同學也太奇葩了，給他一個小小的壓縮檔，說是解開得花上五十年；但叫他去一家大公司的伺服器撈資料，竟然不到五十分鐘就完成了？」

黃萱哈哈大笑：「我剛也這樣問過他。他說是用的技術不同啦，認真講起來可以講個三天三夜，不過他說我們應該都沒耐性聽，趕快把結果丟給我們看就好。」

「妳這同學也太善解人意了。我下週一定叫企畫發通告給妳，謝謝啦！」

掛斷電話後，徐海音查看電子信箱，果然收到黃萱轉寄來的信件。裡頭附有兩組網址。第一組「foreverfan」網址點進去後，只出現了一個「網址錯誤」的畫面。附註旁邊寫道：「這個網址有程式判斷功能，只會在每天晚上十點～隔天凌晨兩點運作，連上後會出現帳號密碼輸入欄位，輸入正確才會跳到真正的網址去。」

原來是個障眼法！徐海音心想。不知情的人若沒在那指定的四個小時內連線，只會看到這張錯誤畫面，還以為是打錯了網址。但究竟網站內容是什麼，得這樣大費周章地加密且「限時服務」？這勾起了徐海音的好奇心。

駭客同學在第二組「lovefun」網址旁註明：「這才是真正的網址，但必須搭配會員帳號密碼，才能產生正確的亂數網址來連線。我新增了一組簡單帳密，請直接點選連結就能進入。」

徐海音迫不及待地點下那組重新加密過的「lovefun」連結，接著被導引到一個網路論壇。嚴格來說，應該只能算是個討論板，因為並沒有其他分類項目，只有一個討論區塊而已。

光是看那個標頭，就已經讓徐海音倒抽一口涼氣。上頭以大號康熙字典體字型，大喇喇地寫上：「方夢魚老師的殺戮粉絲特區」。旁邊小字開宗明義地寫道：「我們偉大的精神導師方夢魚，偉業未成奈何早薨，幸而精神永遠與我們常在！」

「……徐姊，不好意思，他們說排骨的賣完了。」周雨潔買了餐盒後，打開車門坐了進來。

徐海音收起手機，啟動小藍，俐落地調轉車頭，往住家相反的方向開去。

「雨潔，找到重要的線索了，我們先回公司一趟！」

●唐人全球整點新聞 柳亦君於三重住處人行道上

主播：「……方夢魚血案中的關鍵人物柳亦君，也就是第四位被害人周雨潔的母親，雖然在今日早上將簡短聲明傳真給各家媒體，試圖解釋各項疑點，但內容避重就輕，對於關鍵部分並未做正面回應。」

（接外景畫面。地點是三重某處人行道上，柳亦君住處附近。）

記者A：「聲明中對於周雨潔的生父並沒有證實，您願意進一步說明嗎？」

柳亦君：「我家雨潔是姓周，不是姓方！她跟方夢魚沒有一點關係，不要把我說得那麼不堪！」

記者B：「外界謠傳妳當初跟丈夫離婚，是因為方夢魚介入的緣故，真的嗎？」

柳亦君：「你要我說什麼？還是你想聽什麼？我沒必要回應這種無聊問題。」

記者C：「妳是日和風室內設計工作室的負責人，方夢魚也有三成股份，為什麼當初他要入股？」

柳亦君：「我跟方老師共事二十多年，彼此是工作夥伴，他之所以入股，純粹是因為覺得這家公司有發展性，就是這樣。」

記者D：「所以妳跟方夢魚有過超友誼關係對嗎？」

柳亦君：「……」

記者E：「有人說當年方夢魚退出立委競選，是因為與妳的緋聞曝光？」

柳亦君：「不好意思，我累了，謝謝各位，謝謝。」

（柳亦君脫離記者包圍，快步搭上計程車，離開現場）

⊙

徐海音先用手機聯絡大東與劉導，確認他們還沒離開公司，便飛車趕回內湖，等紅燈的空檔先把那串網址寄給兩人。衝回辦公室後，發現他們與阿唐都在辦公室，不過另一個她最不想看到的人也在裡頭。

莊靜正在與眾人攀談，一邊看著牆上的新聞節目。她聽到後方動靜轉過身一瞧，看見兩人進來並不感驚訝，倒是周雨潔立時心虛地躲在徐海音身後。

「喔，徐大主播，剛剛聽到妳有重要情報特地來分享呀？真是恭喜妳了。不知道這次的跑新聞路線，是不是還附帶觀光行程啊？」莊靜嗤笑道。

「不勞妳費心。有什麼情報，等著看我的節目就好。各位，如果這裡不方便，我們去會議室談。」徐海音轉向其他人說。

「哦，不必。反正我也不希罕妳的什麼情報。」莊靜難得地大方起來，把手上的雜物往桌上一擱，拎起包包往門外走去。「那我就先告辭啦，各位！」

莊靜經過周雨潔身邊時，笑著說道：「雨潔，妳的演技真是厲害，連我都騙過了，早上的金蟬脫殼很有一套啊！令堂上電視了，去關心一下吧！」

周雨潔的臉色唰地變白，她連忙衝去電視前面。

儘管莊靜走出辦公室外，但徐海音仍謹慎地朝外探頭「目送」，確認她真的走進電梯後，才示意大東與劉導先看一下電子郵件。

電視畫面上，周雨潔的母親柳亦君在人行道上，被幾名記者圍著問問題。這是徐海音第一次看到她的模樣，年紀大概五十歲左右，但保養得宜，看起來僅約三四十歲，跟周雨潔有三分像。她個頭比周雨潔矮些、略胖些，穿著樸素但質感出眾，一看就是個氣質優雅的專業人士。

其實各家記者手上已經挖掘出不少消息：包括柳亦君曾與方夢魚共事十多年；目前柳亦君擔任董事長的「日和風室內設計工作室」，方夢魚是出資三成的股東；現任台北市研考會主委、當年操盤黨內立委選戰的蕭東才證實，方夢魚曾以「健康因素」退出初選實是托詞，而是因當時黨內競選同志攻擊他有婚外情，經查屬實後才被婉轉勸退。

柳亦君的丈夫，原來出身自台中政治世家的周自農，曾當選過兩屆立委並入閣，二十年前與柳亦君離婚，之後曾再娶並生有一男，七年前因肝癌過世。周家在第二次政黨輪替後，地方上的影響力大為減退。

柳亦君在訪談中，嚴正否認方夢魚持續朝她銀行帳戶打錢，並請會計師出示多份證明文件，也揚言要對住家潑漆的人提告。柳亦君堅持周雨潔是周自農親生的，但不願意說明離婚原因，對「方夢魚是否出於報復而襲擊周雨潔」一事更不置評。

「哇！」大東與阿唐同時驚嘆出聲。他們點進了「方夢魚粉絲會」的討論板，沒想到儘管方夢魚身亡，但唯恐天下不亂的無聊份子們，仍然齊聚在網路的某個角落處熱烈地高談闊論著。

方夢魚案爆發後，曾有好事網友在臉書上成立了「方夢魚殺戮人生粉絲專頁」，有八千多人加入，甚至號召要去看守所慰問方夢魚，但此專頁旋即被警方取締，發起者也被找進警局喝咖啡。沒想到現在化明為暗，由粉絲俱樂部轉為秘密網站。

這個討論板創立的時間，差不多是在臉書粉絲專頁被關閉前後。之後幾個月隨著輿論熱度降低而較不活躍，但隨著前幾天方夢魚案風波再起，又重新變得熱鬧起來。討論條目包括：「躲過警察的連續謀殺手法」、「前往海商大樓朝聖大師傑作」、不知是否真假的「我也要向方夢魚老師來個致敬作」。最多人在討論的則是「掌心的溫度」、「芬芳的滋養」究竟是什麼意思。

「你們覺得這些瘋子會不會真的幹出些什麼東西來？」阿唐問道：「會不會真的有人去探望過方夢魚了，然後接受他的擺佈，搞出這麼多風波來？」

雖然這個討論板上並沒有提到，上頭的網友參與後續事件的可能性，不過這些人還可以透過傳訊功能私下交流，誰也不敢打包票說沒這可能。

「這是掛在孫思彤公司網站下的嗎？」劉慶和面色凝重地向徐海音問道：「我們今天下午在愛酷科技那邊問了半天，什麼都沒問出來，妳是怎麼找到這裡的？」

徐海音吐了吐舌頭：「為了保護消息來源，不能說。」

劉慶和沒好氣地白了她一眼。現在根本也還沒到晚上十點，卻能直接連進去，就算不懂電腦、網路的人，也知道這肯定用了些駭客手段。

「所以說，這個討論板是掛在方夢魚老婆的公司名下？」大東問道。

「沒錯。」徐海音點頭道。

「方夢魚跟她老婆公司的官網都不是用這家主機。我猜一定是為了要掩人耳目，才故意另外找間公司來掛這討論板的。」阿唐從旁說道。

大東驚訝地砸了砸舌頭。「哇，我聞到一些陰謀論的味道了。你們該不會要告訴我，原來方夢魚她老婆，才是幕後的大魔王吧？你們看看，現在的各家新聞的風向，可是把嫌疑犯往柳亦君……呃，不好意思，無意冒犯。」

周雨潔無精打采地回道：「沒關係啦，你們就直說吧！反正現在不管新聞還是網路，都把我跟我媽當成共犯了，到時萬一連DNA都驗出結果了，我大概就會直接被收押了吧！」

劉慶和搖頭嘆氣道：「唉，你們腦筋真的很單純耶，都不覺得奇怪嗎？自己想想嘛，方夢魚自動寄出的信、有人故意用那邊網路打電話，然後又讓我們發現了這討論板就掛在那，根本也太巧合了吧！妳自己動動腦，地球人都知道成立方夢魚粉絲團會被警察抓了，那幹麼一定要拖自己公司下水？就算老婆挺老公也不可能挺成這樣吧？」

「那很難說。如果老婆剛好是老公的共謀呢？她自以為這些手段都做得很隱密，不擔心被查出來，所以才敢鋌而走險？」徐海音反駁。

「不會吧！至少用個化名什麼的，不是比較保險嗎？」

大東沉思道：「我是覺得，這件事非同小可，誰知道這討論板上頭的網友是不是打算玩真的？你看看還有人說要『致敬』作案呢！先把這消息跟警方報告吧，這事不能拖，也不要擅自發布出去，不然肯定會有更多瘋子要來這個討論板朝聖。」

「我的天，你開玩笑啊！」徐海音不可置信地喊道：「我花了這麼大的力氣追蹤到這麼重大的情報，不好好發揮一下新聞價值也就算了，還白白丟出去給警察？那至少等到禮拜二以後吧，這麼好的梗先用在我的《新聞透視眼》，之後警察要怎麼去辦是他們的事。」

大東舉起手阻止道：「不是這樣的，海音。我們還是得顧慮一下社會責任的。妳想，萬一這兩天從這版裡冒出個犯案計畫，而我們這些知情不報的……」

「勁爆勁爆，大消息來了！」Mandy 突然衝進節目部喊道：「咦，大家都在呀？你們知道嗎？之前那個臉書上的方夢魚粉絲團不是被關閉了？居然有人乾脆架了一個地下網站，讓那些人在上頭交流耶！上頭至少有三四千名會員了吧，還有人說乾脆要刺殺總統做票大的……」

Mandy 突然住口了。她看到其他人都一臉詫異地看向她，空氣中瀰漫著詭譎氣息，她楞了一會兒，問道：「怎麼，大家都知道這件事了嗎？」

徐海音心中驚疑不定，雙眼依次掃射過周雨潔、大東、阿唐與劉導身上。打從她進辦公室以來，這四人都一直跟她在一起，也沒有人有偷偷使用電腦或手機傳出訊息的可能。方夢魚粉絲討論板是她一個多小時前才得知的，Mandy怎麼可能會知道呢？

「Mandy，妳是怎麼知道這個消息的？」徐海音強力抑制著心中不安的情緒。

「啊，就是有人發公司內部群組信，寄給新聞部所有人了，標題就是寫著方夢魚案最新發展，驚現殺手粉絲團呀！我們部經理看到這個臉都綠了，還以為漏了這條，急得打電話罵人呢，哈哈！」Mandy笑道。

徐海音搶過她手機一看，果然有個陌生帳號發了新聞部群組信，內容正是那串駭客竄改過的網址。現在新聞部所有的人，哪怕還休假在家的，大概都能看到這個即將成為明日頭條的重要情報。

徐海音頓感全身乏力，搖搖晃晃地坐倒在辦公椅上，喃喃自語道：「……怎麼可能？為什麼會這樣？……大東，你剛剛把消息放出去的嗎？」

大東忙不迭地亂搖雙手：「怎麼可能！這消息是妳挖出來的，我可尊重妳的意思。要是我放出去的話，剛剛就不用跟妳吵啦！」

「徐姊，妳看！」原本走到身旁準備要安慰她的周雨潔，覺得桌上的筆筒有些異狀。她伸手把遮蔽在上頭的檔案夾拿開，赫然出現了一支插在方形筆筒裡的手機，正開著網路視訊通話功能。因為筆筒跟手機顏色相近，加上只有機身後方鏡頭部分略微突出筆筒一截，不注意看的話，還真不容易在辦公桌上的一堆雜物裡分辨出來。

徐海音顫抖的雙手將那支手機取了出來。

另一端的攝影頭可能被什麼東西給擋住了，因此對方大頭照呈現一片漆黑的狀態。不過她腦海中的記憶場景略一倒帶，轉眼間就明白一切的問題了。

「莊～靜～！」徐海音尖聲怒喊，恨恨地將手機用力砸在桌上。

●【爆卦】周雨潔真的是方夢魚女兒!!! - 看板 Gossiping - 批踢踢實業坊

剛跟我在某家媒體做事的強者朋友聊天，聊到一半我睡著了，做了一個夢。

═══ 我是夢境分隔線 ═══

某人在《新聞透視眼》節目上的 Call in 爆料其實有真有假。最勁爆的那個周雨潔身世居然是真的！最快後天會公布結果，然後另外爆料的兩件事經過求證後是假的！爆料者手上應該有掌握到更多對周雨潔不利的證據，所以故意用這種半真半假的方式來洩露真相。

大家還記得方夢魚被捕後，從頭到尾都不發一語嗎？屍體都在他經手的工程中被找到了，還需要多說什麼？他之所以保持緘默，就是因為「不想讓屍體太快被發現」。他之所以採取自殺手段，重新獲得媒體注意，就是因為「他希望屍體開始被發現」。至於為什麼要這麼做？我猜線索都在屍體裡，只是警方沒有公開。

周雨潔的母親柳亦君最快明天下午會被約談。雖然她否認跟案情有任何牽扯、而且也表示十多年前已經斷絕跟方夢魚的私情，不過彼此仍有工作業務方面的交集，但在媒體圈大家都認為她有所隱瞞，而且重點要放在「方夢魚究竟知不知道周雨潔是他女兒」？知或不知，都會讓案情有驚人發展。

以上就是我的夢境。底下附上不自殺聲明……（以下省略五百字）

＝＝＝夢境結束分隔線＝＝＝

推 kengsington：幫高調，記者快來抄！
推 holdgear：很恐怖，不要問
推 playscott：開門，查水錶了！
噓 nono5874：原ＰＯ應該還沒跟上最新劇情：方夢魚粉絲討論板現身了
↓ bison520：樓上有卦？
噓 kfclikeshit：乍看以為福爾摩斯在世，細看結果什麼都沒解釋
推 hamilton：我猜柳亦君應該就是幕後藏鏡人，所以方夢魚到死都不敢說
推 cocochen：樓上跟我想的一樣。所以臨死前故意把周雨潔拖下水
噓 love5566：假如是共犯躲都來不及了，還高調上電視是哪招？

⊙

當徐海音與周雨潔回到家時，已經十點多了。趙遠聲在書房裡處理公事，樂樂跟婆婆則先睡了。婆婆還貼心地先將客廳的沙發床鋪好。

打從出了公司後，徐海音又覺得胃隱隱作痛，按壓著腹部在餐廳椅子上坐了下來。周雨潔貼心地幫忙熱了杯牛奶遞上：「徐姊，我媽以前偶爾會胃痛，喝些熱牛奶會有幫助。我不知道妳情況是不是一樣，反正就試試看吧！」

「謝謝。」徐海音有氣無力地回道。她雙手握著馬克杯，掌心傳來的溫度讓她好過了點。

周雨潔在她旁邊坐下，啜飲著果汁啤酒。兩人默坐良久，徐海音開口說：

「唉，在這行，真的覺得好累。」

周雨潔接口道：「但這是女孩子們最夢寐以求的行業吧！可以穿得光鮮亮麗、走到外頭大家都認識妳，不夠帥不夠美、口條不好的還做不來呢！」

「誰知道這壓力多大呀！上了主播台，要是吃顆螺絲或穿戴有問題，十分鐘後每個人的臉書、Youtube 都有妳的醜態了。老闆要看收視率、採訪對象不給約、導播嫌妳氣氛炒不起來，同事還想辦法扯妳後腿。這職業跟婚姻一樣，是誰跳進來看清楚後、誰都想早點逃開呀！」

「唉呀，徐姊妳累了，睡一覺明天就好啦！」周雨潔笑著勸慰道：「像妳這麼優秀的人，還怕有什麼事情應付不了的？」

「嘿，說真的，我從小就一直有種優越感，覺得老天爺特別眷顧我，美麗、聰明集於一身，國小當六年班長、國高中永遠是第一名兼大姊頭、進台大、到美國拿碩士，嫁個好老公，一直到進電視台坐上主播位置。我那時候很天真，總覺得沒有什麼天底下沒有什麼困難可以擋得住我。人氣、金錢、權力、幸福美滿生活好像都不花什麼力氣就到了我身邊，一切都順理成章似地。那時候的我就跟莊靜一樣，眼睛真的是長在頭頂上的。」

「之前跑社會線的時候，每次去採訪那些中下階層的人，或是那些因為罪案或意外陷入困頓的人，你知道，就是那種酒駕毀了兩個家庭、某家的經濟支柱被工地鷹架壓死之類的，我邊看著他們播報，嘴上說的是可憐、同情，但我心裡想的，其實更多的是鄙視、輕蔑。瞧不起他們為什麼不靠自己努力，重新站起來，非要躺在原地怨天尤人不可？」

徐海音將手中的牛奶一飲而盡，從冰箱拿出一罐果汁啤酒，仰頭喝了幾大口。周雨潔微笑著聽她說下去。

「我就帶著這樣比誰都優越的心態，高高在上地活著。一直到二十八歲那年，樂樂的出生，以前熟悉的那個優秀的我，就這樣『乓』地一聲，從雲端重重摔到谷底了。我一直搞不懂，過往的人生總是一帆風順，難道是老天爺看不順眼，故意要懲罰我嗎？我們夫婦倆的智商加起來超過三百，為什麼生下來的兒子會智能不足？」

徐海音眼中噙著淚花，周雨潔體貼地握住了她的手。

「那個時候，我變成了我自己以前看不起的那種人，我才知道天分高、資質好又如何？妳再厲害又怎麼爭得過命呢？那陣子說是以淚洗面，真的一點都不誇張。每次看到樂樂茫然的眼神、同事間彼此比較兒女的成長過程、跟特教學校打交道的時候，都讓我感到又難堪又痛心。」

周雨潔心疼地看著她。「徐姊，很辛苦罷？」

徐海音輕輕搖頭，眼中泛著淚光微笑道：「不，我一開始也覺得很辛苦，但是我的小阿姨寄給我一張卡片，把我從那個自怨自艾的深淵拉了出來，那些我自以為的苦難，換個心境，其實都是甜蜜的負擔。」

「那陣子有好多人幫我打氣、送給我很多禮物，但都沒有卡片上那寥寥幾行文字更能幫得到我。我反覆看了好幾百遍，每個字都背下來了呢！它是這樣寫的：上帝把這雙小小的手交托在妳手中，因為祂知道妳會像祂看顧著妳一樣，全心全意地呵護著他。這小小的生命並不完美，未來的路上總是荊棘遍佈，但卻因為有妳的愛相伴，他這一趟人生旅途有了非凡的意義。」

「好美！」周雨潔由衷地讚嘆。

「不會很八股嗎？也許很多人覺得這寫得文謅謅的，不過那時候真的有深深打動我。卡片翻來看去的，我哭了好久，眼睛都腫了，不得不請假幾天，不然怎麼化妝也上不了主播台。」

「所以，他叫樂樂？」

「對，所以他叫樂樂。」徐海音破涕為笑。「我希望他能夠保有赤子之心，永遠快樂！」

「徐姊，我能抱抱妳嗎？」周雨潔柔聲問道。

徐海音敞開懷抱，周雨潔傾身輕輕抱了抱她。

「謝謝。妳真貼心。」徐海音說道。

兩人互道晚安後，徐海音去看了樂樂，仔細地端詳著他的臉，輕輕地吻了他的額頭後，然後去浴室沖了澡，換上睡衣，正準備上床休息的時候……一道靈犀就這麼照亮心中！

「信徒的連結、信徒的連結……」徐海音像是唸著咒語般反覆不斷地誦唸著。黃萱曾經說過，從那密碼的15位數的長度來看，提示裡所說的「信徒的連結」，很可能指的就是某個網站的網址。

而自己今天不是揭發了一個很重要的網址嗎？「信徒」的討論板……徐海音暗罵自

己愚蠢，怎麼直到現在才聯想起來。她迫不及待地打開筆記型電腦，點開了第二層壓縮檔，然後在密碼欄位處輸入了「www.lovefan.com」。

芝麻開門！

徐海音解開了一個大型檔案，但副檔名是作業系統不認識的「DWG」，開不起來。她上網搜尋了一下，發現這是建築藍圖會用到的CAD設計檔案。因此她又跑到書房把丈夫的筆記型電腦抱來，總算順利地開啟了這個檔案。

這是一個大型美化工程的設計圖樣。裡頭有多張遊客模樣的生活照片，有一家人外出踏青的、有小女孩拿著冰淇淋微笑、有年輕男女騎著單車、有老人家在釣魚的背景……本來徐海音對這些照片也莫名所以，但當她看到其中有幾張照片以馬賽克方式拼貼，並在旁邊註明詳細尺寸時，一種似曾相識的感覺，讓她猛然想起了什麼。

她拿起手機，查看方夢魚的「歷年承包工程」檔案。果然，如她所猜想，這個設計檔案的標的，正是淡水河沿岸的自行車道美化工程！今天早上經過忠孝橋才看過呢！

徐海音看了看錶，已經十一點五十分了。但她沒有猶豫多久，心中一股熱血在沸騰、腎上腺素大量分泌，一整天累積下來的疲累突然消失無蹤了。

徐海音搖醒床上的趙遠聲，柔聲說道：「遠聲，我有線索了，載我過去吧，要帶上手電筒！」

●唐人全球整點新聞【立志買房團圓！橫遭毒手天倫夢碎】

主播：方夢魚血案中的第二位被害者曾婍，由於家中經濟狀況不佳，高職畢業後便先出社會工作，待弟妹完成學業後，再以半工半讀方式繼續進修。她最大的夢想就是能在新北市買間房子，讓一家六口都能住在一起。奈何造化弄人，一〇二年九月二十日，天兔颱風來臨前夕，芳齡二十一的曾婍至台北市訪友後，從此再也沒有回家。雖然在海商大樓尋獲她的頭顱，但至今家人仍瞞著年邁的奶奶，不讓她知道噩耗。底下我們來看看這段追蹤報導。

（鏡頭轉往五股某棟簡陋民宅。曾婍的雙親坐在客廳的藤椅上，母親臉上帶著微笑，父親則是泫然欲泣的表情。）

曾母：「事情都發生了，眼淚都流乾了，可是日子還是得過下去啊？我是有找師父開導過，不過他（指著曾父）不肯去，我是看得很開了，人啊本來就是生生死死的，哭是一天、笑也是一天，帶著平安喜樂的心過日子較快活啊！」

曾父：「開庭我有去過兩三次啦，看有什麼用？人又不會回來。說什麼爭賠償的，能賠我一個女兒嗎？……唉，我媽她身體不好，我怎麼敢跟她說實話？就說她去南部打工了，拖一天算一天吧！她有老人癡呆症狀，最近發生的事都記不清楚了，但有時候還是會一直問婍婍去哪了，吵著要打電話聽聽她的聲音……」

曾母：「不要哭、不要哭。師父說你要保持平靜，情緒不要一直牽掛在女兒身上，她會走得不安穩。我去切些水果來，你們先聊。」

曾父（看著曾母背影低聲說）：「其實我比較擔心她。每天都笑嘻嘻的樣子，好像什麼都看開看破了。可是有時候吃飯吃到一半、或是睡夢中驚醒過來，就會很緊張抓著我的手，問我說『祥仔、祥仔，婍婍呢？婍婍怎麼不見了？』這樣每回我的心就會痛一次，我知道她不像嘴巴上說的那樣豁達。我很希望有個什麼師父可以來開導我，或者乾脆就像我媽一樣，很多事都記不起來，以後的人生可能會比較好過點。」

一臉倦容的趙遠聲從床上給挖了起來。以往的他可是有著起床氣的，更不用說熟睡中給硬生生地拉起來。但打從娶了脾氣更大的徐海音後，起床氣也給磨成好脾氣。

⊙

他開著休旅車爬上建國高架橋，助手座的徐海音不知在興奮什麼，不安地來回查看手機、電腦，按著手機通話鍵卻又猶疑著。不過他知道老婆愛面子，寧可等事情有了七八分把握才會說出口，現在問她也問不出個所以然來。因此他強忍睡意，認命地踩緊油門往前奔馳。

出門前，周雨潔也給這對夫婦的動靜驚醒了。雖然她也想跟著過來，不過徐海音擔心自己要是自己的推測不準，反而給這小妹妹看了笑話也不好，加上擔心方夢魚可能還有共犯瞄準這位「第四名被害者」，因此拒絕了她的要求。徐海音現在比較煩惱的，既然現在不能直接叫阿唐出來支援拍攝，那什麼時候把劉慶和給叫出門才妥當？

週末夜路上的車輛稍多些，但一路仍相當順暢，車行二十五分鐘後，就接近了河濱公園。趙遠聲將車駛進大稻埕碼頭五號水門，找了格空位停車。

「老婆大人，到了。然後呢？」趙遠聲問。

「Stand By！」徐海音半開玩笑地命令道，趙遠聲配合搞笑地，咕咚一聲栽倒在方向盤上。

徐海音下了車，仔細觀察周遭環境。她的正前方是淡水河面，左右兩邊是開闊河岸地，橫越了一條寬約三公尺的自行車道，後方則是八公尺高的水泥堤防。兩邊稍遠的地方可以看到橫跨台北與三重的台北橋與忠孝橋。

靠近水門兩旁的自行車道，在堤防邊有馬賽克拼貼磁磚的美化工程，近看像是五顏六色的彩繪玻璃，但若從十公尺開外看過來，就能夠看出這些彩色磁磚拼湊出一張張笑臉、踏青、親情等人文意象。

而昨天阿唐開車載著她經過忠孝橋時，橋下的馬賽克拼貼工程讓她印象深刻，這也是為什麼當她看到第二個壓縮檔內的CAD檔案就可以立即分辨出來。

徐海音循著自行車道，往台北橋方向走去。從裡頭的幾個笑臉、小女孩、自行車的設計圖樣來看，方夢魚暗示的地點應該就是這兒。只是眼下最大的問題是……如果他把方夢魚承攬的這片「堤壁配合馬賽克圖樣施作工程」全長有三點四公里。某位被害者的遺體給藏在這兒，要怎麼找？

那個設計檔案已經讓趙遠聲徹底檢查過，裡頭就只是給工頭看的施工圖檔，並沒有其他進一步的線索。

徐海音信步朝台北橋方向走去。七、八年前某個強烈颱風登陸台灣時，使得淡水河的水位高漲，堤防頂只差一公尺多就要給淹過了，徐海音還跟SNG車頂著強風暴雨來採訪過。這回倒是她第一次晚上過來。

不過自行車道旁每隔一段距離都安有路燈，加上附近大樓燈光，即使如現在深夜時分於此地漫步，也不需要拿手電筒，甚至三不五時地還有幾輛自行車從旁急馳而過，為夜行遊客壯壯膽呢！

「徐大主播，妳深夜在這種地方瞎逛很危險啊！」趙遠聲看徐海音一個人愈走愈遠，忙下車快步跟了上來。

徐海音邊走邊打量著一旁的馬賽克磁磚貼面，邊問道：「如果你是方夢魚，最可能把屍體給藏在哪兒？」

「屍體？」趙遠聲猛地給嚇了一跳。「不會吧？那瘋子會把屍體給藏在這兒？」

「假如照他上次那種猜謎尋寶的方式，這回肯定就在這裡沒錯！」徐海音十足把握地說道。

「你確定他會把屍體藏在堤防壁面裡嗎？這難度不小，可是大工程哩！」趙遠聲不可思議地細細打量堤防：「假如是我，或許考慮把屍體埋在這河岸地還比較容易些。」

「不過方夢魚負責的是堤防面工程，要做手腳的話應該在這裡。要是把屍體埋在這河岸地，過一兩個颱風後也該被沖走了吧！」

「我說海音哪！妳是打算拎著一個手電筒，沿這三點四公里的牆面走，看看能不能找到藏屍處嗎？」趙遠聲笑道。「我敢說，光靠肉眼應該也不可能看出什麼。不然平常這裡那麼多人來來去去的，也早該注意到了。」

「說的也是。難道你有什麼工具可以看穿牆面嗎？」徐海音問。

「我公司實驗室是有具專門看牆壁內管線的透地雷達，應用超音波反射原理，就是妳之前產前檢查做的那種超音波掃描，不過嘛……」趙遠聲來回看了這馬賽克拼貼的規模，搖頭說道：「那種手持雷達只能應付小坪數的牆面，這種幾萬坪的規模，我看派兩個人掃上半年或許有機會找到吧！」

兩人一邊閒聊一邊走近台北橋旁，徐海音遠遠地看到了一個熟悉的身影，也是正拿著手電筒對著堤防牆面比畫著。徐海音定睛一看，心中一驚，那居然是莊靜！

她身旁還有個高大男子相伴，或許是傳說中的新加坡籍姘頭，不過現在徐海音可沒興致當狗仔，更沒心情去打招呼。她連忙拉著趙遠聲坐到路旁的歇腳椅上，藉著灌木叢隱蔽起來。

令徐海音震驚的是，莊靜之所以會來這裡，肯定是因為也解開了那壓縮檔案的緣故。看來自己以前是真的低估她了。

「那女的模樣看起來，好像是妳每次邊看電視都會邊罵的那個莊靜吧？」趙遠聲打趣道。

徐海音沒好氣地給了他一記拐子。「正經點，幫我動動腦。不然大家今晚都別睡了！」

「這怎麼成，明天還要載媽去機場呢！」趙遠聲抗議道。「喔，對了，上次幫妳看壓縮檔，裡面不是有兩個檔案嗎？除了一個CAD檔，另一個是什麼？也許暗示就在裡頭。」

徐海音嘆口氣。「那是一個影片檔。就是幾個人在跳芭蕾舞的樣子。可是鏡頭都只對著小腿拍攝，所以一分多鐘的影片就只看到一些影子滑過來、跳過去的。」

趙遠聲雙手一拍，說道：「嗯，我知道了，大概是在暗示要找芭蕾舞的拼貼圖案？」

「我就是在找啊！可看到現在都沒有哪個圖案跟芭蕾舞有關的，那個設計檔裡也沒有一張芭蕾舞照片……不過真要在河畔放芭蕾舞圖案也太奇怪些。」徐海音想起來什麼，說：「對了，當初方夢魚的書房裡，還搜出幾個裝著人體器官的瓶子，跟這場景相關的，只剩下裝心臟的『掌心的溫度』，還有裝子宮的『芬芳的滋養』。你幫著看看能不能聯想起什麼。」

趙遠聲迷惑地搖搖頭。「光聽妳說這些我都噁心地快吐了。我看等等就陪妳走完這幾公里，一張張圖樣慢慢找過去吧！」

徐海音稍稍探出頭去，看見莊靜與另一名男子正有說有笑地，朝民族西路方向走過去，這才鬆了一口氣，與趙遠聲回到自行車道上往前走。

「要不要乾脆遠遠跟著他們算了？」趙遠聲突發奇想，提議道：「我猜他們也是在檢查每一張圖樣的，他們走過的路線我們就不必重複了，不如跟在後頭走，來個以逸待勞。」

徐海音為之氣結：「你很沒志氣耶！你自己又不是沒長眼睛，幹麼一定要跟在人家後頭走。再說啦，要是這謎底這麼好猜，那方夢魚就不是……方夢魚了。」

此時兩人已走到離台北橋五十公尺處的地方，一旁還能看到自行車引道與沿著堤防壁修鑿的水泥階梯。徐海音突然停下腳步，定定看著前方。

「怎麼啦？」趙遠聲問。

「來了來了，你注意看著！」徐海音指著前方說。

一輛從三重區開往台北市的小貨車，快速地駛過台北橋，開啟遠光照射的車燈在橋上劃過一道軌跡。

「然後呢？」趙遠聲一頭霧水地問：「小貨車上有什麼嗎？」

「唉呀，不是車子啦，是影子。」徐海音朝堤防壁面比畫了一下，趙遠聲方才明白。原來當橋上有車輛往台北市方向駛去時，車頭燈光就會透過橋上鏤空的護欄，投影在這一側的堤防壁面上。尤其是當車身較高的公車、貨車行駛在內側車道時，投影影像更是明顯。

「你看，又來一台車了，仔細看這影子。」徐海音出聲提醒。

趙遠聲仔細瞧著。果然，這次開過來的卡車速度較慢，車燈燈光穿過護欄的石墩與鋁製欄杆時，可能是因為角度的關係，投射在馬賽克磚牆時，就好像有個巨大的人影在上頭快速地躍動、翻轉，直到車輛開下台北橋才消失。影子躍動的距離大概有一百多公尺長。

徐海音倒抽了一口氣。「你有沒有覺得……這影子看起來，就好像一個芭蕾舞者掂著腳尖，從這頭一路滑步、跳躍、旋轉，咚咚咚地跳到那一頭？……」

趙遠聲沒有回答，只是等著下一台車過來，然後注視著那躍動的影子。接著是第二台、第三台……

徐海音驚呼出聲，然後快步地朝前方跑去。

●唐人全球整點新聞【颱風前夕訪友未歸 孝女枉遭魔師毒手】

主播：「二○二二年九月二十日，中度颱風天兔登陸前夕，家住蘆洲區的曾婍，獨自搭乘公車前往台北市大安區訪友，從此音訊杳然，這位何姓少女也成了最後一位目擊者。我們來聽聽她的說法。」

（畫面切換至何姓少女在六張犁的租屋處）

何姓少女：「我跟婍婍是在加油站打工認識的，她大我兩歲，很照顧我，因為我住的地方離打工比較近，所以休息的時候也常找她回家玩。那天她來找我，其實天氣很好，台北市沒下雨只是風大了點，有的媒體說什麼她冒著風雨跑出來玩，我看到真的很生氣，好像是在暗示她很貪玩！婍婍家裡是比較辛苦，她常說要努力工作幫弟妹還助學貸款、幫家裡換個大一點的房子……沒啦，她說自己只能這樣打工，怎麼可能在新北市買得起房子，那個也是媒體亂講的，她只想租一間大一點的公寓，讓家人住得比較舒服。」

「不過光這樣也比我強多了啦，我自己沒辦法幫家人做到什麼。因為家裡環境因素啊，所以婍婍雖然很喜歡小動物，看到路上流浪狗狗都會打招呼，可是沒辦法養，所以常常到我這裡看麻吉（何姓少女懷中的紅貴賓），牠也把婍婍認做乾媽了。那天她特地跑過來，是因為麻吉的生日，她買了餅乾想過來幫牠慶生。她大概在這裡陪我們到八點多才回去。麻吉，乾媽不在了，不會回來了，妳也要跟媽咪一樣常想著她喔！」

⊙

前幾年徐海音跑社會線的時候，光是穿著高跟鞋都能跑出個「追風女王」的稱號，這回改穿運動鞋，疾奔的速度連趙遠聲都望塵莫及。

「呼，呼，不必……不必跑得那麼快吧……牆壁又不會長腳……跑了……」趙遠聲上氣不接下氣地說道。不過徐海音沒理會，自顧用手電筒仔細照射著車燈投影最後消失的壁面。

那塊壁面用馬賽克磚上拼湊出一張年輕男孩的斗大笑臉，旁邊就是沿著堤壁鑿出的陡直水泥階梯。徐海音跑上階梯，一層層地反覆檢查磁磚貼面，每片都嚴絲合縫，看不出任何可疑痕跡。

徐海音用手撫摸著可碰觸到的磚面，連同水泥階梯也不放過，一邊還不斷喃喃自語著。

「你剛剛說的那個透視工具？是什麼雷達來著的？」她忽然轉頭急切地問道。

趙遠聲說：「手持型的透地超音波雷達。」

「我有預感，第二具被害者的遺體，就在這裡面。」徐海音指著眼前這堵馬賽克磚。「假如我們現在就回你公司拿，大概要多久可以拿過來？」

「呃……來回大概四、五十分鐘吧！」趙遠聲有點驚訝。不過他知道自己的老婆向來不達目的不罷休，因此也聰明地不做無謂的阻攔。

回頭往停車場走去的同時，徐海音不忘打手機給劉導。他迷迷糊糊地接聽了，語氣十分不樂意。

「海音……妳知道現在幾點了嗎？」

「我應該找到第二名被害者遺體的位置了。趕快過來！」

「……不是吧！不能找其他待命的嗎？」

徐海音理直氣壯地說道：「新聞部的我只跟 Mandy 比較好，她又不歸我指揮。想找阿唐，你又不肯，說要先報備。你說，我不找你還能找誰？」

「唉，人死不能復生，就不能晚幾個小時，等天亮再說嘛！」

「劉導，莊靜都在這兒了，你再不過來支援我，這獨家就變成她的啦！我知道你孤枕難眠，不如少睡一個小時，來這裡見證歷史，一起搶個頭條新聞，來嘛！」

禁不住徐海音的懇求、恫嚇等輪番攻勢，劉慶和只好笑罵一聲，宣告投降了！問明地址後，表示會在一小時內抵達便匆匆收線。

趙遠聲與徐海音一同開車前往內湖科學園區的上班地點，從實驗室拿了雷達器材、電池組、折疊梯與筆記型電腦後，又再駛回了台北橋下。

「只花了六十二分鐘，希望不要被拍到超速啊！」趙遠聲說。

「別說那麼多了，先把你的玩具組裝好，拿到那邊去吧！」徐海音指揮道。

「小的遵命！」趙遠聲忍不住打了個哈欠，但仍提起精神，認命地做起苦力。

等著透地雷達完成組裝、校正又花去二十分鐘，但劉慶和仍遲遲沒有現身，徐海音連撥了兩次手機都直接進入語音信箱，讓她大感納悶，心道：「劉導向來是言出必行的，總不會這次倒頭又睡了吧？」

「海音，可以開始了。」趙遠聲呼喚著。徐海音過去幫忙拿著筆記型電腦，趙遠聲則拎著手持雷達開始平行掃描。

這套據說要價新台幣兩百萬元的手持透地雷達，外表長得像台黑色玩具車，四個角落各有一個轉輪，使用時對著牆面進行垂直或平行移動打出超音波，如果牆內埋有不同材質的物體，吸收音波程度有別，那麼藉由回波就能畫出各物體的形狀與相對位置。這套器材主要是用來偵測牆壁內的管線或通道。

透地雷達經由USB線與筆記型電腦連接，軟體會根據雷達回傳的音波，畫出一道黑白圖形。由於手持式掃描範圍有限，一次只能掃出一個斷面，軟體便會自動記錄每一個斷面資料，之後再進行圖像運算，就能拼湊出一張完整的全平面透視圖了。

趙遠聲聽了徐海音的建議，先從水泥階梯旁的牆面垂直掃過一次，但效果並不好。因此改用橫向方式，由下方往上平行掃過。大概在掃過第四輪、約莫是大腿高度的時候，徐海音發現訊號圖有些動靜。趙遠聲拿白板筆在上頭畫了記號。

「看這扭曲程度不像鋼筋、但邊緣有些像排水孔或涵洞……」光從一道掃描斷面，趙遠聲也判讀不出來這黑色物體是什麼。不過似乎旁邊還有另一塊黑色物體跟它交纏在一起。

「聲，你再掃一次，左邊再過去一公尺，然後右邊再過去一公尺半。」徐海音根據圖像來修正。

趙遠聲對準記號位置，再次掃過一遍。這回可疑的圖像都被納入其中了。「好，就保持這個範圍，你開始往上平行掃描。」

標出作業區域後，接下來就好處理了。只要像刷油漆一樣，一段一段地往上掃描，直到黑色物體消失，就可以交給電腦算圖，看出牆內隱藏的物體模樣了。

原本帶來的折疊梯並沒派上用場。趙遠聲掂著腳尖掃過最後一道，已經到了那片黑色物體的最頂端了，那層斷面圖呈現一片空白。

「好，應該掃完了。不過我看不出來這東西像是什麼？」徐海音偏著頭納悶道。

原來每層斷面圖都有各自的圖框，並穿插相關數據在上頭，光用肉眼看根本就看不出什麼名堂。趙遠聲哈哈大笑：「這就是妳老公上場的時候啦！假如妳光用看的就知道問題在哪，還有人要付薪水給我嗎？」

趙遠聲放置好透地雷達，走近電腦旁按了一下功能鍵，就開始進入了算圖合併程序，進度條慢慢地從零開始跑起。

「大概得跑多久啊？」徐海音問。

「嗯……我猜大概要十分鐘吧！」趙遠聲滿頭大汗地坐在一旁，大口喝著瓶裝水。

「劉導還沒來，打手機又沒人接，我真怕他出事了。」徐海音憂心地說道。

「該不會又蒙頭大睡了吧，哈哈。又不是他娶到徐主播，哪會這麼苦命，深夜還要跑到河邊勤做工！」

徐海音用手上的連接線敲了他一下頭。「劉導才不會像你這樣哩！人家說幾點到就會幾點到，不然那百萬名錶是買假的啊！」

「好啦，反正圖快跑出來了。妳要是擔心的話，等一下我們回家時，順道繞過去他那裡看一下。」

徐海音轉過去看電腦螢幕，進度條已經來到了百分之九十處，兩人屏氣凝神地等著那可恨的進度條爬到終點，偏偏這時反而愈爬愈慢，到了百分之百處還不肯乾脆完成，又要戲劇性地停滯一會兒，工作視窗方才不甘願似地消失。

「耶！」兩人互相擊掌慶祝，算圖總算完成了。趙遠聲將圖片放大到整個螢幕，好對照著眼前的堤防壁面。

不過，兩人乍看之下，還是不太容易分辨出那片黑色物體是什麼。像是兩塊大汙漬鑲在裡頭，有一個較長的突觸伸到了階梯扶手處，然後另一邊對應的突觸伸到了另一片汙漬內。另一片汙漬比較矮一點，兩邊也有對應突觸，下方另外兩支突觸則延伸到另一邊……

「啊！」徐海音驚叫起來，踉蹌地往後退開了兩步。趙遠聲也旋即看清了這圖片的真正模樣，震驚地差點沒把筆記型電腦給摔在地下。他渾身發抖，嘴裡嘟囔著：「耶穌基督啊！我的天呀！怎麼可能……」

原來那片黑色物體，竟是兩名呈現芭蕾舞姿的女孩，彼此的左右手相互牽引著，身體也交纏在一起。而左方女孩的身高較矮一截，是因為她的頭不見了！

趙遠聲與徐海音兩人驚駭莫名，下意識地又往後逃開幾步，死盯著這片牆面久久說不出話來，那磁磚貼面上的男孩笑臉此時看來帶有著一種諷刺的惡意。

徐海音掏出手機，反覆地查看聯絡人，但打出去後又立即掛斷。現在似乎打給任何人都不恰當。

「我們先回去吧！」趙遠聲說道。

「嗯？」徐海音的腦袋仍處於混亂狀態，一時意會不過來。

「這得把整張壁面給敲掉才行，現在手上也沒有攝影器材，不如等明天一早再報案吧！」

「……對了，還有劉導，我們先去找劉導。我剛剛眼皮一直跳，感覺好像有不好的事情發生了。」徐海音回過神來，慌張地說道。

凌晨三點四十分，兩人把器材都收拾好了，快步趕回停車場。徐海音記得劉慶和住萬華一帶，因此出了水門後先往迪化街方向開去。她打算到劉導家去看一下狀況，再繞點路回家。

她又再撥了幾次手機，還是處於關機狀態。

車行過了歸綏街口，徐海音就看到對邊有一起車禍，她不禁有些提心吊膽起來。現場停了一輛警車與一台警用機車，一台摩托車的車身幾乎被撞得稀爛，傾倒在路邊，但現場沒看到肇事的車輛。

離機車前方約七八公尺處有灘觸目驚心的血跡，這撞擊力道十分驚人。因為摩托車被撞擊得太過慘烈，徐海音沒辦法分辨那是否為劉慶和所有。因此要趙遠聲調轉車頭，放慢車速再經過現場。

看見現場散落兩只運動鞋，徐海音心頭一驚。以前有位跑社會線的同事說，如果被撞者是腳踏車或摩托車，而車禍現場留下一只鞋，這個人大概是輕重傷的程度；但若是撞擊力大到兩只鞋都飛脫的話，那麼這個人有很大的機率是救不回來的。

「停車！停車！」徐海音看見摩托車與血跡中間，有塊金屬狀的物體，當車燈照過便會出現反光。她不顧現場正在交通管制，硬是下車跑過去查看。

「小姐，小姐！這裡在丈量，妳不要進來喔！」一名警察喊道。

徐海音蹲下去仔細一看，不禁驚叫一聲，全身不停發抖。果然，她心中預期的那種最糟糕的情況發生了！

那是一塊玻璃碎裂、一邊錶帶斷開的寶璣錶！

●黃萱粉絲團臉書留言（12,785人按讚/556則回應/4,288個分享）

嗨，小萱萱的粉絲們，今天晚上有記得按時收看58台吧！喜歡這樣得理不饒名嘴們的小萱嗎？嘻嘻，其實下午還有幫忙方夢魚案的調查行動，也預先知道了明天各家媒體的頭條，很勁爆唷！不過這裡先讓小萱賣個關子，免得晚上會有人來查人家水錶。

好啦，我們先來宣布昨天臉書調查的投票結果。認為方夢魚有共犯的網友佔58％、認為柳亦君是共犯的比例為44％、認為孫思彤是共犯的佔31％、認為還有其他未曝光共犯的比例為52％。嘿嘿，小萱認為這個結果可能明天會被逆轉唷！不過說好不爆雷的，今天不能說破。

咦，竟然還有人在底下留言，贊同周雨潔是共犯的比例為2％。這2％的網友有事嗎？人家是被害者耶！

小萱雖然是唸社會組的，不過也很有推理的天分（咦？）。昨天有預告說今天要來段小小的推理，那就來開講吧！大家準備好板凳跟雞排、爆米花了嗎？呵呵！

有一位當過警察的名嘴前輩告訴我，看一件案子的時候，不要被複雜的表面假象給疑惑了，只要掌握住動機，妳很快就能看穿真相、找出凶手。小萱當時就問啦，要怎麼看出動機呢？前輩笑笑地說，一般殺人不外乎情殺、仇殺、財殺。就小萱看法，現代社會複雜，人心險惡，至少還要加上一個「隨機殺人」才對。像是方夢魚血案就是這類的。確認動機後，接下來我們想想有沒有共犯的可能性。

大家覺得，如果是隨機殺人的共犯，動機應該是什麼？大家想一想，然後在底下留言。等明天各家頭條新聞曝光後，小萱再來解答喔！記得一定要動動腦寫下你的想法，小萱會抽出一位幸運粉絲送出實體版簽名照，永遠愛你們喲！

⊙

當趙遠聲與徐海音回到家時，已經是早上七點左右。兩人都累得說不出話來，只想趕快上床補個眠，不過婆婆看到兩人一整晚都在外頭「鬼混」，便老大不高興了。

「週六晚上是可以輕鬆點，但也放縱過頭了吧？我還指望下午你可以送我去機場呢！等一下你們都去睡覺，樂樂怎麼辦？」

「伯母我會幫忙看著樂樂，沒問題的！」客廳傳來周雨潔的聲音。她也已經把客廳的床鋪給收好，正拿著注音卡片跟樂樂玩在一起。

「唉，你看看，雨潔是客人，都比你們懂事。雨潔啊，我房間都整理乾淨了，妳等等就把東西搬進去啊，不必客氣，當自己家。」婆婆繼續碎碎念。

徐海音沒力氣再繼續客套下去。留下趙遠聲幫忙打掩護，自己先進了房間，連衣服都還來不及換就躺平了。

昨晚一發現劉慶和車禍受傷，兩人便立刻驅車前往醫院。經過緊急手術後被送往加護病房，全身多處骨折、內出血，目前昏迷指數四，情況不容樂觀。

根據現場處理的警員說法，劉慶和是在停等紅燈的時候，被一輛從後方疾駛而來的小客車撞上的，路面幾乎沒有煞車痕跡，研判對方很可能是酒駕或疲勞駕駛。小客車肇事後往環河南路方向逃逸。

徐海音夫婦趕到醫院，除了幫忙填寫資料外，也幫不上什麼忙。她只有硬著頭皮把人事部主任給吵醒，問到了劉慶和的前妻電話，對方表示自己在台中，得等到早上才能搭車北上。

兩人在醫院守到六點半，等劉慶和移出手術室時匆匆看上一眼，那張熟悉的臉龐已然瘀青、扭曲、變形，看得徐海音潸然淚下。緩和情緒後，她再聯繫阿唐過來幫忙看著，這才回家休息。

至於台北橋下的二具遺體，她請葛行芝跟專案小組交涉：他們很願意透露遺體所在的確切位置，如果專案小組能同意讓電視台在不妨礙作業的情形下拍攝，並告知兩件事：遺體心臟處埋藏的線索，以及遺體的身分。

專案小組很快就回應了。只要電視台不披露警方希望保密的消息，他們就同意此條件，不然他們將會動用公權力來強制介入——畢竟警方的壓力也很大，在舉國矚目的這起案件裡，長官、媒體、民眾逼得他們不得不每天開個發表會，如果能有重大進展自然就好交代了。

自認為事情都交代完畢後，徐海音希望至少能夠睡到下午三點。估計敲掉牆面得花上二、三個小時，也許各家媒體會搶中午時段來個現場直播，然後專案小組得鄭重其事地把遺體裝袋送往法醫鑑識，等到有情報傳來至少也該是晚上的事情了。

不過事與願違，當她迷迷糊糊地接起第一通手機、下意識地看了手錶，發現才十二點多，自己只睡了四個小時而已。

「喂，徐姊。我是阿唐！」阿唐的聲音聽起來很急迫。

「喂……」

「剛剛警察去調劉導車禍的監視器了。他們發現，那台車在撞上劉導之前，有跟在後頭一起停等過兩次紅綠燈了！」

「唔？」

阿唐誇張的語氣說道：「徐姊妳不覺得很奇怪嗎？可見那台車絕對不是因為酒駕而撞上的。但警察說，這也說不準，或許是那台車疲勞駕駛，到了第三個紅綠燈撐不住打了瞌睡，才撞上劉導的。」

「嗯……」其實徐海音腦子裡還是很混亂，沒辦法把對方講的話好好串連起來。

阿唐自顧說道：「後來啊，他們辨識出車牌號碼，用電腦一查，結果這車居然是偷來的！警察跑去找原車主的時候，他還在床上睡覺，不知道車子被偷哩！警察問起，他還找不到鑰匙，後來懷疑可能昨晚停車時忘了把鑰匙給拔起來，夠誇張吧！」

「哦？」

「我在想，會不會是跟方夢魚的那些粉絲有關？他們知道你們快找到第二具被害者的遺體了，所以就偷台車故意來撞劉導，讓消息不要曝光？」

「方夢魚粉絲幹的？」徐海音瞬間清醒過來。「你有上去討論板看嗎？」

「那個討論板被警察關閉，登不進去了。」阿唐沮喪地說道。「我有跟警察提了這件事，他們說會列入參考，不過我看他們也不太積極，沒什麼指望。」

「好啦，你先別胡思亂想了，看警察調查情況再說。劉導那邊怎樣了？」

「還沒到探望時間，不過護士說還是昏迷中，至少沒再惡化了。」

「那台北橋那邊呢？」徐海音問。

「咦，我還以為妳會看直播呢？現場是靜如SNG連線，莊靜也跑去插了一腳。警察找了工程人員打掉牆面，真的找到兩具遺體了，應該是梁玉婷跟曾婍。因為牆後有個涵洞，所以方夢魚才能在不破壞堤防結構下，把屍體給放進去。」

「原來是這樣。」

兩人再聊了幾句後才收線。不過此時徐海音已經睡意全失。剛剛阿唐那句「可能是方夢魚粉絲幹的」又讓她心中發毛，萬一方夢魚在外頭真有什麼瘋狂粉絲，難保他故弄玄虛的「第四名被害者」不會成真，最該小心這件事的是周雨潔。

此時樂樂抱著塑膠畫板走進房間，自顧坐在地板上塗鴉。徐海音見狀，忙問道：「樂樂，小姊姊呢？小姊姊去哪啦？」

樂樂仍低頭作自己的事，隔了一陣子才說：「出去，買，吃吃。」

徐海音立即撥了周雨潔的手機，不過沒人接聽。想起昨晚屢撥不通的劉慶和手機，使得她一顆心又懸了起來，睡意全消。
她披上外套，帶著樂樂回到客廳。電視沒關，她轉到新聞台，目前仍在重複播送早上在台北橋下破壞堤防壁面的內容，現場記者正用誇張的語氣描述著方夢魚造成大眾恐慌的手法：「掌心的溫度」原來是將死者埋在堤防牆壁裡，而右掌被拉至堤防水泥階梯的扶手處，讓死者都能感受到每位扶梯而上民眾的「掌心的溫度」，這「作品」的意涵十分變態恐怖。
由於這手法太過聳人聽聞，因此儘管唐人全球有拍到完整畫面，但播出時也大幅篩檢過，並用上了相當多馬賽克效果來遮掩血腥片段。另外有幾台出現「方夢魚粉絲團討論板」的消息，也把孫思彤堵在路上進行採訪。
不安的感覺逐漸在心中擴大。徐海音站起來向窗外張望，沒看到任何人影。正準備換衣服出去找人時，周雨潔拎著購物袋，打開門走了進來。
「徐姊，妳起床啦！」周雨潔燦爛地笑道。
徐海音鬆了一口氣。「雨潔，下次出門要跟我說一聲，差點把我嚇死了。」
「怎麼了嗎？我只是去巷口的便利商店而已。」她訝異地反問。
「電視上都在報方夢魚粉絲團消息了，萬一他們想要完成精神導師的遺願，那妳就危險了。」
「啊，人家才沒空想這麼多。」一邊說著，周雨潔的臉上出現陰霾：「光是看到這些東西，心情就有夠差了，只想逃出去呼吸新鮮空氣。」

周雨潔把手機上的「批踢踢」BBS畫面遞給徐海音看。上頭有人「爆卦」說DNA的鑑定這兩天就會出來，而且還信誓旦旦地表示周雨潔「絕對是」方夢魚的私生女。

徐海音看了後哂道：「網路上不缺這種酸民先知，妳幹麼跟他們認真呢？」

「唉，我爸爸在天上不知道會怎麼想呢？雖然我對他的印象也很模糊了。」周雨潔嘆氣道。

徐海音摟著她的肩，一起看電視，順便把昨晚發生的事大概說了一遍。聽到劉慶和的車禍可能不是意外時，周雨潔驚呼道：「那警察有去查偷車的人了嗎？」

徐海音回道：「阿唐有主動跟他們提了，不過妳也知道這種案子，警察的效率就……讓人沒什麼期待了。」

周雨潔說：「徐姊妳應該叫電視台內的主管，每天都開著SNG車去警察局前面採訪，他們應該就會認真點。」

徐海音苦笑。直到新聞內容開始重複後，兩人才回房間去作各自的事。徐海音想在週三的節目上做個「方夢魚後續風波」的懶人包，正開了WORD努力地畫各事件的時間線時，葛總丟了個Line訊息過來：

「我去醫院看了劉慶和，狀況還是不好，我先包了三萬元給家屬應急。他前妻很認真地照顧，可見心還在他身上，哭得眼睛都腫了，希望老劉這次能撐得過去。」

「都是我不好，不該那麼晚還叫他出勤。」

「不必自責，你幹得很好，都是為公司，值得表揚。」

「謝謝葛總。」

「週二我找小江支援你那邊。明天八點我找你們先上來我這邊開會，協調一下。」

小江是《鄉民靜距離》的導播，典型的現場技術工頭，要求一絲不苟地掌控每個環節。相較於攝影記者出身、比起工事技術更愛摻和節目內容的「導演」劉慶和來說，兩人的風格可說是大相逕庭。

「最近方夢魚的新聞太多了，已經沒有新鮮感，有觀眾投訴，週一做完最後一檔，週二改做九合一選舉的。」葛總又補上幾句。

「這不是做球給莊靜了嗎？我昨天熬夜是熬假的？」徐海音不滿地回道。

「就知道妳會這樣說。妳別想太多，換個新鮮主題也好。小江比較擅長作政治話題。」

徐海音傳過去一張憤怒的表情貼圖。

「假如下週找到第三具被害者遺體，週五也讓妳做最後一檔，別說我偏心。」葛總也回送一張無可奈何的表情。

「警方有傳電子郵件過來了，可是要求不能在今晚發表會前公布，轉寄給妳了，先這樣吧！」

徐海音迫不及待地打開電子郵件。這封郵件只有短短一行字與一張手機拍攝的照片。

那行字是：「有頭屍體為梁玉婷，無頭屍體為曾婍」。

那張照片則是一個精巧的銀白色鍊墜，裡頭有張陌生女孩的照片。鍊墜旁邊散落著幾顆猩紅色、外表有粗毛的植物種子，看來應該原本是封藏在鍊墜裡頭，然後再放入遺體的心臟位置處。

徐海音將照片放大，盯著那鍊墜內的女孩照片。愈看愈覺得眉毛、眼睛處很面熟。她思考了片刻，決定把周雨潔找進房間問問。

不料，周雨潔看到那鍊墜，表情就有些怪異。當看到裡頭的照片時，更是驚訝不已：

「這是我媽年輕時的照片呀！」

●唐人全球整點新聞 孫思彤於台北市第二殯儀館附近街道

記者A：「請問今天到這裡是處理方夢魚的後事嗎？」

孫的友人：「不好意思，借過。」

記者B：「請問那個方夢魚粉絲的秘密網站，是妳授意成立的嗎？」

孫的友人：「不好意思，無可奉告。」

記者A：「那個粉絲網站的主機是以天彤公司名義申請的，妳有共犯嫌疑，不用講清楚嗎？」

孫（怒）：「等一下，我可以說明。我對什麼粉絲網站一無所知，天彤公司我只有掛名，所有事務都是方夢魚在處理，公司大小章也都在他那裡，他拿去申請什麼都跟我無關。」

記者B：「所以每年支付給愛酷科技公司六萬多元，撥款公文上頭也有妳的核可簽名，妳也完全不知情嗎？」

孫：「完全不知情，跟我一點關係都沒有！」

記者C：「那方夢魚曾經劈腿過柳亦君，妳知情嗎？」

孫：「那都是你們自己在說的，我不知道。」

記者C：「關於周雨潔可能是方夢魚的私生女，妳有什麼看法？」

孫：「沒有看法。」

孫的友人：「可以了，不要再問了。我們趕時間。」

記者D：「之前去談話節目爆料周雨潔身世的電話是妳打的嗎？」

孫（怒目相視）：「……」

記者E：「之前方夢魚殺害過這麼多女孩子，妳都要推說都不知情嗎？」記者F：「檢察官有找妳問話了嗎？是證人還是關係人身分？」記者G：「可以另外安排採訪嗎？電訪也行。把話一次說清楚啊！」記者H：「妳願意代替方夢魚向被害者家屬道歉嗎？」記者I：「方夢魚臨死前有交代妳什麼嗎？為什麼刻意要寄給周雨潔，是不是因為他知道那是他的私生女……」

週日晚上警方召開一個不到十分鐘的媒體發表會，宣布了今日台北橋下的搜索結果。新的情報是關於梁玉婷與曾婍的死因，兩人是被電擊器一類的物事擊中失去行動力後，脖頸處再被套上電線束帶勒斃。

但值得注意的是，梁玉婷胸腹處有一道刀傷，刺得並不深，非致命傷，雙手指甲內留有方夢魚的皮肉殘屑。此外，方夢魚落網時，曾被搜出一台三十萬伏特的電擊器，而兩人身上的灼傷傷痕大小也與該電擊器相符。不過警方不願透露遺體內埋藏的「下一個」線索，也不願意證實被害者們的舌頭是在死亡之前還是之後被割下的。

另外警方也表示有在排查「方夢魚粉絲團討論板」裡的貼文與帳號，不過目前還沒看到具體的違法事證，加上不少帳號登錄時有經過國外轉址，提高調查難度，需要更多時間來進行云云。

⊙

徐海音與趙遠聲在房間討論著案情。

「所以說，沈蓓湘的屍體，可能就埋在周雨潔的祖厝那邊？」一邊看著徐海音在電腦裡的照片，趙遠聲驚訝地失聲問道。

「是啊，這次的提示也太簡單了。只差知道這顆種子是什麼植物的，幾乎就能確定遺體所在位置了。我有寫信去問台大植物科研所的韓教授，不過這兩天警方應該就會有動作。」

趙遠聲沉吟道：「所以，警方下一步可能會從周雨潔家挖出被害者遺體，然後她或柳亦君，很可能就會是方夢魚的下一個犧牲者？還是共犯？這會不會太……誇張？假如是真的話，周雨潔在家裡不是挺危險的？」

「什麼共犯啊？這樣的推理過程也太一廂情願了吧！」徐海音蹙眉道：「方夢魚要指認共犯的話，開口說一聲就行了，何必這樣曲曲折折地讓大家邊猜謎邊找屍體？而且前兩具屍體都是藏在方夢魚經手的公共工程裡，要說柳亦君有機會的話，孫思彤也有一樣的機會呀！」

趙遠聲笑道：「不會吧！妳現在是想說幕後的大魔王原來是方夢魚的老婆？我猜動機應該是見不得老公有外遇、有私生女，擔心他們日後會來分財產，所以在方夢魚殺害埋屍的地點故弄玄虛，栽贓給外遇對象？哈哈，這種劇情太老套了吧！」

「可是如果從動機來推論的話，這真的比較合理嘛！」徐海音不服氣地說道。

「但這麼一來，孫思彤就非得是共犯不可了。從那些誘導的線索被埋得那麼深來看，不太像是事後放進去的，所以至少也經歷了共同埋屍的過程。這對夫婦除了嗜好比較嚇人外，其實也頗有情趣的嘛！」

「還有啊，警察是在方夢魚家裡找到那些裝有被害者器官的廣口瓶。你說這事情要是柳亦君幹的，孫思彤會這麼大方地讓情敵進家門擺這些道具嗎？」

趙遠聲一拍額頭，一副恍然大悟的表情。「明白了，我跟上徐大主播的思考速度了。難怪方夢魚被抓後，從頭到尾都保持緘默，是為了要保護老婆。然後他又很不甘心地把線索透露給警察，讓他們……當然徐大主播也有功勞啦，揭開謎底發現一具具的屍體，最後想把共犯栽贓給外遇對象？這情節也太獵奇了吧？不過有個基本邏輯互相矛盾喔！」

「哪裡矛盾了？」徐海音問。

「他敢把裝有被害者器官的廣口瓶子擱在家裡書房，還把被害者遺體大費周章地埋在牆壁裡，擺明的就是警察抓不到他吧！」

「是啊！要不是周雨潔的同學機靈，方夢魚根本不會落網呢！」

「既然如此，他又何必苦心孤詣地在屍體裡埋線索，讓警方一具具地去挖掘出來？」

「呃……我猜是他最後還是逃不開良心的譴責，希望被害者有一線希望能回到親人身邊，因此故意埋設的吧！」

趙遠聲大笑：「這種懺悔方式也太神奇啦！」

「喔，對了！我猜應該是孫思彤從中偷偷做了手腳，原本方夢魚只是單純地殺人埋屍，但孫思彤這時知道了老公的外遇對象，所以用這種方式來報復。」

「唉，好啦，福爾摩斯大人，這劇情不管怎麼假設，還是有很多漏洞啊！……講一句妳不愛聽的，我真擔心妳就這樣上節目跟觀眾獻寶去了，這會讓妳的英名毀於一旦呀！」

徐海音不服氣地反駁：「明明就是超完美推理耶，哪有什麼漏洞啊？」

「妳看，方夢魚粉絲討論板被曝光、有人故意揭露周雨潔的身世、劉導的車禍是不是巧合……等等，按照妳的推理過程，這些都很難自圓其說的吧！」

「唉，劉導……」一提到車禍的事，徐海音的臉色便暗沈下來。

「他還好嗎？你下午還有去看他？」

「沒去。阿唐說下午只能探病二十分鐘，把時間留給他老婆小孩比較好。聽說探病時劉導還因為腦水腫誘發癲癇，整個人抖個不停，把他太太嚇得大哭。」

「這怎麼說呢……是命吧！」趙遠聲跟著嘆息。

在兩人情緒正低落的當兒，客廳突然傳來一聲淒厲尖叫，兩人被嚇得從床邊彈了起來，相視一眼後，便一起衝往客廳。

周雨潔雙手摀著嘴，渾身顫抖，不可置信地看著電視新聞。唐人全球的即時連線快報中，莊靜手持麥克風，站在某家私人醫事檢驗所門前，向觀眾述說著周雨潔進行DNA鑑定始末。而底下的跑馬燈快速捲動著：「本台獨家披露，DNA鑑定結果搶先出爐，確認方夢魚和周雨潔為父女關係。」

「莊靜竟然偷偷把周雨潔的DNA拿去民間單位鑑定，還敢當成自己的獨家報出來！」比起周雨潔身世被證實，徐海音反而對莊靜的神通廣大感到無比震驚：「她究竟是怎麼弄到方夢魚的檢體的？」

周雨潔全身乏力似地癱坐在沙發上，眼中泛淚，喃喃自語著：「為什麼？為什麼我會是那個殺人魔的親生女兒？他真的是想要殺掉我嗎？」

徐海音坐到她身邊，輕輕地拍著她的後背，想說些什麼來安慰她，卻發覺自己竟然前所未有地詞窮了。

「明天，讓人很擔心。」趙遠聲幽幽地說道。徐海音不解地看向他，但旋即明白他的意思。

「我把雨潔帶回家，就是不希望她被打擾，其他人應該不會知道吧？……」

趙遠聲苦笑，將目光投向電視裡的莊靜，此時的她正好有個臉部特寫，彷彿也正面有得色地看向螢幕前的徐海音。

徐海音無奈地嘆了一聲。「她究竟想逼死誰啊？走一步算一步吧！」

●唐人全球整點新聞【怨蒼天無眼！美音妹星夢難圓】

主播：「……常看歌唱比賽節目的觀眾，或許會對這位暱稱『台灣宇多田』的沈蓓湘有些印象。這位懷抱星夢的年輕正妹，對於唱歌有著無比的熱情。工作之餘常背著吉他，走南闖北地積極抓緊每個演出機會。但就在她最接近圓夢的時刻，方夢魚卻將她的夢想與生命，畫下了令人遺憾的休止符。」

（畫面切換到台中沈蓓湘的老家。沈父在住家附近的公園受訪，不願記者拍攝到正面）

沈父：「第一次開庭的時候，我特地請假去台北看庭，（＊消音＊）我也是第一個衝出去打他的，後來被法警架了出去。外面有記者問我，會不會原諒他？（＊消音＊）原諒？凶手一點都沒有悔意要我怎麼原諒？生個女兒拉拔到二十歲，被你隨便殺掉了，你就輕鬆一句對不起要我原諒嗎？（＊消音＊）」

「我不想你們在家採訪啦，她媽哭到眼睛都快瞎了。最近都不想讓她看到新聞，唉。我很想警察快點找到她，可是又不想真的找到她，你們懂嗎？阿湘她小時候就喜歡唱歌啊，里民活動還是中秋晚會都辦在那廟口，她每次上去唱都第一名喔，雖然她媽不想讓她走演藝圈，想說好好考個公務員比較穩定，可是每次鄰居看到她都叫她是未來星媽，（＊消音＊）回家煮菜的時候都自己在那邊偷偷笑咧咧啦！」

「她想自己去台北發展，說那邊機會比較多，她想要一邊打工一邊參加歌唱節目。

我們想那邊一個人危險啦，不想要讓她去，可是年輕人管不住啦。看到她上電視我們也很開心啊，有一次里長還發動里民包一台車去坐觀眾席幫她加油，她好高興，那次唱歌跳舞特別賣力，喔，我跟她媽看得都哭了。只是個禮拜天中午播的小比賽啦，可是大家都好像看什麼演唱會一樣，有認識的人在上面表演，都覺得好興奮好驕傲喔！一起幫她用力加油這樣（哭泣）……（＊消音＊）老天爺為什麼要這樣捉弄人啦！」

⊙

星期一早上還不到八點，記者群已經開始在徐海音住的公寓一樓前集結，而且老實不客氣地大按門鈴，指名要找「周雨潔」：「徐主播，我知道周雨潔目前借住妳家，能不能讓她露個面，讓我們採訪個五分鐘？」

徐海音斷然否認，然後掛上了門口對講機。她謹慎地透過窗簾縫往樓下看，洋洋灑灑將近二十多人，全台灣的跑線記者差不多都到齊了，四台SNG車包括自家唐人全球的也都停在巷口處。

還好徐海音前一晚先交代警衛，別放任何一人上樓，不然這群如狼似虎的記者，現在大概已經把她家的鐵柵門給擠破了。

說來也好笑，向來只有徐海音率隊去攔堵當事人採訪，從沒想過某天竟會被同行們給堵在自家門口，這樣的強烈反差真讓她哭笑不得。

徐海音撥了通電話給葛總，想要取消早上的會面，不過葛總不同意：「我把會議延後一個小時，妳還是過來吧。另外也有幾個老朋友要我協調一下，妳就讓周雨潔受訪十分鐘，給他們補些畫面、聲音交差吧！唉，妳把這重要關係人帶回家，也先跟我討論一下嘛！我對外都只能說周雨潔是妳朋友了，這樣做問題很大呀！」

徐海音耐著性子跟葛總談判了一會兒，最後他總算讓步，勉為其難地同意讓周雨潔透過門口對講機、然後站在窗邊露臉即可。雖然其他家記者對此頗有微詞，不過也只能接受這樣的安排，有不少人笑說以後要學徐大主播這招，直接把新聞對象給帶回家裡「貼身」採訪，可方便多了。

除了莊靜私下委託民間檢驗所進行了親子鑑定外，警方鑑識中心的結果也是相同的，所以記者基本上就只能在「妳現在的心情如何？」、「真的從小就沒看過方夢魚？」、「有人說妳長得像他嗎？」這類不痛不癢的問題上打轉。但若不這樣做，就沒有足夠材料來支撐周雨潔身世被證實的這則頭條新聞，所以記者也不得不硬著頭皮亂問一通。

記者們問得差不多之後，紛紛轉往其他現場，包括市警局、孫思彤、柳亦君等地，都能滿足今天的採訪需求。

「雨潔，我要去公司一趟，順便帶樂樂去學校。妳一個人在家可以嗎？」徐海音問。

「徐姊別擔心我，我可以的。我今天大概也沒辦法出門了，放心吧！」周雨潔雖然無精打采，但還是硬擠出笑容。

「好啦，妳多休息。冰箱有些冷凍食品，微波一下就行了。樂樂今天只有上半天課，中午遠聲會把他帶回家，要請妳幫忙照看。我下午六點左右就會回來的。到時再買些好料的，讓妳振奮一下精神。」

周雨潔的笑容看起來有些苦澀，但還是禮貌地道了謝。

也許徐海音下意識總把周雨潔當成小女孩，因此「愛操煩」的本性又再發作，裡裡外外重複叮嚀了好幾句，這才心滿意足地跳上小藍，驅車前往唐人全球電視台。

在公司大廳刷員工證時，徐海音碰到了Mandy。

「徐姊早！」她打個招呼，然後低聲說道：「昨晚阿唐有找我去看過劉導了。」

「喔？他狀況還好嗎？阿唐不是說訪客人數有限，讓他家人進去探視就好？」

「對啊，不過後來劉導有狀況，醫生也衝進去急救，所以劉導太太好像也沒看到幾分鐘就出來了。」

「那……」

Mandy臉色黯淡地說：「我們有在外面等醫生出來。他太太很緊張，一直拉著醫生的袖子問，醫生的表情很凝重，說情況真的不樂觀，要家屬有心理準備。劉導太太一聽就當場嚎啕大哭，我們勸了好久。九點多的時候我們才離開醫院，阿唐拉我去陽明山吹風、喝啤酒，以前從沒看他這樣過。」

徐海音腦海中又浮現深夜馬路上的那兩只鞋子，還有掉落在一旁的名錶。「他跟劉導交情很好啊，是亦師亦友的關係。妳好好開導他，他心情會好些的。」

兩人又再聊了幾句，徐海音才匆匆趕上十八樓。葛總、小江與大東已經在裡頭等了好一會兒。各人介紹完畢後客套了幾句，葛總切入正題：

「最近各家節目都在談方夢魚的案子，收視率有點疲軟了，網友也反彈，甚至連NCC都發函警告。照理來說，月底的九合一選舉應該才是重點啊！現在反而都給方夢魚壓掉了？我聽說警察那邊有被通知，這禮拜內要把方夢魚的案子處理掉。所以我剛跟小江說了，禮拜一讓莊靜再做一檔、禮拜五讓妳來做收尾整理，然後這禮拜其他時間，節目部都不要再給我碰方夢魚了，行不行？」

「都聽葛總指示的。」徐海音知道老長官這回做球給她，心中有些雀躍。

「那好，我再指示一項。莊靜希望今晚周雨潔能進棚錄她的《鄉民靜距離》，她說手機聯絡不上、早上靜如在妳家樓下也沒機會說。妳看怎麼把她帶進來吧！」

「葛總……」徐海音出聲想抗議，但旋即被葛總打斷。

「公平對待啊！按照正常程序，可沒有人認為要經過妳同意才能邀訪來賓，對吧！所以妳要讓莊靜聯絡到周雨潔，她想不想上節目由她來決定，不要把事情複雜化，好嗎？大東你要幫我盯著這件事。」

徐海音也只有點頭同意。又再談了些節目未來走向後，會議才告結束。徐海音跟大東回到十二樓辦公室。

「海音，我覺得妳這樣做，真的很不明智。」並肩走在長廊上，大東忽然開腔道。

「你是指？」

「把周雨潔帶回家這件事。妳投入太多沒意義的情緒在裡頭了，於公於私都沒好處，白白落人話柄。」

徐海音嘆氣：「這……說來話長。」

「反正事情都發生了，但還是提醒妳一下而已。妳最好試著讓周雨潔去上莊靜的節目，不然對妳日後的影響可能會是負面的。」大東提醒道。接著他問了一下劉導的狀況，並確認周雨潔的聯絡方式後，又匆匆地前往另一個會議室開會去了。

徐海音感到心力交瘁。過去這幾天彷彿在經歷一場沒日沒夜的惡夢般，很多她從未想過會發生在她身上的事情，鬼使神差地一股腦兒全湧上來。雖然當下抱著「兵來將擋」的不服輸心態去處理，但一放鬆下來，卻有說不出的疲憊，當然還有那如影隨形的胃絞痛。

她走到自己的座位上，打開電腦進行作業。她打算先過一下明晚節目的腳本，有鑑於九合一大選被方夢魚案風波搶去太多鋒頭，因此一開始規劃讓名嘴們先針對兩大黨的各縣市佈局作個分析，激起觀眾們的政治熱情。而週五的方夢魚案回顧，算是最後的收尾之作，有必要請美術組做些圖表、動畫等懶人包整理來強化一下。

辦公室內牆上的各家電視新聞，依然在方夢魚案上打轉。目前最新的進度是，警方針對方夢魚粉絲網站進行訪客IP追蹤，確認之前在臉書上開設「方夢魚粉絲專頁」的何姓版主也是網站管理員之一，因此被警方找去約談。不過何姓版主大聲喊冤，表示網站上頭只是大家亂哈啦而已，甚至連揪團去「監獄朝聖」也沒做。警方表示，還會持續針對監獄會客名單進行過濾。

下午五點，徐海音收到了台大植物科研所的韓教授回信，信中確認，從第二名被害者心臟部位取出的種子，應該是「烏來杜鵑」——台灣特有品種，原生於新北市北勢溪上游一帶，因為翡翠水庫蓄水被淹沒了，民國七十七年被列為珍貴稀有植物。但經人工復育後，目前陽明山、台大、台北市各級校園，都有烏來杜鵑的植栽了，一般人家裡也可以盆栽的方式來種植。

「這答案也太明顯了！」徐海音心想。關於第三名被害者的埋骨之處，可說是呼之欲出，搭配那詛咒似地「芬芳的滋養」標題，她已然可以想見那令人毛骨悚然的畫面。雖然其他同行不知道這個情報，但礙於葛總與警方的保密協定，她再也不能大喇喇地叫上阿唐背著攝影機就搶在前頭。

「但或許第三名被害者的遺體裡，又埋著第四名被害者的線索？」徐海音的戰鬥意識蠢蠢欲動著。正當她心中天人交戰時，手機響起，是趙遠聲打來的：

「海音，妳能提早下班嗎？」

「怎麼了？發生什麼事？」徐海音詫異地問道。

「我不知道……算了，電話裡說不清楚，如果可以的話，妳早點回來吧！」趙遠聲低聲道。

徐海音以前從未見過丈夫這般吞吞吐吐的模樣。因此她掛了電話後，旋即向部經理請假，然後驅車返家。

「咦，徐姊，妳今天也比較早呢！還以為妳要六點後才回來。」在客廳看電視的周雨潔招呼道。

徐海音有些納悶。她原本憂心忡忡地趕回家門，但感受不出任何異常氣氛。她隨意編個理由跟周雨潔聊了幾句，便走進主臥室裡，趙遠聲正在玩電腦。

「怎麼啦？突然叫我回來，我還以為發生什麼事了。」徐海音埋怨道。

趙遠聲的臉色有些怪異。「我想說今天是第一天讓周雨潔照顧樂樂，有點不放心，三點半拜訪客戶的時候，我又順便繞回家裡看一下。不過一進家門卻發現沒人，我就進樂樂房間看。卻看到樂樂被鎖在衣櫃裡面，嚇得又哭又叫的，可是周雨潔卻坐在一旁玩手機。她看到我才嚇了一跳，趕快去把樂樂給放了出來。」

「搞什麼鬼！怎麼會這樣！」徐海音氣得跳了起來。

「妳別氣，先冷靜一下。」趙遠聲忙安撫道：「我問她為什麼要這樣做，她說是從網路上看來的心理學應用，說什麼藉由捉迷藏的方式，讓樂樂在黑暗中獨處幾分鐘，可以訓練他獨立自主。」

「鬼才信啊！我是叫她好好陪著樂樂，可沒叫她做什麼莫名其妙的訓練！」徐海音怒氣不減，故意大聲罵出來。「算了，我先去看一下樂樂，晚一點再跟她興師問罪。」

徐海音走進樂樂的房裡，卻發現他一個人瑟縮在被窩裡，惶恐的雙眼睜得大大的。一看到媽媽坐在床沿，就迫不及待地撲進她的懷裡。

「樂樂，樂樂，今天好不好呀？」

「……暗，很暗。一個人。怕。」

「要不要出去看電視？跟大姊姊一起玩？」

樂樂恐懼地將徐海音抱得更緊。這讓她怒火中燒，正打算殺到客廳教訓一下周雨潔時，手機卻又不識時務地響了起來，是阿唐打來的。

「喂？」徐海音不耐煩地應道。

「徐姊……」彼端傳來阿唐的哭腔：「徐姊，劉導他……走了。」

彷如冰水澆頂般，徐海音渾身顫抖、大受震撼，手機就這麼一直擱在耳邊，卻一句話也說不出口。

● 唐人全球整點新聞【熱情歌迷追憶 倩影永駐臉書】

（沈蓓湘的杜姓男友，也是其 Betty 臉書粉絲頁管理員，在台北市某咖啡廳受訪）

杜：「可能是因為我年紀比 Betty 大很多，在地下音樂界還沒混出什麼名堂，她家人不是很喜歡我。不過我不在意，反正我心甘情願幫 Betty 做任何事，我想她在天上也會很開心。她離開後，我還是每隔一陣子就去更新一下她的粉絲頁面，上傳一下她之前比賽的影片、照片，或是沒公開發表的音樂檔，也常有人來留言，幫我打氣，這時候我就會覺得，啊，其實她並沒有離得我們很遠。」

「Betty 失蹤那天是十二月十四日星期六，因為她進了跨年決選，要練習隔天的比賽歌曲，所以一整天我們都沒有碰面。她在晚上七點時有傳訊息給我，說有在網路上買電腦麥克風要面交，所以出門吃飯順便去拿，我大概九點過去她那裡，人就失聯了。隔天有通知她家裡人，也去報警了，不過警察也只是備案而已。有去問過那個面交的賣家，她說 Betty 拿到東西就離開了，兩人接觸還不到五分鐘。唉……怎麼說呢，人生就是無常吧！」

「對了，有件事我不知道該不該說？……電視上那個周雨潔，其實也認識 Betty，她當時是在我們常去的一家義式餐廳打工的。我在想，會不會是那個方夢魚對 Betty 下毒手後，因此又盯上了周雨潔小姐呢？假如是這樣的話，我會很難過。」

昨晚趕在《鄉民靜距離》開播前一個半小時，周雨潔打開莊靜送的手機，主動撥了通電話過去，向她表示自己不舒服無法參加錄影。但這也似乎早在莊靜的意料之中了，她先對於自己私下找民間單位比對DNA一事表示歉意，並保持風度地攀談幾句後才掛線。

⊙

因為劉慶和的死訊來得突然，徐海音只有先放下手邊其他事情，到醫院與其他同仁會合，協助處理一下劉導的後事。忙完後回到家也已經是凌晨一時許，徐海音進房門倒頭就睡。

雖然週二下午要進公司過一下《新聞透視眼》的腳本，不過當徐海音在床上睜開眼時，卻還是心心念念著「第四名被害者」的線索：阿唐還在醫院幫忙，那眼下或許可試著找Madny用小型DV掌鏡，然後從周雨潔口中問出三重祖厝地址，在那附近尋找「烏來杜鵑」植栽，沈蓓湘的遺體就埋在下面……誰知道究竟被埋得多深呢？難道要自己親自拿根鐵鍬剷土嗎？……

正當徐海音邊賴床邊浮想翩翩時，床頭的手機傳來一聲「叮咚」訊息接收音。她拿起來一看，那是某款新聞App推播的即時訊息：「方案再有重大突破！疑發現第三名被害者藏屍處」。

徐海音從床上彈了起來，披上件外套就衝往客廳看新聞。周雨潔已坐在沙發上聚精會神地關注最新發展。也許是這第三次的提示太過簡單，專案小組的動作比想像中還快。大約十來名包含穿著鑑識夾克的人員剛抵達現場，準備往周邊展開搜索。

根據記者描述，警方所在位置是三重區河邊北街，靠近淡水河堤邊的某間低矮平房。這一帶似乎是在等都更計畫，大半條街的房子都老舊殘破，沒有人居住。每一戶的屋內堆滿了廢棄家具、垃圾，周邊也是一片荒煙漫草。

「這就是妳老家？」徐海音問。

周雨潔神情緊張地咬著手指，邊點了點頭。

雖然鏡頭中有看到唐人全球的SNG轉播車，莊靜肯定也在那裡。不過徐海音不想坐在這裡枯等，警方頂多半小時就能找到目標，要把遺體起出來或許還要半小時。自己開車過去的話，應該二十多分鐘就能抵達，如果運氣好能找到個視野良好的制高點，或許會有些收穫。

主意既定，徐海音便起身去換衣服。周雨潔在一旁懇求道：「徐姊，我媽也在那裡，妳可以帶我一起過去嗎？」

徐海音有些猶豫：「妳要是在那裡現身的話，那些記者們肯定不會放過妳的。妳準備好了嗎？」

這下子換周雨潔舉棋不定了。思前顧後，她頹然地坐回沙發上。

「雨潔，昨天的事我還沒時間跟妳談，不過我希望不要再發生了，好嗎？我去一下現場，很快就會回來。」徐海音想到下午可能又要讓周雨潔跟樂樂獨處，於是先提醒道。

周雨潔猛搖頭，緊張地舉起右掌。「徐姊，我真的是出於一番好意，我發誓絕對絕對不會再發生。我會好好地看著樂樂、只陪他玩，不再做任何讓妳擔心的事了。」

「好啦！我相信妳。沒事的！」徐海音笑著說。

當徐海音趕到河邊北街時，警方已經在屋後定位出可疑區域，並開始準備動工了。她向周邊管制交通的員警出示了記者證，進入到第二層管制圈內。

整排河邊北街的舊平房，屋後是往台北/五股的環河道路，橫越道路後會接上一片五公尺寬的草地，原本是規劃種植行道樹、擺放電箱的緩衝空間，不過附近住戶常當成私有地使用，在上頭種菜、曬衣、搭停車棚的情況屢見不鮮。

第二層管制圈就是位在周雨潔舊家後方的草地。警察將一台警用機車停在往五股方向的車道上，沿著堤防拉出管制線範圍，媒體記者只能在左右兩側約二十公尺外進行拍攝。

除了靜如跟莊靜這兩位老搭檔外，徐海音也看到了周雨潔的母親柳亦君，這是第一次在現場見到她本人，跟之前電視上的印象一樣，看起來就是個企業女強人。她穿著一身黑色套裝，表情看起來很凝重，站在一位刑警後方正講著手機。

現場有刑警比對出「烏來杜鵑」的植株了。雖然不是開花季節，不過互生與橢圓針形葉片特徵，還是能夠很快被認出。極目望去，周遭也只有這麼一株烏來杜鵑，明顯是特意移栽過來的。

「這裡也是方夢魚經手過的公共工程嗎？」其他記者議論紛紛著。徐海音用手機查詢過，這附近並沒有方夢魚投標過的記錄。而從地緣關係來看，如果真埋屍在這裡，肯定也是衝著柳亦君一家來的。

那株烏來杜鵑是種在一個小土坡上，土坡約高出地面半公尺左右。因為事前已經打聽到烏來杜鵑是珍稀植物，為了避免挖掘作業會傷及植栽，因此也特地請了一位植物專家同行。

專家先用短鏟從杜鵑外圍進行探根，掘開一圈薄土後，再從背陽面往下深掘，不過挖不到五十公分，就碰到可疑的硬物了。

看到其他警官紛紛圍上去探視，記者們以為真挖到屍體了，為了攝影、拍照又是相互一陣推擠。「怎麼可能埋得這麼淺啊？野狗早挖出來了！」一個資深的攝影訕笑道。

由兩位刑警接手，挖開硬物兩邊的土層，再用刷子刷開土屑沙礫，總算看清楚那硬物了，原來是大型透明防水塑膠箱的側蓋。照規模判斷，整株烏來杜鵑都是種在那塑膠箱裡頭的。因此警方改變挖掘策略，先順著已出土的側蓋往兩旁挖掘，確認一邊的尺寸後，再往另外三邊深挖，希望能讓完整的塑膠箱出土。

半小時後，土方挖掘得差不多了，但現場除了濃厚的土腥味外，並沒有傳出預期中的腐敗臭味。警方開始沿著路邊搭起簡易棚架，遮蔽媒體的視線，而增援的人手陸續到來，台北市方向也開過來一台小型吊車。

等得焦躁難耐的記者們開始向警方喊話，希望能夠協調拍攝畫面，不過專案小組並不同意，偏偏堤防上的視角又不好，沒有制高優勢。過了十多分鐘，吊車開始作業，開始將塑膠箱整個吊起時，有記者按耐不住，扛著數位相機就衝上去搶拍，記者群中有人發聲喊，於是一堆人全都跟著往前衝，單薄的警戒線跟警員根本攔不住。

徐海音被推擠後也只能半強迫地往前跑，有人乾脆扯開一邊的簡易棚架取景，幾位刑警開始伸手阻擋，並與記者發生肢體衝突，後來更多的員警湧上，恐嚇要以妨害公務送辦，好不容易才將記者給趕回隔離圈外。

徐海音只來得及朝那塑膠箱看上一眼。雖然看不到三秒鐘、隔離箱外又滿布塵土，但那景象卻已讓她終身永難忘懷……

沈蓓湘被裸身放在透明塑膠箱底層，屍身已經是腐化見骨的狀態。為了避免被泥土覆蓋顏面，她身上還故意放上一層厚紙板，其上則堆積了大量的泥土，最刺眼的則是從下半身處延伸出的杜鵑根莖。

這就是「芬芳的滋養」？……雖然徐海音對於「芬芳的滋養」已經有些想像，但這藉由透明箱刻意展示出來的視覺衝擊，還是讓她無法承受。有幾位女記者掉頭就走，承受力較差的當場跑到路邊大吐特吐。

原本一枝獨秀的烏來杜鵑，看起來可人無害，但若在透明箱裡的那具腐敗猙獰的女屍上迎風搖曳，卻是恐怖懾人的妖異景象。

「喔，這實在是……太超過了，台灣的觀眾們又沒有眼福了。」一名攝影師半開玩笑地說道，聽在徐海音耳裡只覺得噁心。她快步離開現場，一秒鐘也不肯多待。

直到上了小藍，往公司方向開去時，她的雙手還在不停顫抖。連她自己也不明白，明明前兩次的震撼都比這回大，怎麼自己才看了一眼，身體的自我保護反應卻這麼厲害？

等紅燈的時候，徐海音下意識看了一下手機，Mandy 有傳了 Line 訊息到「劉導後事」的工作群組裡頭：

「我今天早上到分局那邊關切一下車禍調查進度，警方說有去調閱對方偷車時的監視畫面了，我用手機側錄，放到共享文件裡請大家看看。不過他偷車時還故意戴安全帽、穿雨衣，連是男是女都分不出來。警察說這也未必是對方故意開車撞人的，也許是他偷車後要去犯案，不小心撞倒劉導的。我明天下午還會過去一趟，如果大家有想打聽的任何消息請回覆給我。」

●T台談話性節目 胡長安

胡：「……今天早上，在三重區又起出了第三具被害者大體。裡面有沒有像之前一樣，藏著下一具被害者、也就是方夢魚死前暗示的『第四名被害者』線索？現在還不知道。嗯，但我相信電視機前面的觀眾朋友，包括現場的來賓，很可能完全沒有注意到一件很重要的事。這件事對於整個案情啊，可能會產生很重要的關鍵作用。我在這裡再強調一次，非常重要，但卻是個沒人注意的盲點！」

「導播請 focus 我的 iPad 畫面。好，這個不用我說大家都知道，是谷歌地圖。現在我把幾個地點給標示出來。第一個是海商大樓，大家知道是在民權東路跟中山北路交叉口這裡；再來是台北橋橋下，我也圈起來；最新的埋屍地點是在環河北路上，靠近堤防這一帶。各位，我現在把這三個點連起來，你們看出這是什麼了嗎？」

「各位，幾乎成一直線啊！這是巧合嗎？我看未必。大家想想，方夢魚為什麼要處心積慮地，把屍體藏在自己經手過的工程，費心安排一個接一個謎題，讓警方一一去破解，最後這三個地點形成一直線，去暗示最終的謎底？有人看不懂，說什麼柳亦君是共犯，我告訴各位，錯了！」

「我在這裡要強調，不要被方夢魚安排的假象給迷惑了。他汲汲營營地想進入政治圈，我知道他骨子裡也是個工於心計的人。他這樣的安排，不是要指控誰，而是跟他埋屍手法一樣，要昭告全國民眾，第四名被害者就在眼前，我隨時可以下手！我鄭重呼籲檢調單位，務必要針對方夢魚粉絲網站進行詳細調查，同時提供柳亦君、周雨潔一家人適當的保護。因為我很擔心，下一步很可能就是第四名被害者的遇害過程，毫不設防地就在全國民眾眼前直播了！」

雖然劉慶和跟阿唐都不在現場，不過在新導播小江的控場下，《新聞透視眼》的錄製仍然相當順利。但徐海音總覺得節目的整體表現太過中規中矩，百分之百照著腳本走，少了些讓來賓臨場發揮、激盪火花的催化劑。

⊙

回到家也差不多快十二點了，徐海音特地繞去買了些滷味、水果啤酒當宵夜。其實她已經十多年沒吃過宵夜了，為了避免身材走樣臉變大、在鏡頭上不好看，「八點過後不進食」是她至高無上的信條。不過為了讓周雨潔敞開心胸深談一番，她覺得今晚有必要破個例。

當徐海音抵達家門前，正在客廳陪著樂樂的周雨潔，貼心地主動過來幫她開門。徐海音感覺樂樂對周雨潔仍心存懼意，寧可一個人坐在地板對著牆角玩黏土，也不肯坐到沙發上。正當徐海音舉腳跨入門內時，包包裡的手機響起了：

「喂，阿唐。什麼事？」徐海音估計阿唐可能要談劉導的後事置辦，原踏入家門的一腳又收了回來，改在前院裡邊踱步回應著。

「徐姊，今天意外得知一個奇怪的情報，要跟妳說一下。」阿唐說道：「下午劉導移靈後，師母說要去謝謝主治醫師，我也跟著去了。聊了幾句，有提到劉導在電視台上班，因為在追方夢魚的案子而碰上意外。那名醫師就說啦，其實方夢魚的母親之前罹患肺癌，也是由他負責照顧的，不過後來還是沒救起來，在醫院過世了。但方夢魚很感謝他，曾送了蛋糕跟卡片過來，要是知道他日後會這麼有名，早該把卡片給好好留著了。」

「呃……這有什麼好奇怪的？連個花邊都算不上。」徐海音納悶道。

「快說到重點了，別急嘛！然後那個醫生就說了，方夢魚其實是個滿孝順的人，事業、名聲都這麼大了，但還是跟老婆輪流熬夜照料母親。他印象很深刻，因為那天剛好是颱風前夕，很多人都在關注明天要不要上班，方夢魚在病房也跟下屬做了指示，之後一直留在病房中，直到隔天凌晨他母親便過世了。」

徐海音的呼吸變得急促：「那颱風的名字該不會是……」

「天兔，就是天兔！」阿唐說道。

「怎麼可能！」徐海音驚呼。「那不就代表，方夢魚有了不在場證明？」

「是啊，當時我也不敢相信，方夢魚明明就有確鑿的不在場證明，怎麼不早點拿出來？我跑去櫃臺問有沒有監視畫面，不過她們說隔那麼久早就洗掉了。我再回去問醫師肯不肯讓我拍幾個鏡頭，做個影像記錄，他好像怕惹麻煩，一直推托。不過他很肯定，天兔颱風來臨的前一天，方夢魚母親大概下午四點多就陷入昏迷，他一直在病床邊照顧。醫生去安寧病房巡過幾次，確定他都在。」

「……」徐海音尚未從震驚中回復過來。

「現在事情鬧這麼大，那醫生應該不會同意受訪的，不過我有偷偷錄音下來，看到時再怎麼用。徐姊，就這樣吧，我先回家了。」

「好，路上小心。」

（兇手竟然有不在場證明！）這究竟是怎麼回事？徐海音覺得整件事太過離奇。

「徐姊，怎麼啦？」周雨潔站在門邊，問。

「沒事，沒事。我買了些滷味，等一下一起吃。我先把樂樂哄去睡吧！」徐海音說道。

忙活了一陣子，把簡單家務處理一下、跟遠聲打過招呼、看著樂樂進入夢鄉，又是大半個小時過去。周雨潔已經坐在客廳餐桌上等著她。

「弄得真好看。」徐海音看著細心擺盤的滷味笑道。

周雨潔遞來一罐水果啤酒。「我超愛吃滷味嘛！而且之前也在餐廳做過內場。」

「真賢慧。以後誰娶到我們家小潔潔真是有口福了。」

「唉呀，徐姊說什麼啦！」周雨潔靦覥笑著，但臉色隨即黯淡下來。「我還不知道能不能活到那時候呢！說不定我就是那個『第四名被害者』。我媽也很擔心我，希望我這兩天去她公司那邊待著。老家好像也不安全了，她現在不常回家。徐姊，謝謝妳收留我，我打算趁著明天幫忙收拾一下家裡，後天早上就走。」

「這幾天也謝謝妳幫忙照顧樂樂，我會算鐘點費給妳的。另外，禮拜五的節目會錄方夢魚案的最後回顧，我希望妳也可以參加。」

周雨潔連連點頭：「我當然會參加的，能幫上忙的話是最好。不過這麼快就要做全案回顧啦？已經全部結束了嗎？雖然新聞上說，最後一具遺體裡面沒有別的暗示了，但剛剛我聽妳跟阿唐在聊，說好像還有共犯什麼的？」

「阿唐跟劉導的醫生聊天，結果竟然碰巧提到他也曾照顧方夢魚母親的事情，搞得方夢魚似乎多了一個不在場證明出來。如果他願意上節目受訪，肯定又是一顆核子彈級的爆點。」徐海音說道。

周雨潔瞪大眼睛：「方夢魚老師的不在場證明？意思是真的有其他共犯對吧？徐姊妳要是往下追的話，說不定能來個逆轉翻案之類的，拿個年度最佳主播獎什麼的應該也不成問題呢！」

「台灣沒有這種獎啦！不過說真的，我跟幾個同行談起，整起案情的疑點很多，警察那邊也掌握了新線索，應該這禮拜就可以弄個真相大白。」

「徐姊看過今天晚上的即時新聞了嗎？」周雨潔在手機螢幕上滑來點去，找出晚間最新消息：方夢魚案重大進展！孫思彤今晚被專案小組約談，據傳是因早上沈蓓湘遺體出土時，在其手中緊握一張超速罰單，經查其車號為孫思彤所有。目前警方也已扣留了她的座車，鑑識人員正在車內進行檢驗。

徐海音思考片刻。「我覺得這應該也是煙霧彈。假如方夢魚跟老婆在颱風夜前，輪流在醫院照顧母親，他老婆就不可能會選在那個時候殺人。」

周雨潔眨巴著眼睛問：「為什麼？」

「不是一想就通嘛！因為曾旖被埋屍在方夢魚經手過的工程中，表示對方想嫁禍給他，但如果是孫思彤幹的，她絕不可能選在方夢魚有不在場證明那天去做這件事的。」

「如果有這樣確實的不在場證明，那他為什麼不提出來呢？假如他想掩護共犯，那孫思彤又為什麼不提呢？還是孫思彤也知道內情？」

徐海音意有所指地注視著周雨潔，說：「雨潔，能夠讓方夢魚誓死掩護、可以接觸方夢魚的工程內容，這個嫌疑人的身分並不難猜，不是嗎？」

周雨潔看著徐海音，臉色一陣青一陣白，瞬間紅了眼眶：「徐姊，不要懷疑我媽。她不是這樣的人。」

徐海音輕摟她的肩膀，沒再說話。雖然還有很多疑問沒有被解答，但兩人相坐無言，各懷著心事，默默地喝酒吃滷味，之後才互道晚安各自去睡了。

臨睡前，徐海音想起什麼。她拿起床頭手機，傳了封電子郵件給阿唐：「阿唐，明天先去幫我打聽一件事，我想知道當年方夢魚被逼退黨內初選，對手那邊究竟握有什麼證據？」

●《新聞透視眼》美編組的事件時間表設計

美編組薛組長：「配合這次《新聞透視眼》想做的方夢魚事件回顧，我們要做兩支動畫。一支是事件模擬動畫片，分成五個小段，每段大概五秒以內。方夢魚獄中吞電池自殺、在病床上排出四個水杯祭拜，以及三位被害人埋屍示意圖，節目部阿唐會幫我們寫腳本，用演員完成動畫捕捉後，再用 3DS Max 處理。」

「第二支動畫是做大事件時間表，要隨著主播介紹進度一段段呈現，我想這部分用 Flash 簡單處理就好，再讓副控現場同步信號。我把文字給你們，自行分工，週四下班前要出來，有問題再提報吧！」

◆方夢魚連續殺人案重大事件列表

102/1/22：台北橋河濱堤壁施作工程第二期開工
102/2/16：梁玉婷失蹤
102/9/20：曾旖失蹤
102/9/21：天兔颱風襲台
102/9/23：民權東路海商大樓外牆聚光燈進行保修
102/10/8：台北橋河濱堤壁施作工程第三期復工
102/12/14：沈蓓湘失蹤

103/3/22：周雨潔被襲擊、方夢魚落網
103/8/6：方夢魚一審宣判死刑
103/11/1：方夢魚在獄中吞下乾電池自殺
103/11/4：方夢魚宣告不治

⊙

週三上班日，由徐海音親自送樂樂去學校，中午再接送回家。感覺樂樂的心情有開朗一些，前兩天的「衣櫃捉迷藏」事件似乎在他心中留下不小陰影。之前徐海音也曾想問問他究竟被關在裡頭多久，但他一聽到「衣櫃」兩字就畏縮了，什麼也問不出來。

「在學校也要乖乖的唷！」徐海音幫樂樂開了車門，彼此碰了碰額頭、鼻子、嘴脣，叮嚀他帶上點心盒跟水壺。他只是站在原地不自在地傻笑著，等著老師拉起他的手，才回頭說道：「樂樂……走了走了……」

「不是走了，是去上課。」徐海音說。看著兒子搖擺無憂的身影，她有種高興卻又傷感的複雜心緒。

半小時後，徐海音抵達公司。出了電梯時看到阿唐身影正走入辦公室內，她有種雀躍的感覺。有位忠實可靠的戰友能夠並肩作戰，心中也篤定踏實多了。

一進辦公室，徐海音慣性地先緊盯各家新聞進度。目前幾家記者守在地檢署外打探孫思彤的消息，另外有幾台在重播昨晚警方發表會內容。除了確認沈蓓湘的死因跟前面兩人相同外，值得注意的是，鑑識人員還在盛裝遺體的塑膠箱中，發現曾婍的ＤＮＡ跡證。警方研判，方夢魚很可能曾以此塑膠箱運送或置放過曾婍的遺體。

（這究竟跟沒按照計畫放置的頭顱有什麼關連呢？）徐海音下意識地想著。不過她沒時間思考太久，畢竟今天還有很多事要忙。於是她先找了阿唐到會議室交換情報。

「徐姊，剛剛大東打分機過來，說譚主播下午請假，線上廣播要請妳墊檔了。不過講稿跟標頭也得一併處理。」阿唐說道。

徐海音翻了翻白眼：「我今天還想騰些時間跟新聞部調帶子、找你去補些畫面，要做週五的懶人包整理呢！你有收到我昨晚寄給你的電郵吧？」

「知道。我下午會去打聽看看。我猜當時應該會請徵信社拍些照片，不然也不可能空口白話就讓方夢魚退出初選。怎麼？徐姊妳不相信柳亦君嗎？」

「這個女人說的話有七分假。她之前可是說有十多年沒跟方夢魚攪和在一起了，我覺得如果能有照片佐證，踢爆她會更有力。」

「徐姊，那昨天那位醫生講的話，妳覺得可以做大嗎？」

「先靜觀其變，反正他也表態不想受訪了，我們別走漏風聲，關鍵時刻可以派上用場。」徐海音說：「現在上頭希望這風波能先告一段落，讓焦點回到九合一選舉上，不然節外生枝的話，葛總的朋友又要不高興了。」

阿唐笑著點頭稱是。

「阿唐，其實我還有一件事想要你幫忙查查看。假如來不及趕上週五的節目那就算了。就是關於方夢魚海外公司的事。如果能查到些眉目，比方規模多大、跟本國公司有什麼樣的往來、資金流動脈絡等等。如果可以掌握到這個東西，就有可能找出幕後黑手，到時醫生證詞就能派上用場了。」

「嗯，了解。不過我可能沒辦法查得太詳盡，就盡量囉！」

「行啦，先去忙吧！別忘了早點把動畫腳本給美術組。」徐海音叮嚀道。

一整個早上，徐海音就忙著跟大東、小江與劇組人員討論週五節目走向，定出邀請來賓名單，想了兩三個吸引眼球的標題。接近中午時分，她開車去接樂樂，帶他吃了頓最愛的手工披薩，不忘再打包一份帶回家。

「徐姊，回來啦！」周雨潔正圍上圍裙，在家裡進行大掃除，徐海音看了有些感動。「哎，妳不必做這些，快休息吃東西吧！」

「就當是我這幾天叨擾徐姊的小小心意嘛！」周雨潔揮汗笑著說道。不過樂樂不領情地低著頭逕自躲進房間。

「唉，樂樂還是不原諒我，都怪我操之過急了。」周雨潔歉然說道。

徐海音寬慰她幾句、招呼她快用餐後，便跳上小藍開回公司。她心想這女孩的身世其實挺坎坷的，相處這幾天算是有緣，或許晚上回家前去東區挑兩件衣服給她做紀念也好。

不管這案子的幕後黑手是孫思彤或柳亦君、不管台灣民眾對新聞熱度是否只有三分鐘，徐海音總覺得周雨潔的人生前路滿布烏雲，或許要很久之後才能見得到一絲陽光。

兩點三十分，徐海音快速地潤飾了講稿內容，並下了標頭、定了引言，從後台完成預約上稿，然後進錄音室開始錄製本日要聞。這是要給其他與唐人全球新聞台合作的六家廣播電台在整點時進行播放用的，同時伙伴的網站也會放上此錄音與文字版新聞。

三點四十三分，正當徐海音錄到娛樂版一半版面左右，錄音室內 On Air 的燈忽然熄了，燈光大亮，導播敲敲大玻璃窗，拿起她的手機比畫著。看到來電者是周雨潔時，她的心中忽然升起一種不祥預感。

「說是急事，跟妳兒子有關。只好先中斷。」徐海音放下耳機衝出錄音室，導播遞上手機說道。

「喂？」

「徐姊，聽得到嗎？」周雨潔帶著哭聲的問話，聽起來感覺很遙遠。

「我聽得到，我聽得到。樂樂是怎麼了嗎？」徐海音急問。她持握著手機的右手，不自主地在抖顫著。

「徐姊……我們被綁架了，妳快過來……」彼端持續哭喊著，但因為聲音模糊，好不容易才聽個清楚。徐海音大驚，整個人發慌，急得踱步轉圈，叫道：

「你們在那裡？妳知道地點嗎？附近能不能辨識得出來？有什麼標的物？」

「我剛剛用谷歌地圖定位了，應該是在台北醫學大學旁邊，靠近吳興街220巷。」

徐海音雖然頭腦發熱，但稍微想一下還是感覺不大對：「如果妳可以撥通手機，怎麼不先報警呢？」

「我已經報警了，徐姊妳趕快過來，情況很不好。」

徐海音快步趕向停車場，先打給趙遠聲，讓他也同時趕去現場。為求慎重起見，她再打給一一零，不過勤務中心證實已有人報案，並調派線上警網趕過去了。確切地點是在吳興街220巷與156巷65弄的廢棄軍事營區。

徐海音來不及跟主管報備，跳上小藍後就踩緊油門疾駛，沿路上搶了幾個紅燈，險些撞上一輛計程車，對方探頭大罵，不過她已經管不了這麼多了。她在心中不斷狂喊著，老天爺你一定要讓我的寶貝樂樂平平安安的！

●唐人全球整點新聞 台北地方法院連線直播

主播：「方夢魚血案中的第三位被害者沈蓓湘，遺體在昨日被尋獲後，檢警專案小組也於昨晚傳訊方夢魚的太太孫思彤，試圖釐清相關疑點，並於昨晚十一點移送北檢複訊後聲押。而台北地院於今日凌晨召開羈押庭，裁定結果如何，我們現場連線給靜如。」

靜如：「主播，各位觀眾。經過長時間偵訊後，檢察官認為孫思彤涉嫌重大、有逃亡之虞聲請羈押。台北地方法院在今天凌晨三點召開羈押庭，但認為檢方聲押證據不足，上午六點半裁定孫思彤以新台幣三十萬元交保並限制住居。原先孫思彤不願繳交保釋金，寧願被收監以示抗議，但在律師勸說下已完成保釋程序。但她步出地院後仍大聲對媒體喊冤，我們來看看稍早的畫面。」

（孫思彤步出台北地院，旋即被一群記者包圍，律師希望她不要對外表示意見，但孫思彤仍止步面對媒體，情緒相當激動）

孫思彤：「警方、檢察官用相當惡劣的手段對付我這麼一位弱女子。我是方夢魚的太太沒錯，但並不表示我就要對他做過的任何事負責。你們，堂堂的警察、檢察官，用不正當的手法來栽贓、汙衊我。我告訴你們，逆來順受、忍氣吞聲不是我的風格。等這件事告一段落，我一定找律師告到底給你們難看。」

記者A：「聽說是因為沈蓓湘手裡握有一張寫有你名字的超速罰單，所以昨天才會對妳進行偵訊的嗎？」

孫思彤：「這個更是好笑，難道哪個死者手裡握有馬總統的名片，檢察官就一定會把馬總統找來問訊嗎？案子是這樣辦的嗎？所以法官也說了，像是檢察官提出的這種證據，還有什麼用我公司名義去申請方夢魚粉絲團網站、後車廂內有被害者DNA跡證什麼的，全都是捕風捉影、薄弱到站不住腳！我不知道為什麼超速罰單會出現在那裡，有人故意陷我入罪，你們要去查啊！」

記者B：「所以妳現在是宣稱，妳是清白的，跟三名女子的被害、埋屍完全無關對嗎？」

孫思彤：「本來就是這樣，我不怕被檢驗，若有人要抹黑栽贓我，我也隨時準備好反擊。」

記者C：「妳是不是認為柳亦君的嫌疑更大呢？」

孫思彤：「這是她的事，我沒什麼好說的。」

（律師偕孫思彤快步走到大街上，搭乘計程車離去）

⊙

以台北市信義區吳興街156巷65弄為中心點，周遭有廣達九．八公頃的大片廢棄營區，原本是陸軍保修場，部隊撤離後移交給國防部軍備局管理，但已經荒置十多年了。

這塊空地上有四間相鄰在一起的斜頂廠房，大小形制相同，每間佔地近千坪，廠房前後留有大片空地做為操場，邊角處各有兩三棟規模較小的庫房、宿舍、辦公室等建物。為了避免閒雜人等進入，周遭以兩公尺高的綠色鐵皮間雜鐵絲網給圍繞了起來。

二十分鐘後，徐海音飛車抵達目的地，先沿著吳興街220巷繞圈，擔心找不到入口。不過她很快就發現前方停了兩輛警車與一輛救護車，一旁的綠鐵皮被移開了一角。於是她把車停在路旁，拿起包包便一頭鑽了進去。

有員警在內側等待支援。徐海音表明身分後，他便以無線電通報，並領著她前往第二棟廠房。不過警員無法回答她關於樂樂的任何問題，她感覺情況不太對勁，更是心急如焚。

進入那等同於廢墟般的空曠廠房內，一股陳年潮濕霉味撲鼻而來。徐海音一眼就看到前方一百公尺處，靠牆邊有個大得不尋常的鐵櫃模樣物事，一旁站了三四名制服員警在周遭打量著，兩名急救人員扛起急救箱往回走。周雨潔身上披了件毛毯，臉色憔悴地正在應付員警的問話。

廠區內滿布石礫碎渣，但徐海音仍以跑百米速度往前疾奔。周雨潔看到她，忙揮手叫道：「徐姊！」

徐海音衝上前握住她的胳臂急切地問：「樂樂呢？樂樂人在哪兒？」

周雨潔迴避她的視線，艱難地將目光投向牆邊的鐵櫃。這時徐海音看清楚了那鐵櫃的模樣了。櫃身高約一點八公尺、寬二公尺、深一公尺，上頭深咖啡色的鍍層已經開始脫落，四周處處斑駁痕跡。櫃身周遭嚴絲合縫，估計鋼壁厚度至少有三公分以上。前方的單門與電子密碼盤設計，彷彿提醒覬覦它的人，不要輕視它牢不可破的防護能力……

那是一個不折不扣的高級保險櫃！

「很黑……媽媽……出來、出來……很怕……」此時，櫃子內傳來的沈悶呼聲，證實了她腦海裡最不願面對的猜想，最糟糕的答案……

樂樂被鎖在這個保險櫃裡頭！

一股絕望的暈眩襲來，徐海音覺得眼前發黑、呼吸困難，她的雙腿發軟，跪倒在地上，歇斯底里哭喊著：「救救我兒子！救救我兒子！拜託你們一定要想辦法把他救出來！」她爬到保險櫃旁，嘶聲喊著：「樂樂，樂樂，媽媽在這裡，你不要怕，很快就會救你出來，好不好？寶貝，媽媽在這裡陪著你！」

廠區後方響起雜沓腳步聲。趙遠聲也已趕到現場，隨之而來的是提著破壞工具的打火弟兄。

「在這裡，人被關在裡面，快打開！」警員指著保險櫃說道。

趙遠聲扶起徐海音，緊緊抱著她，離開牆邊幾步。一名消防員整備破壞剪，另一名消防員上前查看櫃身，搖頭說道：「是合金鋼板，而且太厚了，沒可能剪開的。鎖匠找了嗎？」

「該找的都找了，鎖匠正趕來，原廠也問了。不過有孩子被關在裡頭，怕氧氣不足，看什麼方法能盡快救他出來就試試吧！」一名忙著聯絡的警員回道。

「拜託你們試試看！我不知道他被關在裡面多久了，他聲音愈來愈微弱了。求求你們試試看！」周雨潔也出聲拜託。

那名消防員還在猶豫著，不過另一位看來較資深的隊員將油壓幫浦架設好後，二話不說直接將破壞剪架上較脆弱的門邊，示意隊友上前協助。兩人扶穩機具，按下剪切功能鍵，馬達運轉出力，只看到破壞剪往下緊鉗住鋼板，接著一聲爆裂巨響，保險櫃上多了一道極淺的切痕，但破壞剪剪口卻崩了一邊。

消防隊員無奈地收拾機具撤離，樂樂獲救的希望又少了一分。

徐海音的指甲在保險櫃上抓斷了兩枚，但她絲毫沒有感到痛楚。她知道，這該死的保險櫃內，氧氣正一分一秒地被消耗，樂樂無助地求救，命懸一線，離她愈來愈遠了。

漫長的告別！這個令人驚懼的字眼，猛然浮現在她的腦海。

●TVBS談話性節目 郭俊漢

郭俊漢：「在下的新書裡也提到了，在台灣呢，本地新聞內容是又快又多又聳動，SNG車好像是7－11便利商店二十四小時不打烊，觀眾口味喜歡看什麼就照三餐播，播到他們吃到飽為止，然後呢？深度在哪裡？真相又在哪裡呢？就好像古人說的『見樹不見林』，這個到頭來呢，也只是淪為嘩眾取寵的鬧劇而已。真要舉例，我就拿方夢魚這後續的風波為例。全國媒體、網友、觀眾，有沒有自覺，是不是從頭到尾都被一個狂人給耍得團團轉嗎？」

主持人：「嘩，郭教授說得有點重了。怎麼耍得團團轉法？要不要幫我們剖析剖析？」

郭俊漢：「你看，上週我們在這裡，討論的是方夢魚死前還故佈疑陣，搞得社會雞犬不寧；三天前，我們在懷疑，跟他曾有過一段情的柳亦君，是不是共犯；今天，風向又變了，變得好快呀！我們在談的是什麼？孫思彤是不是知情甚至想陷害第三者？我想請問各位，這是中古世紀在獵女巫嗎？媒體的風往哪邊吹，輿論的劍就朝哪邊指？」

主持人：「那郭教授，或者你說說，在這案子裡，什麼是應該媒體告訴我們的真相，但卻沒好好整理出來的？」

郭俊漢：「國內媒體在處理新聞上，沒辦法給觀眾絲毫啟發性。要發掘案件真相，絕不是用一堆沒處理的訊息來狂轟濫炸。一直以來，問對問題的人，才能得到正確答案。又要我舉例是吧？那我們來談談今天早上的新聞。當第三位被害者遺體出土時，觀眾想看什麼？赤裸的遺體？盤根錯節的子宮？下一個被害者的線索？我知道很多人在谷歌圖片上搜尋沒打馬賽克的圖片，大眾的獵奇心態如斯嘛！但我認為只要你的腦海曾經想過二個問題，那應該就離真相很接近了。這也是我問曾到現場的記者的二個問題。」

主持人：「哦？是哪兩個問題這麼重要呢？」

郭俊漢：「第一，沈蓓湘的死因是什麼？第二，她的舌頭到底還在不在？我就確認這麼兩件事而已。」

主持人：「呃……說老實話，我也跟觀眾一樣摸不著頭緒。我需要請郭教授再深入幫我們分析一下，你為什麼這麼看重這兩件事？目前已經知道，沈蓓湘的死因跟前兩位死者一樣，都是被電昏後再用束線帶勒死的吧！但舌頭是否還在的重點是什麼？」

郭俊漢：「沒錯，死因已經確認了，大家都知道。第二個問題癥結在於，你如果曾經思考過事件的前因後果，為什麼前兩位被害者的舌頭都被截去了，唯獨第三位被害者沒有，那你應該掌握了事件真相的鑰匙。」

⊙

冷靜，冷靜！趙遠聲在心中反覆告誡自己。在這危機關頭，只有盡量保持頭腦清醒，樂樂才真正能保有一線生機。

眼前這個保險櫃，從其陳舊外觀與設計式樣來看，至少有二十年以上的歷史。它太重，光靠人力無法移動半分；它太堅固，沒辦法鑽洞打入氧氣。繞著周邊查看，只有在數字鍵盤上有一組德文「阿斯登」。

趙遠聲用手機上網查詢，「阿斯登」是在德國註冊的一家保全公司，但公司的目錄頁面卻找不到保險櫃相關的產品。

（深呼吸，冷靜，冷靜！）保險櫃內時不時傳來愛子的哭喊與啜泣聲，愛妻在一旁絕望、瘋狂的祈求，頻頻擊碎他勉強凝聚的專注力。他強迫自己冷靜下來，這輩子他從不奢望公權力能幫他解決問題甚或危機。

趙遠聲改用手機拍攝一張保險櫃正面照片，然後用谷歌搜尋引擎的「以圖找圖」在網路上搜尋，這回很幸運地，搜到了二十多張圖片，其中有三張正中目標。他迫不及待地點進其中一個拍賣網站查看，這款保險櫃的全名是「鋼鐵衛士 SRIII-701」，八零年代末期產品，由德國阿斯登公司製造，但在二零零三年時該公司已轉型成物業保全公司，不再生產保險櫃。

在商品介紹的頁面中，這款保險櫃雖是首次應用可重複電子化六位數密碼，但嚴謹的設計與周密的防護，讓它在業界中有著「不破堡壘」的稱號。雖是有幾分吹噓之嫌的廣告詞兒，但卻讓趙遠聲一顆心猛往下沈。

這款鋼鐵衛士的數字鍵盤，使用的是特殊鍍膜強化玻璃材質，完全不沾附指紋，因此想學電影手法用滑石粉去檢驗哪幾個鍵被按過是不可能的。它也是最早應用「防竊張力玻璃」技術的型號，在相對脆弱的保險櫃門後，安裝有一大片易碎的防竊玻璃，頂住上頭一根粗大鋼門。萬一有人試圖以鑽孔、切割、焚燒的方式來破壞櫃門，裡頭的玻璃就會應聲而碎，鋼門一旦落下，兩端內藏的彈簧拴就會卡死溝槽，無論由裡由外都無法移開，這時唯一打開保險櫃的方式，正如宣傳台詞說的，除非是「把它沉入馬里亞納海溝最深處」了。

最重要的規格參數在這裡：鋼鐵衛士的內容量為八百八十公升。如扣除抽屜、隔板與樂樂所佔去的空間，裡頭保守估計還剩下四百五十～五百公升的空氣。以一名五歲孩童……不，以一名驚慌失措的五歲孩童來看，每小時消耗約二百～二百五十公升的空氣，換算下來，樂樂被關進去後，大概能維持最多兩個半小時的呼吸量。如果是成人的話，數據會降到一個半小時。

（那就用最壞情況去算，樂樂只能待在裡頭一百零八分鐘！）趙遠聲心想。

「樂樂被關進去多久了？」他朝周雨潔吼道。

根據周雨潔的說法，由於今天是借住徐海音家最後一天，加上天氣也不錯，因此想帶樂樂出門散步，到巷口的便利商店買些零食、玩具給他做紀念。不過當他們走出家門不遠，巷內停著的一台休旅車突然開門，她的脖子處被電擊，全身肌肉使不上力，頭上被罩了黑布，連同樂樂都被抓上後座。

因為黑布罩得不是很緊，因此她還是勉強能從下方縫隙看到些狀況。她覺得是兩名男子綁架了他們，然後讓她背對著保險櫃，將她雙手反綁，並將樂樂關入櫃中，接著就離開了。不過他們並沒有對她搜身，因此當聽到對方腳步聲遠去，周雨潔便將外套口袋的手機抖落到地面，然後試著用腳趾觸碰螢幕，先查出自己所在位置後，再通知一一零、徐海音前來。

「到現在大概過了……五十分鐘了。」周雨潔不甚有把握地囁嚅著。

趙遠聲心如刀割。最壞的估計，樂樂還能支撐四十八分鐘；最佳狀況下，或許還能支撐一百分鐘。但……

「這種保險櫃我沒開過，沒辦法。」搭乘警車過來的鎖匠搖頭說道：「連個插內視鏡的地方都沒有，也不能用以前轉盤聽音的方式，這……沒辦法。你們找過原廠的人沒有？」

「原廠已經轉型沒做保險櫃了，台灣也沒有聯絡處。」

「那這保險櫃怎麼會在這裡？問過軍備局了嗎？」另一名警員問。

「軍備局說不曉得這件事，要我們直接去問國防部，他們皮球踢來踢去，我覺得這樣來不及……」

一直在保險櫃旁安撫樂樂的徐海音，拉著一名警員的手問：「我以前跑社會線，聽說過一個保險櫃大盜，你們能不能問他看看有沒有辦法？」

兩名警員互望一眼。「這個……還需要跟上級請示才行。我們做不了主。」

徐海音氣憤地開始飆罵，鎖匠露出一副愛莫能助的神情，轉身要走，但被趙遠聲攔下：「師傅，我兒子被關在裡面，再過四十五分鐘，就要窒息死亡了。你能不能再陪我們一下，等等或許還要請你幫忙？」

鎖匠師傅同情地看了他一眼，點頭同意了。趙遠聲照著手機網頁上的電話，撥了通越洋電話到德國的阿斯登公司，他飛快地以德文說明了自己的來意，並強調有個小孩被關在鋼鐵衛士保險櫃裡，命在旦夕，希望他們能盡快伸出援手。

這通電話在公司內部總共被轉了七次。很幸運地，一位曾經手保險櫃製造、名為安佐格的技師仍在這家公司服務，由他接起了電話，決定了半個地球外的眾人命運：

「施密特先生，我姓趙，來自台灣，我的兒子被關在貴公司製造的鋼鐵衛士SRIII-701裡，沒有密碼，已經過去五十分鐘了，拜託你救救他。」

「趙，叫我安佐格。根據計算，裡面的氧氣含量還能讓他呼吸四十分鐘左右，我和我的同事都會一起協助你們，我相信我們可以及時救出他，願上帝看顧每一個人。趙，先讓人去安撫你的兒子，不要使他恐慌，盡量減少氧氣的消耗。你先把電郵信箱給我，現場安排好兩個人幫忙，需要一台高轉速鑽孔機、四分之一吋鍍鈦六角軸鑽頭、一台效能佳的筆記型電腦、一條十英呎長的RJ-45網路線、一組12伏特車用電池跟電線，盡快讓人去準備。」

趙遠聲飛快地向周遭轉達需求，各人分頭去籌備。

「趙，接下來有四個步驟，務必要仔細地聽。鋼鐵衛士裡面有塊玻璃，千萬不能弄破它，不然這個櫃子永遠打不開了。你先拿起鍍鈦鑽頭，在三點四公分的地方做上記號……」

根據安佐格的說法，鋼鐵衛士出品的那個年代，並未預期到日後的電腦科技進展速度會如此驚人，因此只要透過一些手法繞過次數驗證電路，然後找台電腦運行暴力破解程式，理論上可以在五分鐘內開啟櫃門。

不過為了要接駁內部的電路板，這作法最大的風險是要先在櫃門上鑽出兩個小孔，分別用於電路接線與內視鏡觀察。萬一鑽孔時的震動過大、或是鑽過了頭，都會使防竊玻璃瞬間破碎。

在安佐格的指示下，趙遠聲與鎖匠正戰戰兢兢地進行第一步驟：用汽車電池試著向保險櫃的電路系統輸入直流電，迫使它啟動過電流保護機制，此時由於內部電閘移位，會使得該部位的鋼板支撐厚度變薄，這二十公分見方面積，正是整個保險櫃上下唯一能透過鍍鈦鑽頭攻破的區域，可惜後方卡了個防盜玻璃層，因此無法從這孔位打入空氣。

接下來，鎖匠小心翼翼地量測安佐格所給予的座標位置，開始進行最緊張的鑽孔作業。趙遠聲滿頭大汗，心跳加速得讓他喘不過氣。他頻頻看錶、卻又不敢催促鎖匠，樂樂只剩下三十分鐘的空氣可呼吸了……

「走開！走開！你們全都給我走得遠遠的！」徐海音站起來大喊著。

線上記者也都接獲消息，紛紛趕到了現場。雖然每個人都認識徐主播、也被她悲愴的吶喊給震懾了一會兒。但很快地他們發揮無視本能，攝影師、文字記者都紛紛挑好位置、架設機器，開始準備進行ＳＮＧ連線。

徐海音憤怒地去推開那些記者。「難道他們沒看到，我的兒子被關在保險櫃裡，就快悶死了嗎？我老公爭分奪秒地在搶救他的性命，櫃子裡的玻璃隨時會破碎，你們這些等著看好戲的就不能站開點，讓我們專心地搶救孩子嗎？」

現場來不及拉起封鎖線，只好靠幾位警員將記者們擋在外圍，並用無線電呼叫同僚支援。他們勉強將記者阻隔在十公尺開外，但徐海音仍不滿地一邊推擠攝影機、一邊朝他們怒罵著。

中天新聞台的攝影師看不過去，回罵道：「推什麼推啊？我們現在在做的，不就是妳之前一直在做的工作嗎？」

「妳就去做妳的事啊，讓我們做好我們的事嘛！我們只是報導而已，請不要干擾我們好嗎？」另一位東森女記者嗆道。

台視記者補上一句：「徐姊，妳說觀眾有知的權利，他們現在就是想知道啊！」

反制的雜音太多，徐海音只有放棄了，無力地轉過身去。她走到保險櫃旁，繼續試著跟樂樂說話。不知道是不是錯覺，樂樂的聲音似乎愈來愈微弱了。

莊靜跟攝影師也抵達現場。看到徐海音被圍在當中的窘迫樣，她也楞了一愣。攝影師說道：「是徐姊啊！我們還是先過去……」

莊靜揮手阻止：「你過去幫不了什麼的。你有你的專業，我們現在該做的，就是盡快把畫面傳回去，看有沒有人能幫得上忙。」

攝影師點頭，往前擠了個好位子，架起腳架。莊靜冷眼旁觀一切，整了整衣裳後，拿起麥克風開始進行連線。

此時的阿唐在 Line 工作群組留言，但徐海音沒有心情去點開來看。

「我去問過蕭東才主委了，他就是方夢魚角逐立委那時候的操盤手。他說當年黨部收到一張徵信社寄來的照片，上頭拍到了方夢魚帶著一名女性上賓館。我去找了徵信社，負責人手上的確還保留那照片，雖然只有拍到背影，可是他說畫面相當清楚，應該有佐證價值。他開價十萬元，我不知道葛總會不會批准這筆費用。Mandy 過去方夢魚公司合作的會計事務所，看能不能問出海外公司的一些消息。」

在無比的壓力、煎熬中，鎖匠總算鑽開了兩個小孔，但裡面一片黑暗，加上玻璃會散射光線，因此伸入了內視鏡後，他們還是無法確認樂樂的狀況。

時間緊迫，還有二十分鐘！

●唐人全球整點新聞 吳興街220巷廢棄營區連線直播

莊靜：「主播，各位觀眾。目前記者所在位置，是在台北市吳興街220巷這裡的陸軍廢棄營區內。就在今天下午三點三十分左右，方夢魚案中重要關係人周雨潔，以及本台主播徐海音的五歲兒子樂樂，被不明人士挾持到這裡，並將樂樂關入記者後方的這個大型保險櫃裡頭。各位觀眾可以看到，現場的警消人員正在與時間賽跑，全力設法要將樂樂搶救出來。但隨著時間一分一秒流逝，保險櫃內的空氣只能讓樂樂再呼吸半小時左右。根據現場指揮官的說法，這款保險櫃是八零年代由德國製造的鋼鐵衛士型，如果電視機前的觀眾知道要怎麼打開它，請隨時撥打跑馬燈上的電話，盡快提供線索給我們。也希望全國觀眾能一起集氣，為小朋友樂樂禱告，希望他能夠化險為夷，度過難關。以上就是記者莊靜、攝影藍志方在現場為您直播的最新狀況，把時間鏡頭交還給棚內主播。」

「我聽不見他的聲音了，怎麼沒聲音了？樂樂，樂樂，你跟媽媽說話呀！」保險櫃內兒子的聲音慢慢微弱下去，徐海音又驚又慌地哭叫著。但她又不敢拍打櫃身，怕影響丈夫與鎖匠的援救。

⊙

還有十五分鐘！

全身大汗淋漓的兩人，已經按照德國方面的指示，藉由內視鏡的定位，把改造過後的手機網路線接駁上保險櫃電路板，另一端也插上了筆記型電腦，同時下載了安佐格寄來的程式。但，電腦就是沒反應，一直出現「未順利接駁」的錯誤訊息。

「安佐格，我確定接上了，但電腦就是沒反應。」眼看時間分秒流逝，壓力大到讓趙遠聲想放聲痛哭，語音開始顫抖起來，但他還是勉強自己鎮定回話。半分鐘過後，彼端仍沒有聲音。

「安佐格，你在嗎？拜託了，希望上帝不要在這時候遺棄我們，好嗎？」

「趙，我在這裡，我剛剛跟另一名技師在討論這個問題。我們想也許是那接頭很淺，地心引力的關係使得它接觸不良。我們建議你可以找根細長、堅硬一點的東西纏上接駁線，讓它下方有支撐。還是請記得，不要因此破壞玻璃，祝好運。」

鎖匠找來一根細鑽頭，將電線纏繞上去，重新再接駁一次。這回筆記型電腦端的程式有反應了。

「Super！」趙遠聲興奮地用德文喊了聲好。他迫不及待地啟動破解程式，由六位數的0一直跑到六位數的9，估計五分鐘就能完成。雖然已經聽不到樂樂的聲音了，但趙遠聲相信，只要盡快將保險櫃打開，一定有機會將他救回來。

還有七分鐘！

醫護人員提著氧氣筒、電擊器與擔架在一旁待命。外邊的圍籬似乎被打通了，救護車也開進營區內，以爭取送院時效。

還有五分鐘！

幾位攝影師湊過來想搶拍電腦畫面，但被警員給趕走了。許多記者往前遞來麥克風，想放大徐海音的悲愴哭喊、想聽聽她怎麼鼓舞兒子的求生意志，或是問問她目前的心情如何？眼下這種時候，她還能有什麼見鬼的心情？她還聽見不遠處有記者正對著攝影機信誓旦旦地說，方夢魚那個「漫長的告別」的第四名被害者預告，原來是為了徐主播兒子所精心準備的……這些冷血話語更是狠狠刺傷她的心。

程式從666667繼續往前跑，為何比預期得慢？還有三分鐘！

「安佐格，安佐格！為什麼它現在才跑過一半？我兒子只剩下三分鐘啊！」

「趙，我們一定做得到的，你要相信上帝已經做了最好的安排。我與我的同事，都一起跪下來祈禱著，你的孩子一定能平安歸來。你也要保持信心。」

還有一分鐘！

趙遠聲眼眶泛淚，恨恨地詛咒電腦速度太慢。柳亦君也趕來了現場，抱著周雨潔哭了起來。莊靜蹲了下來，摟住徐海音的肩膀：「徐姊，全國的觀眾都在為你禱告，一定要堅強好嗎？」

幾乎各家電視台都貼心地在直播畫面角落加上了時間倒數，甚至還精確到毫秒讓數字快速跳動更具張力。剩下的三十秒倒數，現場所有的人，包括電視機前面的觀眾，都屏氣凝神地等待著。

五、四、三、二、一……時間歸零，但數字卻只跑到「89993」。這該死的凶手，竟然用這麼後面的位數來設定密碼。

徐海音再也承受不住，跪地嚎啕大哭著。莊靜也紅了眼眶：「我們一起等待奇蹟發生，好嗎？」

阿唐的Line訊息還在發送著，但徐海音仍沒有理會：

「徐姊有看到嗎？請回覆一下。Mandy打電話給我，說掌握海外三家子公司的，是方夢魚的作為最大股東的那間『長鄰有限公司』，但我上網查了，覺得很奇怪。它在前兩年做了一次增資，孫思彤跟方夢魚的股份都縮水了，新增了周雨潔進來，持股25％，還比孫思彤多5％。我覺得柳亦君這人不簡單，可能要提防一下。」

各家新聞台的時間倒數畫面都停留在「零分零秒」，連線記者們不知道該說什麼話，現場也無人願意受訪，只好硬找了些空泛詞語帶過，焦點畫面則在電腦與保險櫃間來回。

又過了三分鐘，電腦數字跑到了「97498 1」停住了，出現解碼成功的訊息。緊接著一聲「咔吡」氣壓釋放聲音，保險櫃的門緩緩地開了一條縫。徐海音衝上前去，拉開櫃門，想把樂樂抱出來急救，但……

裡頭竟是空的！只放了一支MP3播放機跟小型喇叭。

徐海音震驚地看著眼前這一切。後方的記者也蜂擁上來搶拍畫面，不過看到裡頭竟是空的之後，全都難掩臉上失望神情。

「遠聲，快回家裡看看，樂樂是不是在家？」徐海音轉頭喊道。趙遠聲點了點頭，轉身往外跑。兩名員警跟著他，幫忙以警車開道。

腹中前所未有的絞痛感傳來，痛得徐海音彎下腰，推開記者遞上的麥克風，找了塊空地坐了下來。她腦子裡還沒辦法運轉起來，細想這裡頭的問題所在。其實她已經不在意了。只要樂樂平生不要經歷過這麼恐怖的事情，就算自己這麼痛上三天三夜她也不在意。

發現是虛驚一場後，記者們紛紛轉向周雨潔、現場指揮官打聽整起事件的細節，也有人問起樂樂的下落。周雨潔說道：「原本放我口袋的徐姊家鑰匙不見了，也許他們把樂樂真的帶回家了。」

十多分鐘後，現場的人員陸續撤離。警方聯絡鑑識人員，要他們來現場採集跡證。莊靜好心地想帶徐海音離開，不過她的胃仍絞痛，謝絕了她的好意，也拒絕上救護車照護。

「老毛病了，讓我放鬆下來，一陣子就會好。」徐海音說。

周雨潔回答完記者的問題，擔憂地看向她這邊。徐海音想著，不曉得她是哪根筋不對了，怎麼老是給周遭的人找麻煩？也許是該對她好好發一頓脾氣，這樣大家的心情都會好過些。

由於附近開始出現看熱鬧的民眾，為了避免現場被破壞，員警們拉起警戒線，要求相關人員回去製作筆錄。

趁著現場人力逐漸稀疏之際，柳亦君走到徐海音身旁，附耳說道：「徐主播，樂樂可能不在家裡。保險櫃裡有寫一行字，要求妳帶錢去贖他回來。」

徐海音心中一驚，連忙站起身，走近保險櫃：「寫什麼？在哪兒？」

「在角落，稍微蹲下去些，用手機照光看。」柳亦君說。

徐海音半踏入保險櫃內，掏出手機點亮螢幕，看向角落處，但仍沒有發現任何字跡。正當她要轉頭詢問時，她的後頸處突然傳來一陣刺痛電流，讓她全身肌肉快速抖顫無法施力，接著後腰處被人狠狠撞了一記，她整個人踉蹌地跌入保險櫃內。

徐海音朝這明亮人世投來最後一瞥，觸目所及的一切彷彿都成了慢動作：幾步之遙的員警發現異狀，轉身正要撲上來；周雨潔看向自己的意味複雜目光；其他記者朝外頭走的三兩背影；柳亦君猙獰的面孔，右手移開了電擊器，左手一把用力關上了保險櫃的門。

黑暗中，傳來了令人絕望的清脆聲……柳亦君用力將支撐接駁電線的鑽頭往內敲入，防竊玻璃應聲而碎。緊接著「哐啷」一聲，那支粗大的鋼閂落下，兩端彈簧栓隨之彈開，深深卡入了保險櫃的兩側鋼板，向世界宣告，這個櫃子再也無法於內容物完好的情況下被開啟了。

警察迅速地制服柳亦君，奪去她手上的電擊器。其他人包括周雨潔都愕然地看著眼前的變故，空氣中一片死寂。保險櫃內，徐海音清醒過來，求救聲、拍打聲、尖叫聲開始變得密集，柳亦君看向眾人，冷冷地說道：

「方夢魚的最後一個作品，這就是『漫長的告別』！」

方夢魚血案後續大事紀

二〇一四年十一月：徐海音的兒子樂樂在家中被尋獲；柳亦君被羈押禁見，但如方夢魚般始終保持沉默；徐海音之死令輿論大嘩，司法院表示將速審速結

二〇一四年十二月：唐人全球電視台製播徐海音追思特輯；趙遠聲在四大報紙頭版刊登廣告，指出方夢魚案中多項疑點，要求警方重啟調查。

二〇一五年一月：周雨潔以方夢魚私生女身分，委託律師爭取遺產，並與孫思彤對簿公堂。

二〇一五年二月：趙遠聲帶樂樂前往台北地檢署遞狀，控告周雨潔涉嫌殺害曾倚；檢察官對周不起訴處分。

二〇一五年四月：柳亦君一審被判無期徒刑；趙遠聲在法庭外抗議，指控周雨潔才是幕後真凶，並再次遞狀控告周雨潔涉嫌殺害徐海音。

二〇一五年五月：台北地檢署對周雨潔不起訴處分。

二〇一五年六月：台北地院一審確認周雨潔繼承權存在，可與遺孀孫思彤對分遺產。孫不服提起上訴。

二〇一五年九月：柳亦君二審被判無期徒刑，檢方提起上訴。趙遠聲以發現新事證為由，遞狀控告周雨潔遭駁回。

二〇一五年十一月：周雨潔成為「長鄴有限公司」代理人。

二〇一六年二月：方夢魚爭產一案，高等法院維持原判，孫思彤提起上訴。

二〇一六年八月：周雨潔宣布放棄繼承權，方夢魚財產全歸孫思彤所有。

二〇一六年十一月：趙遠聲對周雨潔提起民事訴訟，並提出兩億元假扣押申請，但遭駁回。

二〇一六年十二月：柳亦君三審被判處無期徒刑定讞。

二〇一七年四月：周雨潔歸化新加坡籍。

二〇一七年九月：阿唐在 flyingV 集資網站提出籌資三百萬元拍攝紀錄片《海角迴音—記方夢魚案真相》，十二天便籌集到二百五十萬元；周雨潔委託律師以「妨害名譽」為由寄出存證信函，flyingV 網站將此紀錄片項目下架。

二〇一七年九月二十二日　後記

三年前曾轟動全台灣的方夢魚血案，因為一部《海角迴音》紀錄片，再次喚醒大眾的記憶。當年隨著被害者遺體陸續曝光，竟也使得兩位優秀的媒體工作者因而殞命。但由於落網凶手始終不願吐露真相，因此全案即使在落幕後，仍有許多疑點未獲釐清。非凡新聞台為此走訪當年追查此案的記者李宗唐，請他談談拍攝記錄片的初衷，並由他的角度來重現當年事件真相。

大家都叫我阿唐，其實我不姓唐，我全名是李宗唐，不過大家叫習慣了也很難改口。還是叫我阿唐吧！我是在二〇一五年三月離開唐人全球的，大學同學找我去搞個網路行銷公司，我想說既然電視台內的熟人都不在了，對裡頭的勾心鬥角也很厭煩，那就去吧！

那時候趙遠聲其實有一直找我，想蒐集證據幫徐主播伸張正義。我們電視台不少人，包括葛總，也都全力支援。但愈往下查就愈發現，這是一個耗時許久、布置精密的「局」，要蒐集到能扳倒幕後黑手的證據，難度非常高。好吧，我承認，當時的我真的是心力交瘁了，之所以離開電視台，跟趙遠聲走火入魔似地在尋找可用材料、一心一意只想為徐主播復仇也很有關係。他當時找我找得太過頻繁了，說真的，滿大的程度影響到我的工作，甚至生活。

後來的事你們也知道了，就在社會上沸騰了一陣子，很快就失去了鎂光燈的關注，相關人等都累了、倦了、厭了，但我知道趙遠聲還是很執著，接連提出三、四次告訴但都被駁回。因為拍記錄片的關係，我們後來見過一次面，他變得很……陌生，一臉憔悴、憤世嫉俗，聽到有誰勸他「放下」就跟誰翻臉。但說真的，不管誰看到他，腦海裡除了這兩個字外，很難給他什麼好建議。我覺得，以前我認識的那個「趙遠聲」，在徐主播被關進保險櫃的那一刻，就已經死了吧！

離開電視台兩年後，有一次跟客戶約在外面咖啡廳開會，開到一半，突然聽到背景音樂在播放里歐娜的老歌〈Yesterday〉。你聽過嗎？「……他們可以奪走我們無法企及的未來，他們可以隱藏那些我們說過要去的地方，破碎的夢帶走了一切。把它帶走吧，但他們永遠無法擁有昨天……」聽到那久違的旋律後，我跟客戶說，煙癮發作了，容我去外頭抽根煙吧！一推開門，眼淚就不爭氣地撲簌簌流了下來。我那時候才知道，其實我跟趙遠聲一樣，這麼多年來，並沒有把徐姊的事完全放下。

我跟趙遠聲重新取得聯絡，把以前案情相關的材料都找出來，廢寢忘食地重新檢視過。其實我們手上的證據很少，也難怪不管提出什麼樣的控訴，老是被法官以「證據薄弱」為由打回票。我們的證據有：

當年徵信社拍到的方夢魚外遇照片。趙遠聲用五萬元買下來了。裡面其實只有拍到外遇對象的背影，而且距離有點遠。不過從外遇對象的身形與裝扮來看，應該不是孫思彤或柳亦君，而是周雨潔的可能性最大。

提出方夢魚不在場證明的醫師。但不管我們怎麼威脅利誘，他為了避免惹上麻煩，對外始終說自己記錯日期了，不肯出面作證。因為個資法的關係，也沒辦法調出病歷，但我還保留他當時的錄音檔案。

被留在保險櫃裡的樂樂錄音檔案，經過聲紋比對也確定是樂樂的聲音。趙遠聲一口咬定，這是某天周雨潔在他家時，故意將樂樂關進衣櫃時側錄下來的。但檢察官認為這頂多只能算是間接證據。

長鄰公司控制海外資產的證明。透過會計師追查，我們發現周雨潔想要掌控的，是海外三家子公司的七點五億資產。事後證明，她也是透過海外假交易的方式，把子公司的資產全都轉移到新加坡，最後為了避免官司牽連移民申請，索性連繼承權都放棄了。

周雨潔曾經不只說過一次：「這個世界從來就沒有巧合。所有的偶然，不是人為就是命運的安排」。這句話，就是全案的關鍵。她跟方夢魚同在一所大學、她是方夢魚的被害者與女兒、方夢魚臨死前還想寄東西給她……這一切當然都不是巧合。

這麼說好了。柳亦君、周雨潔這對母女，想藉由方夢魚被害者遺體陸續曝光，逐步操弄媒體跟輿論，以達到「確認身世進行爭產」與「嫁禍孫思彤」這兩個目的。如果順利的話，那自然是最好。但若計畫一旦失敗，就讓柳亦君擔任防火牆的角色來犧牲。

柳亦君在全案的角色也很奇特。她對外講的話永遠是三分真、七分假，試圖施放煙霧彈來混淆真相，就跟她用假身分 Call in 進電視台一樣，三件事裡只有周雨潔的身世是真的。她說的「與方夢魚有十多年未往來」若是真的，那麼方夢魚書房裡的廣口瓶又是誰放的呢？

第二個吸引我注意的是，為什麼廣口瓶暗示的順序跟遺體出現的順序不一樣？如果沈玉婷被截去舌頭後，應該要被放到海商大樓的獅頭雕像裡，但為何是曾婍給代替放上了？

我想是因為天兔颱風的關係。因為颱風來襲，海商大樓的外牆工程還在工程保固期，給了柳亦君、周雨潔有了前往保養維修並置入人頭的機會。但為什麼不照原訂計畫放入沈玉婷的頭顱？因為當時沈玉婷的藏屍處，也就是台北橋下堤防正淹水，無法接近。沒錯，我想，她們刻意將兩具屍體放在同一處，就是為了避免警方會查驗出曾藏屍的跡證，於是索性放在一起。

你們還是想不通這來龍去脈嗎？是的，這就是我想拍一部影片的初衷。我們就把當年所有的計畫、犯行找人來演過一遍，我想大家就會清楚裡頭的細節了。

我打算怎麼拍呢？我想，我會用個假想角色，用說故事的方式來進行。嘿，我可沒有影射誰，這純粹是假設的劇本。我再重申一次，我打算拍的不是「紀錄片」，而是「劇情片」，如有雷同純屬巧合！就當我是在說一個童話故事，關於一個單親小女孩的努力成長的勵志過程吧！好的，內容大概是這樣的：

很久以前，在新北市三重區有個小女孩，一直納悶為何別人有父親，但卻自己沒有，生長過程中也常遭受多次霸凌事件，讓她始終鬱鬱寡歡。某次父親來找她，透露原來是自己的母親有了外遇，這父親覺得小女孩樣貌不像他，偷偷去做了DNA親子鑑定，發現真相後，便與母親離婚了。小女孩這才知道，原來母親是跟工作上的某位長官有染，但礙於對方的背景跟強勢元配，母親跟自己是永遠沒辦法得到名分的。母親養得起孩子，長官也弄了間公司給她經營，並以自己的職權讓她外包不少業務。

雖然算是衣食無憂，但小女孩對長官卻有著深深的恨意，認為是她將父母的愛與自己的童年、未來的幸福都給剝奪了。之後長官有了錢想掌權，為了從政，刻意與母親疏遠，母親對此也頗不滿，她一直希望小女孩有朝一日能認祖歸宗，但長官與其元配絕不可能讓此事成真。小女孩長大了，她原本可上清華大學的成績，只願低就到師範大學，因為她已調查清楚，那名長官就在這裡任教。

那位長官其實是有才華的，過去在學術界、業界有不少知名作品，而長官元配的娘家又有政治影響力，為他在公家機關的投標給予許多助力。但隨著委托案大幅增加，他很快便江郎才盡，是小女孩的母親燃燒自己，為他捉刀催生許多作品而不具名，從「德國工藝」到「日式工法」的風格轉變，來得突兀卻也博得許多好評，甚至連期刊論文其實大多也是出自母親與學生的手筆。這是小女孩掌握到的第一個把柄。

小女孩在校園中刻意接近那位長官。她從母親那邊知道長官的喜好，很快地與長官混熟了，不過長官當然不知道小女孩的真實身分。為了製造第二個把柄，於是小女孩與長官發生了不倫戀。由於當時長官想從政，想維持自身良好形象，因此對於這戀情格外低調，保密到家，這正符合小女孩的期盼：她跟長官的畸戀愈少人知道，未來計畫實施就愈少人起疑心、殺傷力也就愈大。長官當時有了選立委的機會，不過小女孩擔心長官一旦掌握實權，復仇計畫就沒那麼容易實施，因此自己委託徵信社，拍攝自己與長官上賓館的背影照片，然後交由同黨競選者揭發，於是長官從政的計畫就給破壞了。

將近兩年多的相處，加上從母親處獲得的資訊，小女孩得知長官由於半公務員的身分很敏感，因此一直有計畫地讓關係企業將大量資金轉往海外。為了易於掌控，長官以其中一間自己佔股最多的Z公司作為主體，只要掌握這家Z公司就等於掌握了海外資產。小女孩決定將這間Z公司作為主要爭奪目標。

小女孩知道，自己需要一個「證實身世」同時「陷害長官元配」的縝密計畫。長官元配很重要，除了扮演被陷害入罪的角色外，她也是要脅長官的一枚棋子。若貿然殺害她，之後自己獨攬所有遺產，反而會惹來更多質疑與調查。還不如只設法奪下那家Z公司，把海外資產都轉移到自己口袋裡，檯面上的遺產索性都不要了，這樣更能達到掩人耳目的效果。

但這個計畫要成真並不容易，必須要有「媒體」，包括電子媒體、觀眾輿論跟網路風向的推波助瀾才有可能成功。但在台灣，只有一具屍體，是吸引不了媒體的關注的。此外，大家都對「倖免於難」的受害者有著高度興趣。對了，最後還要滿足大眾的獵奇心態，搭配高潮迭起的劇情能讓電視台持續炒作，這樣才能主導輿論走向，吸引大眾目光。

不過小女孩手上只有兩個把柄，雖然能讓長官身敗名裂，但還無法讓長官乖乖就範。於是，一個個詭異的屍體公共藝術，跟觀眾們躍躍欲試的「尋屍謎題」遊戲—這些謎題還兼具陷害長官元配的效果——此時便在小女孩的腦海中成形了。

為了獲得母親的協助，小女孩向母親坦承了所有計畫。不知道母親是多麼的震驚與不捨，也許出於苦衷、補償心態或是共犯心理什麼的，這部分咱們不著墨了，反正母親決定支持了小女孩的計畫，同時願意在計畫失敗後，扮演最後的防火牆角色。經由母親的協助，她們找到了兩個由母親公司掌控、可能做手腳的工程：一個是某棟商業大樓的外牆工程、另一個是某座橋下的美化工程。

趁著某次長官參加喜宴、正酒醉不省人事的時候，小女孩將他的車開到了之前她曾觀察過的商業大樓停車場。然後小女孩找上之前選定的被害者A，她是家庭美滿、熱心助人且容易制服的女性。

小女孩捏造個理由，請被害者A到停車場幫忙。因為之前進行大樓美化工程時，被害者A跟小女孩有一面之緣，所以當時雖然正下班要離開，但還是欣然前往。小女孩趁被害者A不備時，用防身電擊器使她失去行動能力，再以電線束帶勒斃了她。為了讓場面更震撼，小女孩故意割下被害者A的舌頭、並用刀子刺入被害者A胸腹處，讓大量血跡沾染上長官衣服，同時故意用長官手指在被害者身上抓出血痕，讓長官的指甲裡留有被害者皮肉。當然，刀子也被握在長官手上。

長官清醒後，看到自己身邊多了一具屍體，當然是驚慌不已。想要立刻報警，但看到身上有這麼多被害者的跡證，卻又遲疑了。這時小女孩現身，表示長官是在半清醒狀態下殺害了被害者A，自己全程親眼目睹，但願意幫忙掩飾蹤跡。雖然長官半信半疑，但在小女孩力勸下，加上很難估計被警方調查的後果，長官最後採納小女孩意見，打消報警念頭，把被害者A的屍體載到鄰近正在進行的橋下施工處涵洞，待日後灌漿時埋入壁面，同時清洗自己身上的汙漬。原本小女孩應該要割下被害者A的頭顱，不過怕長官起疑心，暫時打消了念頭。為了掩人耳目，長官隔天還親自到橋下補強了工程，因此小女孩只能耐心等待下一期工程開工時，再來進行屍體加工。

小女孩以「封口」名義，向長官要求入股Z公司，長官跟長官元配後來妥協了，藉由增資方式讓小女孩入乾股，但長官也在提防小女孩，堅持要握有55%股份，他心想加上自己老婆的20%股份，不管任何人有所圖謀，也不可能取得主導權。若當時他們知道小女孩的真實身分，肯定就不會想得那麼簡單了。這也是小女孩所期盼的：25%的股份，正是長官不會起疑、但未來獲得繼承權時，卻剛好能壓倒元配、取得公司的經營權的最佳比例。

此後，長官覺得不對勁，刻意地疏遠小女孩。為了營造出殺人魔形象，小女孩決定再尋找下一位犧牲者，或許她也想滿足自己的殺戮心態？她知道颱風來襲前後，可以藉由檢查、保修名義，再次進入商業大樓，埋設自己所需要的「素材」。因此她下手殺害了以前曾在打工場所霸凌過她的被害者B，打算趁著將兩位被害者屍體埋在一起，並將被害者A的頭顱割下，按照計畫放到商業大樓的雕像內。

不料天不從人願，第二次殺人出了兩個差錯。第一個差錯是致命的，因為故意疏遠沒有聯絡，小女孩沒注意到當時長官在照顧母親，竟然有了不在場證明！第二個差錯是，因為颱風來襲，淡水河暴漲，使得水門外地面都被淹沒了，沒辦法進行換屍計畫。因此小女孩也只有將錯就錯，將被害者B的頭顱放進雕像內，並將屍首放入塑膠箱中，運回祖厝存放。待橋下美化工程復工時，與母親兩人偷偷將其埋入壁面裡。由於心中有鬼，當時長官不許其他人碰這段壁面工程，他一直以為裡頭只被埋入了一具屍首。

在小女孩的藍圖裡，因為前兩起案件的屍首沒有曝光，只被定義成失蹤案件，所以被害者C最好能有點小名氣，能夠讓警方更積極地進行尋找。因此小女孩鎖定了一位上過歌唱節目的被害者C，她常到小女孩打工的餐廳，仗著有幾分名氣對同齡的她冷嘲熱諷，加上出身自小女孩最厭惡的圓滿家庭，因此就順理成章地成為下一個被害者。

雖然按照小女孩的計畫，被害者C不需要再大費周章地埋置在工程建地裡，但為了能將調查矛頭指向長官元配，因此小女孩趁著長官家中無人，藉著偷打來的長官家鑰匙，把放有被害人器官的廣口瓶藏在他的書房裡，同時開出長官元配的車，將被害者搬上後車廂，回程時故意在環河南路上超速，製造一張被拍下車牌的交通罰單，並把長官元配放在車上的行照、駕照給拿走。

小女孩將車開回長官家中，然後通知長官前去處理。由於當時長官元配仍被蒙在鼓裡，因此長官知情後大怒，但卻又不敢聲張，唯有一錯再錯，照小女孩指示，將被害者C載運到小女孩老家，在她的協助下完成埋屍。小女孩之後請人拿著行照到監理所補發罰單，再放到被害者C手中。注意了，因為開始搜尋屍體是在長官落網後半年才展開的，此時離當初埋屍已經有一年左右的時間，不管是馬路、商業大樓或便利商店，沒有一台監視器調得到影像，唯有放在監理所的這份影像是可以被調閱的。這一點自然也是在算計之中。

此時長官左想又想，覺得被小女孩牽著鼻子走，後患無窮。於是動了殺機，決定將小女孩除去。其實這也早在小女孩的預料之中，因此她在家裡設有監控設備。當時正值期中考，她看到長官偷偷躲進家裡衣櫃中，所以來個將計就計，故意以即時通訊方式與同學聊天，並適時地放出自己被偷襲的消息。但實際上，她早已回到家裡，與長官進行談判。

她將手上所有的底牌都揭露出來了，包括她的身世。長官這時才赫然知曉，原來除了自己的專業形象蕩然無存外，自己竟然還犯下了亂倫獸行，而且與謀殺案也有著說不清的牽扯：前兩名被害者埋屍在自己經手的工程裡，第三名被害者還是被自己親手埋葬的！他直到此刻才明白，自己陷入了精心安排的陷阱裡。小女孩更進一步地，要求長官自殺，不然下一步她將會對長官元配下手。怒不可遏下，他決定出手殺掉小女孩以絕後患。但卻不知，小女孩早已經偷偷地請同學報警了。

為了避免受到更大的傷害，小女孩故意把電擊器放在長官觸手可及的地方。她被電暈扛下樓後，長官隨即被警察逮捕。由於自己與案情有著藕斷絲連的關係，加上小女孩的母親以工作業務名義探監，暗示長官若亂說話，將會被抖出更多讓他生不如死的秘密，而且長官元配的性命也將不保，因此在一審前，長官保持緘默不言，對任何人都不願透露絲毫真相。

之後長官承受不住排山倒海而來的壓力，加上小女孩母親的脅迫，於是自殺了。這個時間點控制得很好，不太早也不太晚。不太早是因為這是監視錄影無法調閱、線索被湮沒、目擊證人無法記憶的時間帶；不太晚則是因為長官元配來不及將遺產完成轉移，屍體也不會腐化太過。最重要的是，這是一則台灣人會感興趣的頭條新聞。

決定選擇這一步，長官想必也是經過深思的。在證據、輿論全都不利於自己的情況下，就算他把事情全部抖露出來，警方未必會相信他，這種重大案件更不可能輕易重啟調查，而且很快就會讓元配陷入險境、自己的其他秘密也全都被公開的狀況。這裡我偷偷爆個料，聽說當時長官自殺前，曾寄了三封自白信給檢警，但不知道出於什麼原因，最後都沒有公開。

在我的劇本裡，長官是選擇吞下乾電池的方式自殺的。為什麼要用這麼痛苦的方式？因為這可以延長保外就醫的時間，二來可以吸引媒體注意，長官試圖做其他安排來保護元配，讓她不要遭受小女孩的毒手，但卻又不能給予太明確線索，反而會讓小女孩先動了殺機。因此長官在臨終前，給出了「第四名被害者」的暗示，以及「去找小女孩」的訊息，希望聚焦大眾目光，讓小女孩不敢輕舉妄動，也讓元配能有提防。

對小女孩來說，正好將計就計：「第四名被害者」變成了讓母親充當防火牆時派上用場的掩護。其實是一個隨機的人物，但若這被害者的名氣愈大、給社會的震撼也愈大，對轉移其他人在小女孩身上的注意力當然愈有幫助。這樣設計還有另一個好處：即使母親落網後，只要行使緘默權，別人只會以為這一切都是長官原先的安排。

究竟長官寄給小女孩什麼東西呢？這已無從考起。但可以確認的是，小女孩藉由這次機會，讓自己變成「新聞名人」。長官給她的東西，與她實際拿出來的東西，絕對是不一樣的。而這個東西也拉開了尋找被害者遺體的序幕，讓小女孩站上了舞台。

被推上螢光幕前，小女孩與母親聯手，開始在電子媒體、網路上進行輿論操控，她們算準時間丟出夾帶真訊息的煙霧彈。小女孩希望能更接近媒體圈，除了可以搶先得知新聞風向外，也期待當警方、記者碰到謎題瓶頸時，能適時給予暗示。小女孩不相信台灣記者與警察的智商，萬一因為他們太笨而遲遲找不到遺體，使得輿論冷卻下來，那麼之前一切的辛苦就白費了。還好，小女孩幸運地碰上一位聰明的女主播，但因為電視台的卡位鬥爭，竟然還意外地讓她住進了女主播的家，對於刺探媒體、警察的動向更有幫助。

第一位被害者遺體被掘出，劇本還大致照著小女孩規劃的方向走。有些細微的線索隱隱指向長官元配，同時小女孩母親也適時提出小女孩身世的質疑。為了顯示自己原本不知情的立場，小女孩配合「觀眾知的權利」，請警方鑑識單位比對DNA，確認與長官的父女關係，這可是日後爭奪遺產的重要官方認證。

但小女孩的操作過於急切，很多牽扯到長官元配的線索，釜鑿痕跡太過明顯，為了轉移焦點，加上電視台團隊有人碰觸到部分真相，所以小女孩決定將一名導播除去。趁女主播與導播前往探尋第二名被害者遺體下落時，小女孩通知母親，讓她偷了一台車，伺機撞死了那名導播。隨著第二名被害者遺體重見天日，觀眾的注意力被吸引過去，電視台想深入調查的動作受阻。

不過這個計畫走到後來有些失控，加上長官元配跳出來大力反擊，調查的矛頭慢慢轉向小女孩母親。因此她決定一肩扛下所有罪責，用最轟轟烈烈的方式，把所有焦點都聚集在自己身上。為什麼要選擇女主播作為「第四名被害者」呢？除了她本身的名氣外，或許那時候女主播已經覺得小女孩不對勁，正打算蒐集證據來揭穿她的假面目吧！但終究還是慢了一步，踏入了死亡陷阱。

小女孩的母親知道自己絕對過不了檢警問訊那關，而且也有意承擔長官共犯的罪責，所以就如長官當初那樣，不請律師、也始終保持緘默。但由於時日已久，加上小女孩原本就是與母親共同犯案，而事前兩人已將所有跡證銷毀。在缺乏人證、物證的狀況下，小女孩得以逍遙法外。

雖然沒有成功讓長官元配入罪是一大敗筆，但之後小女孩仍藉由訴訟取得了Z公司所有權，並以代理人身分先一步轉移了海外資產，之後還取得了外國籍。但她從不以為可以高枕無憂，因此對於國內後續追尋真相的打壓不遺餘力，如果有不利自己的言論，便動輒請出律師團來處理。

從此，小女孩過著幸福快樂的日子。

以上，就是我自己憑空想像的童話故事。我知道，也許跟實際的案情有出入、情節有些牽強之類的，但是我找不到更多的線索可以拼湊出真實的面貌了。所以我跟趙遠聲先生商量後，決定用集資的方式籌措資金，把這些故事拍成一部劇情片，拿到網路上播放，讓更多人感興趣，進而能協助我們找出完整的真相。

是的，你可以把這支影片當成是我們的公開呼籲，如果有觀眾對這樣的情節感到很熟悉，而你的手裡也有可以佐證的材料，也許是你曾經在學校看過長官與小女孩在一起的身影、也許你留存了一段可疑的行車記錄影像、也許是你賣出了那個中古保險櫃……

諸如此類的，都歡迎你隨時提供資料給我們。

我不知道今天錄的這段採訪能不能順利播出，也許明天有個小女孩又會花錢派出一個律師團跳出來制止你們。沒關係的，如果真的發生的話，或許你們可以幫忙轉達：不管眼前的黑夜有多漫長，我們會耐心等待、我們會做好準備、我們會堅持到底，這個島嶼總會等到天光的。

有時候我常會想，究竟誰才是真正的第四位被害者？不只是方夢魚、徐主播或柳亦君，其實我、其他同業、觀眾、網友，也是另一種意義的第四名被害者，或說是加害者吧！

今天採訪差不多到這裡了喔？……對了，如果可以播出的話，能不能把徐主播以前的那句收場白剪到最後面去？我想她應該會很高興的。而且讓人感覺這故事彷彿仍在進行著，還沒到曲終人散的時候呢！

感謝您收看《新聞透視眼》，我是主播徐海音，祝您今晚有個美夢。再會！

解說／「台灣的黑霧」創建者，昇華獵奇犯罪美學的藝術家

喬齊安（Heero）

新聞記者述說他們自己知道並非真實的事，他們希望，只要繼續不斷重複他們所說的，假的便會變成真的。——A．Bennett（英）

臺灣的推理小說發展，自九零年代網路興起後進入一個新的次元。八零年代的《推理雜誌》、林白出版社為推理迷提供了成長茁壯的養分，而一九九四年成立的皇冠大眾小說獎是華人圈的一大盛事，高達百萬的鉅額獎金與讀者導向的評選策略轟動一時，在七屆的賽事中為臺灣培育出無數當代職業作家，更在競爭中為有志者「長篇小說」的寫作經驗打下堅實的基礎，幾位後來有在持續創作的首獎得主，如臺灣推理作家第一把交椅的既晴；文學、軍事、歷史、劇本等信手拈來皆為佳作的張國立等都成為文學界標誌性的暢銷名家。在這之中，也有那麼一位曾經震撼無數讀者，卻意外地銷聲匿跡多年，直至這幾年正式復出的「隱藏版高手」——本名鄭惠文的天地無限。

天地無限早在學生時代便在全國大型賽事中奪下亞軍，早早展現創作天賦。

一九九五年於《推理雜誌》上發表短篇作品〈月蘭橋畔〉打響聲名，隨後憑藉《血讎的榮光》與《第四象限》兩部長篇力作連續攻入皇冠大眾小說獎決選，成為文壇當紅炸子雞。爾後數年，他陸續在小知堂、皇冠雜誌發表高素質中短篇，但因為在IT本業中面臨獨立創業的挑戰而不得不暫時徹底停筆。直到二零一二年，事業穩定後以中篇推理〈舉手之勞的正義〉風光拿下第十屆台灣推理作家協會徵文獎首獎，宣告重現江湖！隔年再以〈雨季．日記〉勇奪第一屆金車微推理極短篇首獎，並於POPO原創出版電子書《703哨所》，轉眼間又活躍於臺灣推理大舞台前，獲得筆者的高度認可與期待，誠意邀約加入尖端出版「推理無國界」的作家陣容中，期以穩定的創作環境，給予這位傑出作家揮灑才華以饗讀者的空間。

綜觀天地無限的小說世界，「逼真寫實」與「走在時代尖端」是最大的特徵。故事中出現的警察、記者，其思維與調查方式，絲毫不讓讀者感到不協調、裝模作樣之處，活脫脫就是個生活在你我周遭的「臺灣人民」。筆下人物無論男女老少，美麗島事件、正風專案、BBS、網咖…隨著不同年齡層角色的出現，你會看見屬於他們那個年紀應有的知識、流行話題，恰如其分地出現在該出現的位置。不會有人是為了假嫌犯的用途而刻意製造的棋子。本格推理較為人所詬病的「幻想性太強」劣勢，在他的小說中從來不存在。即使故事中可能出現匪夷所思的驚人詭計，卻總能在真相中說明得合情合理。有好萊塢的轟動氣勢，卻沒有紙上談兵的天花亂墜，本作《第四名被害者》的各個層面正是最佳的案例、只能以「高竿」形容的寫作能力。作者長年來持續觀察與關心著臺灣社會的時事與焦點話題這一點是我所見最厲害的一人，新聞不只是「看」，更要去思考著背後的意義與可發揮空間，天地無限在日常生活中的所作所為，都是有志創作者需要學習的典範。

觀察新聞時事的準備，往往成為激發靈感的來源。一九九六年「柯媽媽」的長年努力催生了汽車強制責任保險法，也孕育了《血讎的榮光》的生命力；二零一一年「江國慶冤案」判決後沒有主事者受到懲罰，熱血網友們除大加撻伐還自組臉書社團發動「跟監」，一時間人人無法信任司法的想法也悄悄地在〈舉手之勞的正義〉集結為巨大的力量。而《第四名被害者》更將這種思路發揮到極致，臺灣特有的名嘴文戶、電視台頻道太多的惡性競爭、記者工時過勞等媒體亂象完全融入進小說裡，開創出「媒體辦案」的嶄新與壯大格局！記者為了收視率與自己的虛榮心違背良知偷跑獨家，卻不知道自己早落入狡猾罪犯的天羅地網中……天地無限敏銳的「清張之眼」，以及將人盡皆知的新聞事件轉化為社會派警世寓言的本領，不僅傲視文壇，更是僅此一家別無分號！

松本清張是日本文學界的偉大人物，當年他的出現一舉顛覆本格派盛行的浪潮，確立了文學寫作裡「社會派」的新領域：既是小說，又像是報導文學。《日本的黑霧》大膽探討一九五零年前後盟軍占領日本期間發生的許多奇怪事件、冤獄黑幕，清張記錄了時代的禁忌，「黑霧」成為流行語。天地無限的小說即使不是以真正的懸案來改編，但他將書中的背景描述得太真實了，本作核心所在的「方夢魚連續殺人案」是名嘴、新聞人員、網友熱衷討論的話題，當這個話題與二零一四年太陽花學運、九合一選舉等重大事件那樣被人琅琅上口、渾然天成之際，也自然就像捷運殺人狂鄭捷一樣深深植入每一個讀者心中。回顧起天地無限先前的創作成果，如《第四象限》裡過去二十年的離奇編號殺人與現代重生的模倣犯。一起起駭人聽聞的殘酷命案原來只是我們以前不知道，藉由作家之筆掀開粉飾太平的帷幕，屬於「台灣的黑霧」就此啟動：天地無限在臺灣的現代史書上補遺了神祕的黑歷史，朦朧霧中逼使我們去正視那些不願面對的悲劇。或許沒有書上那樣波瀾壯闊，但誰敢說，這些袒露赤裸人性的邪惡犯罪者不可能存在呢？或許，只是用另一種不為人知的方式所實行著：閱畢作者筆下的「完全犯罪」，想必令人心有戚戚焉。

天地無限幾部小說的真兇往往不太令人意外，一方面他不寫沒有存在意義的多餘角色，另外比起追求騙倒眾人的逆轉，他更追求整體故事的合理化與人性的著墨。但擅長寫實可不代表他寫起事件如刑案實錄般地無趣，相反地，對於犯罪的執行手段他達到了讓我感到瞠目結舌的「美學等級」。獵奇的屍體，殘虐到泯滅人性的犯罪，一向是挑撥人類神經，激起黑暗慾望的「不能說的秘密」。就像是鬼故事與都市傳說，我們既遮住雙眼不敢直視，卻又忍不住打開指縫，從中窺探那份禁忌、刺激的快感。《第四象限》中，有在遊覽車被活活燒死的人、也有被噴上誘引劑與下重藥後，活活被蜜蜂叮死的人。死者皆為教師，實際上是模仿台灣史上著名教師意外（民八十一年健康幼稚園火燒車與民七十四年陳益興虎頭蜂事件）的比擬殺人，手法驚愕又極具獨創性！

《第四名被害者》的表現更上一層樓，搭上近年公共藝術的盛行，直接由具備設計師身分的殺人魔命名受害者為「掌心的溫度」、「芬芳的滋養」這樣乍聽下優美，實則奇詭可怖的「屍體公共藝術」！如同美劇《雙面人魔》的精采創意，天地無限安排屍體就在我們隨處可見的公眾建設中的構想也實在夠驚天動地的了，更為推理小說中必出現的屍體元素，昇華至美學的境界。回想起〈舉手之勞的正義〉，Tyche組織規劃五十二人分別做一件微不足道的小事就能完成天衣無縫的「意外」；另一短篇〈消失的ＶＩＰ〉簡潔有力的密室消失魔術，那些精細縝密的犯罪計畫又展現了所謂的機械工學美！感性的藝術、理性的工學，能夠將各種類型犯罪達臻極境的天地無限本身，就是一位不折不扣的藝術大師！在閱讀每部作品時貢獻給推理迷滿滿的讚嘆與驚喜。

密室、暴風雨山莊…有些作家喜愛在古典本格的範疇中活化與再生經典詭計，重新打造最感動的初戀；也有像天地無限與既晴這樣見微知著，早早選擇將尖端科技架構於小說本體的前瞻型作家。不同的創作路線，也閃爍著文學世界百花撩亂的盛況。天地無限二〇〇〇年的《血讎的榮光》被譽為中文出版史第一本電腦犯罪小說，《第四名被害者》在緝凶的過程竟也充分結合QRCode、網路主機自動發信的先進技術……就像金田一與柯南也開始偵辦與智慧型手機相關的事件，或許舊酒裝新瓶、又或許這才是開創與紀錄二十一世紀真正風貌的推理文學。

擁有出類拔萃之才、天下前三之能，天地無限嘔心瀝血的這部全新力作《第四名被害者》在社會控訴與驚悚度、娛樂性都表現極為傑出的成績，豈止寶刀未老，更彷彿是十年磨一劍般地一出鞘即撼動武林。刻劃台灣新聞業界病態的景象讓擔任過記者的筆者、現任資深媒體人（推薦人）皆由衷嘆息與共鳴。本書中特別邀請作家本人撰寫一篇詳盡精彩的自序介紹故事發想，並另外策畫了獨家深度訪談加碼收錄於書末。本文期將後續會持續撰寫新作的名家天地無限推薦介紹予舊雨新知，並為從二零一五年起開展的這一趟華文推理新紀元，紀錄每一步珍貴的印記。

作者簡介／喬齊安(Heero)：臺灣推理作家協會成員、推理評論家、百萬人氣部落客、電視台特約球評、運動專欄作家。掛名推薦與推薦文散見於各類型出版書籍中。誠心覺得能製作推廣天地無限作品是很寶貴的機緣，未來也將努力繼續以自己的雙手為華人推理小說作有意義的事情。長年經營「新聞人Heero的推理、小說、運動、影劇評論部落格」。

【深度專訪】

文／喬齊安（Heero）

喬齊安（以下簡稱喬）：想請您為新讀者們介紹筆名「天地無限」的由來，背後代表著什麼意義呢？

天地無限（以下簡稱天地）：初期的中短篇作品都是發表在《推理雜誌》上，雜誌也很禮遇本土作家，會把咱們的名字放在書脊首位，底下再接續其他歐美日名家。當時我就想，相較於歐美、日系動輒四五個字的長名號，或許本土作家也該取個四字筆名看起來比較威風、在書脊上呈現也會更顯眼。恰好那一期《推理雜誌》的小謎題中，以一個名為「天地無限」的詩人為主角，感覺頗符合需求，於是就決定使用這個當筆名了。當然當時只是覺得好玩，沒想到日後有人直接用這名兒來當面稱呼自己，直到現在還是感覺挺彆扭的……

喬：距離上一本出版的長篇小說實體書已經相距了十數年，當今的台灣書市推理也從小眾的市場躍居成為主流文學，對於這樣的變化您有什麼看法？推理成為主流，但書市普遍的印書量下降，中短篇作品更苦無發表空間，對於作家來說有沒有什麼感言？

天地：用一句話來形容台灣書市，我總會想起狄更斯筆下名言：「這是最好的時代，也是最壞的時代」。本地原本閱讀風氣便不盛，網路普及後，免費的數位內容分享更讓實體書的銷售雪上加霜。隨著大眾文學雜誌收攤，能讓新創作者練手的園地也幾乎消失殆盡。推理類作品的確是在近幾年頻頻爬上暢銷書排行榜，偏偏幾乎都是歐美日作品。此外，出版社選輯的作品多是國外書市暢銷排行榜前幾名力作，為了回收版權、翻譯費用，給予國外作品的宣傳資源也常大於本土作品，因此無論先天、後天上，本土作品都明顯屈於劣勢。

那為什麼又說這是最好的時代呢？主因也是「網路」。比起傳統報章雜誌等發表管道，有天分、肯努力的作者，一樣可以透過網路來發表、尋找曝光管道；擁有更多影視改編、讀者互動、翻譯資源、社群行銷等等機會，這都是以往的作家沒接觸過的範疇，而新的際遇就在裡頭。當然前提是永遠不變的：有志於此者，必須先有新創意、佈局佳且可穩定產出的優質內容。

喬：您的作品一向與現實社會有著極為緊密的結合，故事事件栩栩如生彷彿真實存在，與台灣作家中「本格派」盛行、打造夢幻犯罪劇場的狀況有很大的不同。可否談談您創作推理的初衷，主要是受到什麼作品或情況的影響，導致如此的獨樹一格？另外也請分享目前為止您自己最喜歡的推理小說類型與作品，簡單談談它們之所以讓您有共鳴的原因。

天地：總是在日常生活中碰到殺人案件的業餘學生偵探？瘦弱的兇手老喜歡把受害者通通叫到密閉山莊逐個殺害？密閉的房間裡死者致命傷卻是背後的一把刀？這是所謂的「本格派浪漫」，儘管我總認為缺乏可操作性，偏偏這又是強調邏輯的古典推理中，最常會出現的反邏輯設定。不可否認的，對於本格派死忠支持者來說，這類題材當然有一定的市場，但大家是否注意到，這類「詭計導向」的安排，是否已漸漸式微了呢？觀察近幾年國際推理書市排行榜，大家應該會有答案。我的創作方向，還是以盡可能符合現實邏輯、描寫當代人文、洞悉人性這些方面來著手。

就個人心得而言，近期叫好又叫座的作品，大多具有「人性導向」與「本土化」兩種鮮明元素在裡頭。如去年陳浩基的《13・67》用短篇鋪陳長篇的巧妙作法，便是「人性導向」加上「詭計導向」、同時有著濃濃在地味的上乘之作。

從身為讀者的角度來談談。我看的推理作品比較雜，各種類型都有興趣拜讀。對讀者來說，「被誤導」跟「被欺騙」是兩碼子事。最討厭的就是看到揭穿謎底、卻讓人覺得「這怎麼可能！」而想撕書的作品。最喜歡的就是被誤導後、最終恍然大悟的設計。我一直很喜歡連城三紀彥的作品，文筆優美堪稱無人能及，不會因為偏重詭計而減弱了人性與合理性的成分。

喬：您的作品探討的理念與詭計時常走在時代尖端，這是不是與您科技人的身分有著絕對的關聯？是因為長年所學的價值觀造就自己的文風，還是純粹興趣所致，工作反而是輔助達成這樣成效的一環？

天地：除了因為本身的3C編輯工作，常會接觸到科技、資訊相關內容外，其實在作品中會頻繁出現這些3C道具，也與我想描寫當代社會景況有關。在本書中大家會看到使用Line傳訊息、用手機查看電子郵件、看新聞直播等等，其實這都是目前絕大多數讀者很熟悉、幾乎每天都會做的事。而利用科技新工具的好處是，想從中創造一個新的詭計或漏洞，要比傳統的本格派要容易許多啦！

喬：您的小說常有獵奇的犯罪，對我來說就像是一門藝術一樣，眾多華麗的屍體反而呈現出推理小說特有的美感。是怎麼樣的靈感讓您發想出這些獨特的死法？對於這些奇詭的「公共藝術」，您抱持著什麼樣的創作理念呢？

天地：去年剛好在追美國影集《雙面人魔》，裡頭有著影史上最豪華吸睛的「人體裝置藝術」，動輒數人至數十人的排場，讓人嘆為觀止。當時我也在想，如果能鋪陳一個合理橋段能打造類似的「藝術」，然後設法融入市民的日常生活……打個比方吧，你每天等捷運時，總會坐在最末節車廂前的造型長椅上等待，但某一天你坐在這椅子上看著手機新聞，赫然發現有記者搶了獨家報導，竟有兇手將屍體就給「裝置」在你坐的椅子下，椅面正好就是死者的背脊……之類的，這將會給所有的捷運乘客帶來莫大的「心靈衝擊」，也肯定更為驚世駭俗吧！而這樣的安排也是希望能跟一般的連續殺人埋屍案件做出區隔。

還好在台灣目前還沒冒出如「無上的凝望」這類的裝置藝術，不過有朝一日若真的出現，在當前追逐「羶腥色」的各家媒體前，估計能帶來前所未有的曝光率，因此本書中才以這樣的方式來作為操縱媒體的一步棋。

喬：您是獲獎無數的獎金獵人，實力超群。尖端目前也有原創小說大賞，提供有志創作者在各種類型小說上揮灑才華的舞台。對於年輕有為的後輩，可否給予您的創作建議與忠告，或甚至是一些如何得獎的小撇步呢？

天地：對於參與文學獎的建議，標準答案向來是「觀察歷屆作品，揣摩評審口味」，我之前都是這麼幹的。這當然是很有效率的作法，但卻也往往箝制了創作者的未來可能。如果只針對推理賽事的建議，我只提兩個：「新創意舊演繹」與「持續創作」。

「新創意舊演繹」：不管背景是科幻、奇幻、武俠或愛情；無論是密室、暴風雨山莊或心理詭計，都記得要為作品注入新創意，同人作品大都會先被扣不少印象分，沒有十足把握就不要嘗試。

而無論怎麼創新，所謂的推理作品必然要有個符合邏輯的「演繹過程」，用老派周密的詮釋手法來進行是最道地的，寧可跟赫丘勒．白羅一樣，囉唆點把過程給解釋清楚，也別留下模稜兩可的破綻，千萬別用自白、遺書這類方式揭開謎底，能落實此項就至少能跨越複選的門檻了。

「持續創作」是老生常談，不過在兼職創作的壓力下，其實這也是最困難的一點。但若能堅持下去，從其他人的作品與賽事中持續累積經驗，絕對能做出一番成績的。

喬：最後想請您分享，自己已經可以在尖端「推理無國界」裡穩定出書，不需要有參加比賽的壓力後，未來打算創作的作品走向與類型？在這條艱難的寫作人生，您希望最終達到什麼樣的目標？

天地：經過近二十年的練習與創作，「出書」對我來說不成問題，不過要「出本賣得好的書」那可是大挑戰啦！真心認為不要成為「書市毒藥」的壓力會絕對比參賽的壓力來得大。未來還是會持續以推理創作為主，但會嘗試其他可能性，如以靈異、諜報、科幻等方式來包裝。至於最終目標還真的沒有設定，沒奢望說要當個專職作家或超日趕美什麼的，只是希望在閒暇之餘能寫作不輟，打造幾本讓讀者看了發覺「哦！原來推理也能這樣寫」的作品，能夠達到自娛娛人的地步，也就心滿意足囉！

逆思流

第四名被害者

作者／天地無限
發行人／黃鎮隆
副理／洪琇菁
執行編輯／呂尚燁
企劃宣傳／邱小祐
副總／陳君平
國際版權／黃令歡
美術主編／方品舒
出版／城邦文化事業股份有限公司　尖端出版
台北市中山區民生東路二段一四一號十樓
電話：（〇二）二五〇〇七六〇〇　傳真：（〇二）二五〇〇二六八三
E-mail：7novels@mail2.spp.com.tw
發行／英屬蓋曼群島商家庭傳媒股份有限公司城邦分公司　尖端出版
台北市中山區民生東路二段一四一號十樓
電話：（〇二）二五〇〇—七六〇〇（代表號）
傳真：（〇二）二五〇〇—一九七九
中彰投以北經銷（含宜花東）／楨彥有限公司
電話：（〇二）八九一九—三三六九
傳真：（〇二）八九一四—五五二四
雲嘉經銷／威信圖書有限公司　嘉義公司
電話：（〇五）二三三—三八五二
傳真：（〇五）二三三—三八六三
客服專線：〇八〇〇—〇二八—〇二八
南部經銷／威信圖書有限公司　高雄公司
電話：（〇七）三七三—〇〇七九
傳真：（〇七）三七三—〇〇八七
香港總經銷／城邦（香港）出版集團有限公司
香港灣仔駱克道193號東超商業中心1樓
電話：（八五二）二五〇八—六二三一
傳真：（八五二）二五七八—九三三七
E-mail：hkcite@biznetvigator.com
馬新總經銷／城邦（馬新）出版集團　Cite(M)Sdn.Bhd.
E-mail：Cite@cite.com.my
法律顧問／王子文律師　元禾法律事務所
台北市羅斯福路三段三十七號十五樓
二〇一五年三月一版一刷
二〇二〇年七月一版三刷

■中文版■

郵購注意事項：
1. 填妥劃撥單資料：帳號：50003021戶名：英屬蓋曼群島商家庭傳媒(股)公司城邦分公司。2. 通信欄內註明訂購書名與冊數。3. 劃撥金額低於500元，請加附掛號郵資50元。如劃撥日起 10～14日，仍未收到書時，請洽劃撥組。劃撥專線TEL：(03) 312-4212 ・ FAX：(03) 322-4621。E-mail：marketing@spp.com.tw

國家圖書館出版品預行編目資料

第四名被害者 / 天地無限 著 ; .
--1版.--臺北市：尖端出版, 2015.03 面 ; 公分.--
譯自:
ISBN 978-957-10-5913-6(平裝)

857.81 104000712